百年中国新诗编年

第七分册

1977-1985

主编：张清华　　分册主编：顾广梅

山东文艺出版社

序

顾广梅

　　1977 年至 1985 年这一时段的划分，显然是按照外部与内部的双重考虑来设定的。按照外部的历史看，1976 年 10 月 "文革" 才宣告结束，社会变革的趋势是从 1977 年以后才逐渐显露的；而 1985 年作为下限，是因为这一年中国社会实现了经济和文化上的加速开放。在这一年中，文学界终结了之前关于 "朦胧诗" 和 "现代主义" 的论争，陡然进入一个开放和快速发展的时期，"新潮小说" 和 "寻根文学" 都发生于这一年。而到 1986 年，随着 "第三代诗人" 的崛起，诗歌又进入了下一个历史演变的时期。所以，这一规划严格说来虽不足十年，但还是符合当代诗歌历史本身的逻辑的。

　　翻检梳理本时期的诗歌，所见主要是三个板块：一是老一代 "归来诗人" 的重返，辅之以年轻一代的 "现实主义诗歌" 的汇合与交织；二是 "朦胧诗" 派逐渐浮出水面，并且以新的审美趣味占据了诗歌艺术的高地；三是台湾及海外诗群现代诗创作的自然延续。其中第二个板块明显后来居上，成为重心所在。

　　这一时期自身也有明显的阶段性。1977 到 1978 年，是变革的前夜。由于新的思想资源和变革动力尚未显现，这一阶段只是勉强的恢复期，除了少量作为 "潜流" 的作品，"归来诗人" 和 "现实主义" 写作大都乏善可陈。1979 至 1983 年，是一个新与旧两种力量的对峙期。一方面以"朦胧诗"为代表的新诗潮不断成长；另一方面，诗坛的传统力量也在持续地表示着反对或者疑虑。1984到1985年是一个转折期。因为1983年底的"反精神污染"，新诗潮运动陷于停顿和低谷，但到1985年，则因为改革步伐的加快以及大量新知与外来文学的影响，新的力量已经处在孕育之中。

所谓"归来诗人"，是由艾青复出后出版的第一本诗集《归来的歌》（1980）而得名。涵盖了众多老一辈诗人，他们中的大部分在1957到1978年的二十多年里，曾遭到关禁、劳改或者管制，经历了灵与肉的双重炼狱，直至1978年政治气候发生重大变化后，才逐渐重获自由。这些人中包括因"胡风反革命集团案"受迫害的"七月派"诗人牛汉、绿原、曾卓、鲁藜、彭燕郊等，还有包括艾青、昌耀、公木、吕剑、公刘、白桦、邵燕翔、流沙河、孙静轩、蔡其矫、黄永玉等被打成"右派"或遭受冤屈的众多诗人。另外，亦有一些在极"左"政治思潮高压下被迫停笔而边缘化的诗人，如后来被命名为"九叶诗派"的陈敬容、郑敏、唐湜、唐祈、杜运燮等。

如此庞大堪称壮观的"归来"诗人群，构成了进入"新时期"之初当代诗歌的中坚力量。他们带来的不仅是作为个体的命运悲歌，还有作为人的尊严和信念之歌。其中的有些诗作今天看来，诗艺上虽有粗糙简陋之处，但不可否认，也蕴含着相当丰厚的社会学与道德价值，其特殊的伦理意义是足以令人震撼的。这群被命运扼住了咽喉的人，在青春历劫、壮年不再的生命错位中，仍与多灾多难的国家同命运共呼吸。他们在归来之后共同面对和处理的一个重要问题，就是应该如何认知个人苦难，如何表达这段创伤性记忆。是兀自展示和抚摸"伤痕"而低吟自怜，还是把个人得失与国家兴衰以及历史记忆联系在一起？应该说，他们身上还是继承了传统知识分子的家国情怀与赤子之心，接过了从五四新文化运动承续而来的人道主义情怀和批判现实主义精神，因此还是应该予以肯定的。像艾青的《鱼化石》《光的赞歌》《古罗马的大斗技场》、公刘的《哎，大森林！》、白桦的《阳光，谁也不能垄断》、昌耀的《划呀，划呀，父亲们！》、蔡其矫的《祈求》、黄永玉的《我认识的少女已经死了》、陈敬容的《老去的是时间》等等，都是其中值得记取的佳作。

然而，这代诗人也理所当然地留下了遗憾。因为历史本身的局限，他们的认识和观念也有着误区，比如无法真正反思民族的创伤与悲剧之源，也不可能真正建立现代性的个人价值标尺，甚至连"朦胧诗"这样一批年轻诗人的作品也难以接受。像艾青，虽然在开始曾经给予过短暂的支持，但在之后的论争中，还是指斥其"古怪"，"叫人读不懂"，他的逻辑是"叫人读不懂的诗，起码不是好诗"。① 可事实上今天看来，朦胧诗的难度要远远低于艾青在 1930 年代所写下的那些作品，如《太阳》《北方》等。可是为什么连艾青也认为"朦胧诗"是叫人读不懂的"古怪诗"呢？答案也很简单，一是长期的思想禁锢所导致的认知错觉，再者就是在美学上的一种可怕的衰退了。不过，毕竟艾青是老一代诗人中的杰出代表，他在这一时期还是写下了《光的赞歌》等一批有重要价值的作品。

在老一代诗人中真正保持了可持续写作能力的是昌耀，他因为坚持了独立思考，及早地脱出了政治与社会学思维，坚持以个体生命与真实的生存体验进入写作，并在偏僻的西部，荒寒的青海高原，通过顽强的阅读而获得了更为广阔的世界视野，得以与历史一同前进。

---

①参见艾青：《从"朦胧诗"谈起》，《文汇报》1981 年 5 月 12 日。

　　在归来者之外，是一批新成长起来的诗人，像雷抒雁、张学梦、骆耕野、高伐林、叶文福、熊召政、叶延滨等。他们随着政治上的拨乱反正，逐渐伸展着写作的空间与触角，构成了诗歌领域中描写"伤痕"、寄寓"反思"、呼唤"改革"的时代主题的主阵容，也可以称之为"新现实主义"的代表人物，像雷抒雁的《小草在歌唱》、张学梦的《现代化和我们自己》、骆耕野的《不满》等，都曾经产生过较大的轰动效应。

　　这一时期真正担当了推动诗歌进步与变革使命的，无疑还是要推"朦胧诗"派的诗人们。这一群体早在六七十年代之交，即开始了独立思考和写作尝试，又通过于1978年底诞生的油印刊物《今天》而得以浮出水面，在谨慎的赞扬与更大的批评声浪中登上了诗坛。其代表人物主要有食指、芒克、北岛、舒婷、顾城、江河、杨炼等。在浮出地表之前，他们中创作生涯最长的已有十数年。1978年12月，北岛、芒克等人发起创办了《今天》，在创刊号中由北岛起草的《致读者》这样宣称："历史终于给了我们机会，使我们这代人能够把埋藏在心中十年之久的歌放声唱出来"，"反映新时代精神的艰巨任务，已经落在我们这代人的肩上"。

　　随着1979年北岛、舒婷和顾城等人开始在《诗刊》《星星》等刊物公开发表作品，关于朦胧诗的论争也开始了。1980年8月，《诗刊》发表了署名章明的文章：《令人气闷的"朦胧"》，"朦胧诗"因贬义而获名。之后围绕谢冕的《在新的崛起面前》（1980）、孙绍振的《新的美学原则在崛起》（1981）、徐敬亚的《崛起的诗群》（1983）这三篇肯定性的文章，"朦胧诗"的论争一直持续到1983年底，并最终以"崛起论"者的失败而告结。然而奇怪的是，反对者的胜利却没有阻滞"朦胧诗"的传播，相反，它们在广大青年中已逐渐深入人心。

在今天的角度看来，"朦胧诗"或许并不朦胧，那时的读者之所以感到"难懂"，是因为长期单调和浅白的趣味严重矮化了人们的理解力，人们不愿面对那些充满怀疑、反思与否定精神的作品，也不愿意认同那些表达个人情感、生命尊严的主题，更遑论那些稍显曲折的意象与隐喻。所以，"朦胧诗"的接受史也是一部当代诗歌史的缩影，最初人们只愿意接受其中比较接近主流价值的部分，如舒婷的《致橡树》《祖国啊，我亲爱的祖国》一类容易诠释的作品，而不太愿意接受北岛的《回答》《一切》《结局或开始》，甚至也不会愿意接受顾城的那些个人化的冥想。只是随着时间的流逝，"朦胧诗"才渐渐有了一个比较符合全貌的轮廓。

还应被提及的诗人是江河和杨炼，他们在1982年之后即转向了对传统文化的寻索与关注，并且成为此后诗歌寻根运动的发起人。又有远在贵州的一批青年诗人，如黄翔、哑默等，也在多年的探索之后开始崭露头角，只是他们未曾在公开刊物上获得露面机会，所以多年之后才逐渐获得承认。包括食指（郭路生）在内，虽然他的作品远早于北岛等人就在民间传抄，且也有作品在《今天》上发表，但也是直到90年代才被重新给予重视。另外，作为"白洋淀诗歌群落"成员的多多和芒克也几乎没有受到关注，这是很令人遗憾的。好在历史最终都给予了补偿。

横向比照，此时期的台岛诗歌，亦在原有的现代诗传统中发生着新变化，亦可称为整合后的再出发。整体上看，台湾诗歌一直以来有三条主脉，或曰三种诗歌力量，在发生交织和争鸣，即继接传统、关切现实、追求现代，在各个不同历史阶段又表现为本土性与世界性、传统性与现代性之间的博弈对话。尽管结果各不相同，但三种声音始终此消彼长，促进台岛一隅的诗歌不断走向成熟。从1950年代以纪弦为主导的"现代诗运动"，余光中、夏菁等倡导的"纵的继承"，还有痖弦、洛夫、张默等提倡的"超现实主义"，到1960年代的"新民族诗型"，现代主义诗歌从波澜迭起到逐渐归于平静，在各个时期都留下了堪称经典的大量文本。

但至本卷所涉及的历史区间，上述格局却发生了明显的变化。1977至1978年台湾的乡土诗歌论争，强调诗歌以现实主义观照人生与社会，诗风也由现代派式的晦涩转向了明朗。进入1980年代，盘踞诗坛已久的二元思维被宽容多元的"混声合唱"所取代，这与80年代台湾的社会政治氛围和经济文化发展有密切联系。据台湾诗人林耀德统计，从1980到1986年的短短六年间，三十种诗刊如雨后春笋般出现，众多青年诗人尤其是"新世代"成为诗坛新的中坚力量。他们对传统与现代、东方与西方、本土与世界等复杂关系的把握，比老一辈诗人来得更全面，也更复杂。几代诗人共同深耕社会、政治、都市、乡土、生态、爱情等多样化题材，也形成了台岛诗坛富有活力的多样化风格。

本卷基本依据上述三个板块进行诗歌作品的选编工作。不同于第六卷的特殊情况，本卷涉及的诗作均为公开发表，因此在收录时基本上以发表或出版时间为准。需要说明的是，1970年代末期的部分诗歌虽正式发表的时间较为滞后，但确有充分证据表明其已完成写作并在民间传播的，收录时以写作完成时间为准。

特别感谢我的硕士研究生陈媛、李红、韩晓云、包明明、孙悦如、黄加秀、张馨、马婉茹、杨青、李梦涵、燕玉苓、姜奎良、于欣悦、孙程程、姜雪等同学，他们为本卷诗歌编选做了大量艰辛而细致的基础工作。

目录

1978 年

1979 年

1980 年

1981 年

1983 年

1977^年

周总理，你在哪里？

柯岩

周总理，我们的好总理，
你在哪里呵，你在哪里？
你可知道，我们想念你，
——你的人民想念你！

我们对着高山喊：
周总理——
山谷回音：
"他刚离去，他刚离去，
革命征途千万里，
他步步紧跟毛主席！"

我们对着大地喊：
周总理——
大地轰鸣：
"他刚离去，他刚离去，
你不见那沉甸甸的谷穗上，
还闪着他辛勤的汗滴……"

我们对着森林喊：
周总理——

松涛阵阵：

"他刚离去，他刚离去，

宿营地上篝火红呵，

伐木工人正在回忆他亲切的笑语。"

我们对着大海喊：

周总理——

海浪声声：

"他刚离去，他刚离去，

你不见海防战士身上，

他亲手给披的大衣……"

我们找遍整个世界，

呵，总理，

你在革命需要的每一个地方，

辽阔大地

到处是你深深的足迹。

我们回到祖国的心脏，

我们在天安门前深情地呼唤：

周——总——理——

广场回答：

"呵，轻些呵，轻些，

他正在中南海接见外宾，

他正在政治局出席会议……"

总理呵，我们的好总理！

　　你就在这里呵，就在这里。

　　——在这里，在这里，

　　在这里……

　　你永远和我们在一起

　　——在一起，在一起，

　　在一起……

你永远居住在太阳升起的地方，

　　你永远居住在人民心里。

　　你的人民世世代代想念你！

　　想念你呵，想念你

　　——想——念——你

　　选自《人民日报》1977 年 1 月 8 日

历史的回答

张志民

是真？是假？

是金？是沙？

历史——

是那么严肃地

——作出回答；

人民——

是那么清醒地

——不容欺诈!

"四人帮"

妄想用骗术,

为自己筑一座

——金字塔。

呸!

他们留给历史的,

只能是——

千载唾骂!

万世咬牙!

飞沙

——盖不住绿洲,

乱云

——遮不住山崖。

历史——

由人民来书写;

人民——

作历史的回答!

敬爱的周总理呵!

尽管你没有给我们

留下一块——

凭吊的墓地,

但那座——

立在人民心上的

——纪念塔,

将和昆仑共存，

永不会倒塌！

1977 年 1 月 8 日

选自《北京文艺》1977 年第 1 期

苍茫的影像
　　　——旅韩诗抄

张默

我从安徽来

应知安徽事

故乡啊，您那细碎的步履

是否悄然跨过牛铃盈耳的昨日

我知道新罗的雪崩会劈开一条路

瘦瘦的白杨的枝柯

纺织着这批异乡人太多的渴想

自我们微露酡红的酒意里

自我们擎起冰冻的水声里

自我们绞杀语言的节奏里

自我们传递体温的凝视里

时间，还是那么缓缓地走着

汉城的天空与安庆的天空究竟有什么差异呢

要不是太平洋的波涛

要不是鸭绿江的易色

我们会在洞庭湖畔

以道地的无为话念您的诗

今天，我们把您送的手帕拧了又拧

泉涌的泪水好重啊

故乡，您的根须伸向何处

请轻轻染织我苍茫的影像

选自《联合报·联合副刊》1977 年 1 月 10 日

板门店望乡

辛郁

一

冬寒已深

岂只是鸟藏花匿

君不见

低低垂着的树的手臂

被北风洗得多瘦

寻什么梨花香飘十里

自从春莺去后

此地已不见麦浪轻掀

抬望眼

长空落寞

铁青的是那张

大地的脸

绷得多紧啊

三八度线

若你是琴的一弦

你便该无声

　　　二

谁来拾梦

叩乡关以滴血的心

听重重雾中

落地即碎的叹息

风冷冷

沉寂冷冷

在线的北端

更有冷冷的人影桩立

看哪

长伴着滚滚杀声

潮般涌近的白山黑水

是怎样射中瞳孔

哦汉子
让泪水淌成小河吧
如果思念成舟
就让它　让它航去

三

奈何浮云不眠
默默地来去
说什么春耕夏耘
　　　　秋收冬藏
这一切与它无关
而你睡吧
线南线北的大地
在人造的宁静中
最好无梦

选自《联合报·联合副刊》1977 年 1 月 18 日

芦苇地带

杨牧

1

那是一个寒冷的上午

在离开城市不远的

芦苇地带，我站在风中

想象你正穿过人群——

竟感觉我十分欢喜

这种等待，然而我对自己说

这次风中的等待将是风中

最后的等待

我数着阳台里外的

盆景，揣测榕树的年代

看清晨的阳光斜打

一朵冬天的台湾菊

那时你正在穿过人群

空气中拥挤着

发光的焦虑

我想阻止你或是

催促你，但我看不见你

我坐下摩挲一把茶壶

触及髹漆精致的彩凤双飞翼

和那寓言背后的温暖

满足于我这个年纪的安详

我发觉门铃的意象曾经

出现在浪漫时期，印在书上

已经考过的那一章

我翻阅最后那几页

唯心的结构主义，怀疑
我的推理方式是不是
适合你，只知道我不能
强制你接受我主观的结论
决心让你表达你自己

2

决心让你表达你自己
选择你的判断，我不再
追究你如何判断
你的选择，岁月
是河流，忽阴忽阳
岸上的人不能追究
闪烁的得失

甚至我必须
向你学习针黹
一边钩毛线一边说话
很好很闲适的神色
只是笑容流露出
些许不宁，有时
针头扎疼了缠着线圈的
食指：是的你也和我一样
强自镇静的，难免还是
难免分心

那是一个寒冷的上午

我们假装快乐，传递着

微热的茶杯，我假装

不知道茶凉的时候

正是彩凤冷却的时候

假装那悲哀是未来的世界

不是现在此刻，虽然

日头越升越高，在离开

城市不远的芦苇地带

我们对彼此承诺着

不着边际的梦

在比较广大的快乐的

世界，在未来的

遥远的世界

直到我在你的哭声中

听到你如何表达了你自己

我知道这不是最后的

等待，因为我爱你

选自《联合报·联合副刊》1977 年 2 月 24 日

熊熊的烈火

雷抒雁

"无产阶级文化大革命"开始后，敬爱的周总理更加夜以继日地为革命操劳，经常连续工作几昼夜后还接连开会，工作人员怀着激动的心情，以党支部的名义写了一张大字报，贴在总理的门上，恳请总理增加休息时间……

读读这张大字报吧，
它是一团烈火，炙烤着人的血液；
冰雪，不能使它暗淡，
风雨，不能把它浇熄。

读读这张大字报吧，
虽然它只是生活中的一支插曲，
却放射着万丈光辉，
映红了整个天地！

一年三百六十天，周总理呵，
有哪一天，属于您自己？
一天二十四小时，周总理呵，
您有几个小时的休息？

白天，到处有您忙碌的身影，

夜晚，您的窗前灯火不熄；

甚至在车上，也在审批文件，

甚至连吃饭，也在处理问题……

您的汗，汇进飞泻的钢水，

您的血，滋润着公社的田地……

您用伟大的才智和毅力，

为祖国赢得了富强和荣誉！

什么样的材料铸成这样的血肉，

永不困倦，永不疲惫！

人民——革命，革命——人民，

一颗心像大海，有不竭的精力。

看着您为人民日益消瘦，

谁不心痛如绞；

看着您为革命积劳成疾，

谁不洒下泪滴！

周总理，请接受我们的建议，

请您再多睡一个小时或半个小时；

汇报的同志，能不能再简短些？

报告能不能再少一百字？

谁说写这张大字报的，

只是警卫员、副总理、副主席，

看三千万党员，八万万人民，
谁不要签上自己的名字！

一年三百六十天，
一天二十四小时，
您紧张地工作、战斗、学习，
直到生命的最后一息！

疾病，不能压到您，
敌人，不能动摇您，
周总理呵，您为人民操碎了心，
周总理呵，您为人民出尽了力！

啊，请读读这张大字报吧，
我的亲爱的同志，
它像一团熊熊烈火，
会照耀我们去冲破险风恶雨！

来读读这张大字报吧，
我们的后代子孙，
让周总理永远活在你们心里，
让革命千秋万代永飘红旗！

选自《诗刊》1977 年 2 月号

板门店·38度线

罗门

一

一把刀

从鸟的双翅之间通过

天空裂开两边

十八面彩色旗

贴成一排胶布

这个疤该不该算到上帝的脸上去

这个疤　若再裂

火山口喷出的火

　　会不会是壮丽的血

二

养伤的土地

住在伤口里

上帝太远不能来看它

连田园和牲口也不来看它

一个美国兵守它

　　　　　守了三十六个月

回国后　也不再来看它

它与伤口住在一起
哪里也不能去
所有的门窗都是枪口开的
　　　　　此刻都关上

　　　三

它能到哪里去
那座有桥头无桥尾
有桥尾无桥头的桥
连路都找不到自己
上帝　你走走看

残废的旷野
　　　拉住瞎了的天空
一个不能动　一个不能看
它能到哪里去
天地线是紧缩在脚上的
　　　　一条沉重的铁链
鸟飞　天空逃
风吹　树木跑
谁要是站在那里不走
枪声会从寂静中
　　一排排过来
远处的云　全都回响成炮声

天空是机翼盖的

树木是枪支排的

飘叶是鞋子散落的

深渊是伤口挖的

山坡是坦克起伏的

山是尸体升起的

星夜是弹头与眼珠缀成的

    月亮一出来 便流泪

    太阳一出来 便淌血

四

炮火是什么颜色

血也是什么颜色

玫瑰与酒是什么颜色

唇也是什么颜色

当玉腿与摩天楼

  一同升起天国的支柱

叫那些尸骨去埋成那一种钢架

难道那张小小的会议桌

  会有两个半球那么重

    坐着两排战车

      两排炮

      两排枪

      两排刺刀

      两排血

两排泪

两排望不在一起的眼睛

两排握不在一起的手

两排帮忙工作的香烟

　　它究竟是飘然过桥的云

　　还是炮管冒出的烟

五

会议桌上的那条线

既不是小孩子跳过来跳过去的那根绳子

便是堵住伤口的一把刀

拔掉　　血往外面流

不拔掉　　血在里边流

谁会去想那条在受刑的生命

　　推在火中　　垂下头

　　泼在水中　　仍垂下头

谁会去想铁丝网是血管编的

　　编与折都要拉断血管

谁会去想在炸弹开花的花园里

　　婴孩是飞翔的蝴蝶

　　修女是开得最白的百合

　　上帝就一直抓不住那双采摘与捕捉的手

谁又会去想在一条越走越远的路上

　　一个弃枪的警长与一个弃刀的暴徒

　　　　被一个没有钥匙的手铐

扣在一起走

六

走到那桥头

山穷水也穷

山尽水也尽

峰回路也转

当我们离桥而去

所有拆散在地下的手臂

　都从那棵断树中伸出来

所有出走的眼睛

　都从瞎了的天空里望出来

一紧张　不敢握别的手

　　　一直放在口袋里

　　　不敢正看的眼睛

　　　　一直藏在凝视中

在用不着开枪的几公尺里

几个没头没脑的北韩士兵

　　　　不知为什么傻笑了过来

上帝你猜猜看

　　　它是从深夜里掷过来的一枚照明弹

　　　还是闪过停尸间的一线光

选自《创世纪》诗刊第 45 期，1977 年 3 月

秋声

向阳

一群叶子从树上坠落下来，并且告诉西风
说果实是秋天的脸庞，我们只是一袭春衣

第一叶：斑鸠与苦苓

也许是纱窗外那只唱醒四邻酣睡的斑鸠吧
今晨报纸上来了一页空白的号外
庭院的篱落间一朵猩红的玫瑰铐着两副白云
天空蓝得令刚睁起眼来赶路的阳光有点
受不了，斑鸠也真是的把一株苦苓笑成

那个样子。爱情是不需诠释的
但是关于水流其速度必须依靠床褥决定
在酒杯中可能捞起自嘲的高跟鞋
报纸上说得不错，如果听到发丝与梳子聊天
镜中腾腾而起的自然便是两行李易安

原谅吧！如同原谅一尾迷路的金鱼
在浅草的缸里筑有梦幻的窝巢
等待着星殒与车祸之同时到来

水泡罢了，然而是新闻之不可或缺
照片也是一种最实用而简便的饵

至于斑鸠的命运不过是嚎嚎两三声
至于玫瑰如今移植到铁橱里防止偷窃
有些事故仿佛历史是畅销的
再版三版四版以至十数版甚至要警告盗印
只是苦苓苦撑蓝天的那个样子真叫人受不了

　　　　　选自《创世纪》诗刊第 45 期，1977 年 3 月

在五月的阳光里（节选）

李瑛

五月的怀念

每年都有一个如火的五月，
告诉你，陕北高原，春色最浓。

延河上下，阵阵牧歌，依依杨柳，
枣林内外，灯火闪闪，纺车声声。

黄的山，黄的水，黄的云影，
黄土窑洞孕育了我们的民族和诗的生命。

打开吧，马莲纸的《整风文献》，

——毛主席教导我们走向斗争。

于是，我们重新认识了自己，去吧，

把自己还给他的主人——工、农、兵。

如今，三十五年了，宝塔砖石上的风霜水迹，

仍萦绕着他亲切的叮咛。

就是从那时起呵，毛主席——

为我们每一支笔铸造了一颗准星……

选自《人民文学》1977 年第 5 期

我热爱秋天的风光

梁小斌

我热爱秋天的风光，

我热爱这比人类的存在更古老的风光。

秋天像一条深沉的河流在歌唱。

当土地召唤我去收割的时候，

一条被太阳翻晒过的河流在我身躯上流淌；

我静静沐浴，

让河流把我洗黑。

当我成熟以后被抛在地上，

我仰望秋天，

像辉煌的屋顶在夕阳下泛着金光。

秋天像一条深沉的河流在歌唱。

河流的两岸还荡漾着我优美的思想。

秋天的存在，

证明了在耕耘之后一定会有收获，

我有一颗种子已经被遗忘。

我欣赏这比人类的存在更古老的风光，

灵魂受到启示而热泪盈眶。

秋天像一条深沉的河流在歌唱。

　　　　选自《安徽文学》1982 年第 11 期①

依稀雨中

夐虹

在雨中我牵着小女儿小小的手

霏霏雨霏霏落

---

①据《中国知青诗抄》（中国文学出版社 1998 年 2 月）显示，该诗歌作于 1977 年。

首先我试想日后她想不想我

然后咽满鼻酸沛沛然涌上心头

突然记起有一回落大雨

水淹膝，放学了，天快黑

爸爸来接我

我长大了，爸爸还来接我

他走在前头，我跟在后头

一个人撑一把伞，爸爸来接我

涉过及膝的水回家

雨沛沛，天黑黑——

在雨中有一回爸爸来接我

我十八岁爸爸已经五十多

左右利吉山、猫山、鲤鱼山

竹林、牛车、茅舍都在水墨画中

爸爸来接我，最主要是

爸爸来接我，我长大了

爸爸还来接我——

我突然很想回家

十八岁和许多美好

和爸爸

都在水墨画中——

选自《联合报·联合副刊》1977 年 6 月 28 日

半岛上

余光中

在这里，在茫茫后土的边缘

租来的土地，借来的时间

陆尽水回，一岬当风的小半岛上

朝讶流言，夜惊梦魇

星象纵横对渔火阑珊

一头华发俯仰在其间

淡寐轻眠，翻来转去，一幕幕回忆

扫睫而来似电视的前文提要

更可骇，是摧肝裂胆的预告

纵燃烧的火舌敢向你泄密

料你的惊耳也不敢接听

正迷霞错锦杜鹃花绣乱那岛城

即使听了，也无人相信

栏杆下是海潮

多风的日子目随飞鸟

贴水是鸥群，磨云是鹰

选自《诗风月刊》第 61 期

好雪·片片不落别处

周梦蝶

一切从此法界流，一切流入此法界。

——华严经

冷到这儿就冷到绝顶了
冷到这儿。一切之终之始
一切之一的这儿

我们都是打这儿冷过来的！
（好薄好薄的一层距离）
匆匆啊，已他乡了
且已不止一步了的
匆匆的行人啊
何去何从？这雪的身世
在黑暗里，你只有认得它更清
用另一双眼睛。

生于冷养于冷壮于冷而冷于冷的——
山有多高，月就有多小
云有多重，愁就有多深
而夕阳，夕阳只有一寸！

有金色臂在你的臂上扶持你

有如意足在你足下导引你：

憔悴的行人啊！

合起盂与钵吧！

且向风之外，幡之外

认取你的脚印吧

往日的崎岖，知否？

那风蓑雨笠，那滴滴用辛酸换来的草鞋

钱总归是白费了的！

路，不行不到

行行更远

何日是归？何处是满天

迎面纷纷扑来的鹊喜？

"风不识字，摧折花木。"

春色是关不住的——

听！万岭上有松

松上是惊涛；看！是处是草

草上有远古哭过也笑过的雨痕

选自《蓝星季刊》第 7 期，1977 年 7 月①

---

①林清玄在散文《武昌街的小调》（浙江文艺出版社 2004 年 4 月版）中曾指出该诗发表于 1976 年，
共计 33 行，由于无法找到原刊，因此存疑。

夜过黄河

叶文福

月照黄河，照着我的母亲，
她睡去了，枕着祖国的宁静。
黄河呵，五千年，你为儿孙苦争出路，
曾斗得蓬头垢面，满身泥泞。

这会儿你睡了，明月挑灯为你站岗，
这会儿你睡了，隆隆车轮为你打更。
你明亮的眸子呵，惺惺忪忪，
修长的睫毛——岸边林带——覆盖着你的梦……

月照黄河，照着我的母亲，
火车牵不动一颗赤子丹心——
母亲呵，儿子是去遥远的北疆边哨，
黝黑的枪口，记住了你的叮咛……

选自《诗选刊》1977 年 8 月

天空的面具
　　——给我的小朋友

陈黎

天空是一个善变的戏子

经常戴着不同的面具巡回演出

羞答答的新娘是早场它最爱演的角色

又酣又红的脸颊，太阳，它初醒的新郎

缓缓从蓝纱的床上爬起来

一转身，天空像一个夏日杀手

凶恶地瞪着燠热的大地

它没有爱的面孔是一本难看的天书

好玄，好深！观众们看了都昏昏欲睡

善变的天空又抽出新的面具

场移景转，一只受困的野兽高踞夜的舞台

愈凉，愈暗，愈暗啊，愈凉

独眼的月亮像冰球从它寂寞的额头逐渐溶掉

冗长的台词跟着梦去了

总是一些迟迟不肯离去的单字，一步

一星地闪烁其间：

　　　　　　　　　晚安，女士！

黑色的布幕急急降下

选自《联合报·联合副刊》1977 年 10 月 9 日

负荷

吴晟

下班之后，便是黄昏了
偶尔也望一望绚丽的晚霞
却不再逗留
因为你仰向阿爸的小脸
透露更多的期待

加班之后，便是子夜了
偶尔也望一望灿烂的星空
却不再沉迷
因为你熟睡的小脸
比星空更迷人

阿爸每日每日地上下班
有如自你手中使劲抛出的陀螺
绕着你转呀转
将阿爸激越的豪情
逐一转为绵长而细密的柔情

就像阿公和阿妈
为阿爸织就了一生
绵长而细密的呵护

孩子呀！阿爸也没有任何怨言

只因这是生命中

最沉重

更是最甜蜜的负荷

选自《联合报·联合副刊》1977 年 11 月 28 日

读旧日友人书

纪弦

读旧日友人书，

乃有众多管弦之音打从心窝里升起：

首先是一组浏亮的喇叭，

像一群蓝色小鸟扑着翅膀；

而各种乐器的和声，

则有如波斯地毯之华美。

然后是变奏复变奏

从徐州高粱到金门大曲到旧金山的红葡萄酒

——几十年的往事，如看一场电影。

啊，这人生！究竟是怎么搞了的呢？

忽听得大提琴的一弓，

似乎有谁在长叹，

竟是如此其悲凉啊……

选自《联合报·联合副刊》1977 年 12 月 23 日

人鱼公主

吴望尧

仅仅为了看你的忧悒
　　和湿淋淋的秀发　是否
　　已被北国冷冷的阳光
　　　　　　　　晒干?

迟一点便是冬天　散落了
　　那串童话　在多皱纹的漪涟
　　雪花中　你仍痴痴坐在
　　　　　　那块青冷的石上

你的尾原属于鱼的世界
　　海的女儿　为什么
　　把忧伤带到小小的丹麦　使
　　　暮年的游客　也要重温
　　　　　　童年的故事……

　　　　选自《联合报·联合副刊》1977 年 12 月 27 日

搜寻

苏绍连

那片旷野的左下角站着一棵梧桐，右上角旋飞着一百多架直升机。
　　那棵梧桐里的一片旷野举目望着我，我全身已长满双子叶，并继
　　续往上互生；那一百多架直升机上的片片旷野飘落向我，我头顶
　　上已长出一具螺旋桨，并旋飞起来，在天空中直升——，直
　　降——

旷野上，在逃亡的一棵梧桐里的自己终于怅望着一个个我分别坐了
　　一百多架直升机离去。

　　　　　　　　　选自《创世纪》诗刊第 46 期，1977 年 12 月

静物

碧果

黑的　是荡在面前的被阉割了的
黑的　是荡在面前的被阉割了的

是的
黑的黑的黑的黑的黑的黑的黑的黑的
黑的黑的黑的黑的黑的黑的黑的黑的

黑的黑的黑的黑的黑的黑的黑的黑的
黑的黑的黑的黑的黑的黑的黑的黑的
黑的黑的黑的黑的黑的黑的黑的黑的
黑的黑的黑的黑的黑的黑的黑的黑的
黑的黑的黑的黑的黑的黑的黑的黑的
黑的黑的黑的黑的黑的黑的黑的黑的
黑的黑的黑的黑的黑的黑的黑的黑的
黑的黑的黑的黑的黑的黑的黑的黑的
黑的

白的　是荡在面前的被阉割了的
白的　是荡在面前的被阉割了的

是的
白的白的白的白的白的白的白的白的
白的白的白的白的白的白的白的白的
白的白的白的白的白的白的白的白的
白的白的白的白的白的白的白的白的
白的白的白的白的白的白的白的白的
白的白的白的白的白的白的白的白的
白的白的白的白的白的白的白的白的
白的白的白的白的白的白的白的白的
白的白的白的白的白的白的白的白的
白的白的白的白的白的白的白的白的
白的

黑的也许就是白的。白的也是被阉割了的白的
白的也许就是黑的。黑的也是被阉割了的黑的

被阉割了的
树被阉割了。房子被阉割了。眼被阉割了。
街被阉割了。手脚被阉割了。云被阉割了。
花被阉割了。鱼被阉割了。门被阉割了。
椅子被阉割了。大地被阉割了。
哈哈
我偏偏是一只未被阉割了的抽屉

选自《创世纪》诗刊第 46 期

鸟狂

叶维廉

一

春天
我又能对你怎样呢?
你是一个季节
一个最了解我的语言的季节
挽不住啊
你一走
便是哄闹争吵的盛夏

在蒸腾腾的人影的密织里

在倾倒的铜铁玉瓦的撞击中

哪里有

你的消息呢?

蓝天

是一面无边的镜子

照来照去

也照不出

山查子爆放的粉白的花丛。

冰解后

是急促的流动

盲目地

向东向东

向西向西。

一场突发的大火

把记忆烧成

焰蝶

舞入灰沉沉的深谷里。

蓝天

郁郁的

总是照不出

我曾经驻足鸣唱的青松。

无边的镜湾里

白色的浪花

寂寂地回响着。

我努力

展翼展翼
扑扑扑啊扑向
自己的影子。

二

你存在过吗?
你真的存在过吗?
我竟是如此热切地追寻着……

三

故事已经逐渐模糊,无尽的黑暗里有歌声扭动,有河流狂奔,有风
　　起云涌,有雾结实如墙,有心脏以微弱的跳动支撑着四方逼来的
　　重量,有唇被咬破而无语……其后便设法离去,离开他一手建立
　　的王国,向浮游不定的远方……点亮那紫红的海螺吧,让歌声从
　　螺口旋出,像胸前繁盛的火焰……那沙尘滚滚的大路把海岸线走
　　完入河口逆流而上冰晶的天山。

四

鸟语不诳。你说

五

突然,衣裳沾满了鸟声

疏疏密密

一环复一环的

轻快

忽远忽近地

拍着

你音乐的肌肤

"我还要睡觉!"

突然

东窗醒来

西窗醒来

南窗醒来

北窗醒来

红霞一击而破

阳光胸针似的

勤快而温柔的手指

把窗玻璃抹成

一湖一湖的清水

你的梦

便卜卜地

从起伏起伏

暖暖暖暖的胸前

跃出

好一片白鸽

霍霍地

耍弄我的双手

窗外

平林尽处

清溪微微响

当你

被东南西北四面窗子

唤醒

六

当你

音乐似的升起

成云

七

消失了

没有虎豹没有飞禽

没有岩洞

等待海浪雄性的磨洗

消失了

所有的鸣唱

没有青松去承住

所有的语字

没有春天去诠释

所有的羽毛

都脱落

所有的表情

从眼壳中

流失……

你确曾存在过吗？

你确曾存在过吗？

蓝色无边的镜子里

数啊数啊

数着自己的影子

如失眠的夜里

数着纯白的绵羊

八

报载：

一群美丽无比的鸟

忽然

飞聚在

北部某人家的烟突上

任缓缓升起的烟火

烧死

窒死

选自《创世纪》诗刊第 46 期

给乐观者的女儿

多多

噢，你的情节很正常
正像你订报纸
查阅自己失踪的消息一样
乐观者的女儿
请你，也来影响一下我吧
也为你的花组织一个乐队吧：

看，你已经在酒店前面的街上行走
已经随手把零钱丢给行人
还要用同样的仪态问："哦，早晨
早晨向我问候了吗?"
还要用最宠爱别人的手势
指指路旁的花草
指指被你娇惯的那座城市
正像你在房间中走来走去
经过我，打开窗子
又随手拿起桌上的小东西

噢瞧你，先用脚尖
颤动地板，又作手势
恫吓我什么

如果有可能

还会坚持打碎一样东西

可你一定要等到晚上

再重翻我的手稿

还要在无意中突然感到惧怕

你惧怕思想

但你从不说

你为心情而生活

你生活的目的

就是小心翼翼地保护它

但你从不说

我送给你的酒——你浇花了

还把擦过嘴唇的手帕

塞到我手里，就

满意地走来走去

抚摸一切，想到一切

不经我的许可就向我开口

说出大言不惭的话

你可以使一切都重新开始

你这样相信

我这样相信吧

你就一刻也不再安静

可也并不流露出匆忙

你所做的一切都似是而非

只有你抚摸过的花

它们注定在今晚

不再开放

呵，当你经过绿水的时候

你不是闭起眼睛

不是把回忆当作一件礼物

你说你爱昨天古怪的回忆

你不是在向那所房子看呵着呵

看了很久

你可知道

你怀念的是什么

你要把记忆的洞打开

像赶出黄昏的蝙蝠那样

你要在香烟吸尽的一刹那

把电灯扭亮，你要作回忆的主人——

1977 年

选自多多著《阿姆斯特丹的河流》，北岳文艺出版社 1988 年 5 月版

黄昏即景

梁小斌

一个少年在呼唤他喂养的鸽子

他咕咕呼唤，充满着童贞

一个少年在呼唤属于他自己的鸽子

我也学着那少年的样子

用我真诚的嗓音，但已失去圆润……

一个过路人呼唤不属于自己的鸽子

大群的神灵已在空中自由翻腾

我真想奔放地舞蹈，扭动

用我痛苦的姿态感召它们

一只幼小的鸽子看着我出神

它飞向我，然后终于飞向它的主人

亲爱的小鸽子还不懂事

一个过路人想呼唤不属于自己的鸽子

一个失败的呼唤却也是一种歌声

金黄的屋顶上正栖息着黄昏

1977 年

选自梁小斌著《少女军鼓队》，中国文联出版公司 1988 年 2 月版

白雪，你使我心情舒畅

梁小斌

那个时候，有很多问题越想越黑，心中悲伤，

没有书读，小提琴也破裂得不成模样，

我知道，那是我折磨它时过于疯狂。

沉寂中的苦恼是多么黑暗可怕，
为什么我的屋子里会忽然明亮，明亮，
白雪，亲爱的雪啊，你使我心情舒畅。

白雪世界树枝撞动的声音都使我无限神往，
栖息的鸟群不成调的喧嚷都令人热泪盈眶，
过路行人踏雪的声音听起来就像诗歌一样。

沉寂中的苦恼是多么黑暗可怕，
黑暗的魔鬼要把我逼死在青春时光，
大自然啊，你永远是安慰我灵魂的好妈妈。

以后不管遇到什么事情都不要苦思冥想，
我愿白雪一直铺在我的心上，
亲爱的白雪啊，你已经铺在我的心上！

1977 年

选自梁小斌著《少女军鼓队》，中国文联出版公司 1988 年 2 月版

呱呱和《蝌蚪问答》

顾城

春风扬起温暖的尘沙

可呱呱不去管它

呱呱是井下聪明的青蛙

他刚出版了一本《蝌蚪问答》——

天有多大？不会比井大

要不，井口会撑炸

天上有啥？有一只金乌龟

一个玉蛤蜊，在深处

还有一些小银虾

那鸟呢？不过是种花蚊子

有点大，是蚯蚓变的，蚯蚓又聋又哑

所以叫声非常可怕

有海鸟吗，海是啥？

海是古代谣言，瞎编的

那时科学还不发达

海鸟不是谣言，海鸟是本图画

没有海总有河吧？河么？

河是长形的水洼

长不过五拃，会吐白沫

神经不太正常，会乱叫"哗哗"

真的，我舅舅老在河那刷牙

人也刷牙，对人该怎么评价

人吗，人是一种青蛙

已经退化，因为留在岸上

头上就长出了干草

嘴巴，渴得缩成了一点

只会伸直脚乱抓

他们向我来讨水喝，天天来

还想学蛙泳，笨呐，没有办法

只有极少人，还保存着

蝌蚪先进的尾巴

那么井呢，井是谁挖的

自然是我爸，还有我妈

我在肚子里出主意，分散经营

统一规划，这，这么挖，那，那么挖

结果，生命的泉水没有遗漏

历史的地层也没有倒塌

天还会哭鼻子，雨水滴滴达达

呵，伟大，我爸爸没有干儿子

赞美吧，快赞美呀，呵！呱呱

选自顾工编《顾城诗全编》，生活·读书·新知三联书店 1995 年 6 月版①

螳螂的婚事

顾城

雌性的大螳螂

在荒草间威武地漫步

不小心遇见了

———————————

①在顾城父亲顾工所编《顾城诗全编》一书的目录中，表明本诗写于 1977 年。

她可怜的丈夫
瘦小的翅膀
像两片干枯的竹叶
绿眼睛很大
像两颗泪珠

她的小须
扫过他悲伤的额角
他并其双足
像是求助
他们相爱了
在一个深秋的下午
草木悉悉瑟瑟
太阳在走向深谷

风有些凉了
天色将暮
雌螳螂振动纱衣
束紧肥大的小腹
她转过头
像是行最后的亲吻
一下子咬下了
丈夫的头颅

回光还亮着
照着彩色的万物

散落在草间的断翅

还想轻轻飞舞

这螳螂的爱情

将永远从一而终

不像我们人间

总是许多变故

选自顾工编《顾城诗全编》，生活·读书·新知三联书店 1995 年 6 月版①

家园

哑默

蓝色的地球仪

缓缓转动的天体

人类、世界、你、我们自己

古老的传说写在羊皮上

——人类往昔的日记

海潮冲上一个古瓶

缄封着声音

---

① 在顾城父亲顾工所编《顾城诗全编》一书的目录中，表明本诗写于 1977 年。

史前、公元……本世纪

第一个包进襁褓的婴儿
最先享受真正的文明

给过去的写下历史
给要来的注明航标

留下了史诗，留下了童话
也留下了金字塔
——地球上的伤疤

海洋、陆地……还没有禁区

闭上一只眼睛
即失去半边天地

的确不幸
人，总被分成两部分
——一半向阳
——一半背阴

太阳、银河、河外星系……

大洲，成为历史概念
火箭，去寻找另一些空间

世界已显得不够大

何况我们小小的家

墙、铁丝网、界边⋯⋯国境线

家啊，你被分成几极

长眠的覆雪层、永久冻土区

荒漠极地还是有生命

藻类、苔藓、地衣⋯⋯罂粟

拾起一束早开的罂粟

给朋友、兄弟、遥远的邻居⋯⋯

1977 年

选自哑默著《墙里化石》，中国致公出版社 1999 年 6 月版

1978^年

春醒

——诗迎新岁

辛郁

寂静落在对巷的小院

有一树月桂默默吐香

凭栏而立　我守着

新的岁月的讯号

自一叶叶新绿拍发

是的　今天我什么地方也不去

也没有梦想

一切是如此真实

视线被远远的山影拉长

醒着的胸脯有一片青铜铿锵

　　　　　选自《联合报·联合副刊》1978 年 1 月 7 日

在明天的工业基地上（二首）

杨炼

"伙伴们，走呵！"

"伙伴们，走呵！"

——东方快要发亮!
"伙伴们，走呵!"
——把夜色装进背囊!

山路上，撩开晨雾——
撩开大山朦胧的纱帐，
向祖国新的一天报道：
勘探队员已准时上岗!

标尺：忽短、忽长，
手锤：丁丁、当当，
大山从梦中惊醒——
浑身早被测绳捆绑!

它呀，抖动着森林的长发，
紧搂住怀里的宝藏，
山石，像一把把铁锁，
野藤，像一道道刺网……

哈! 对劈开旧世界荆棘的人们，
这样的路过于坦荡!
手中的标杆曾撬翻了三座大山，
——还撬不开你这绿色的宝箱?

琥珀色的露珠在曙光里眨眼，
绿云似的树丛在轻风中摇晃，

听呵，勘探队员的歌声响了，
接着，欢呼又在深深的峡谷回荡……

大山认输了，捧出霞光，
背囊里装满五彩的矿样，
——我们背来了汽笛、背来了工厂，
背来了明天呵！背来了希望！

这山间的羊肠小道，
就像长安街一样宽广，
沿着它，祖国跃进的脚步，
又跨过了一道山梁！

"伙伴们，走呵！"
哪怕前面山高路长！
——祖国胸中有多少财富，
勘探队员就去迎来多少金色的早上！

"节日"

论日子，不是"五一""十一"，
这一天，并没有标上日历，
可它却印在勘探队员心上，
明天，今天——记得清，算得细！

瞧，老地质师又刮青了下巴，

看，小绘图员又换上了新衣，
人人嘴角都挑着笑哟，
个个眉梢都挂着喜气！

来了——绿邮包拴着大伙的目光，
像沙漠中忽然见到翠绿的草地！
五彩的花瓣开在手中，
信封里抖出片片春意。

大个刘，咋乐得那么响？
公开嘛，这儿都是好兄弟！
——嗬！每个字都像朵火红的钢花，
你父亲那个班又夺得全厂第一！

明天咱要去详查沙漠，
也该寄点什么回去报喜，
——对！装一袋最富的铁矿石吧
捎去咱的支持和心意！

小李子，咋光笑不言语？
是不是信里藏着啥"秘密"？
——嘿！每一行都像那金黄的麦垄，
爱情在丰收的欢乐中洋溢！

咱可不能落在后头，
快把发现油田的奖状寄回去！

让她听着铁牛"突突"的叫唤，

就像听到你亲热的话语……

啊，塞北的风哟江南的雨，

霎时，都在这帐篷前汇聚，

喜讯把沙漠烧得发烫，

也把春雨洒在我们心里！

这就是勘探队员的"节日"呵，

没有鲜花，美酒——却像架高能量的发电机！

你看，大伙读完了亲人的来信，

又在把远征的鞋带紧系……

选自《北京文艺》1978 年第 4 期，1978 年 4 月 10 日

台北之恋

——试写现代诗押韵之一

彭邦桢

当我想起：此刻的黎明正是台北的黄昏

　　为什么我只在纽约的黎明，不在台北的

　　黄昏？且从一更走进五更，走进酒中盟

　　　举杯轮盏，醉在此间论纵横

当我想起：此刻的黄昏正是台北的黎明

为什么我只在纽约的黄昏，不在台北的
黎明？且从花开走向鸟鸣，走向诗中营
　　推心置腹，醒在此间看繁荣

当我想起：此刻的黎明正是台北的黄昏
　　此时圆山饭店的灯彩已千晶，且让我
　　　千斗解醒，眠在山中铸千情

当我想起：此刻的黄昏正是台北的黎明
　　此时基隆河上的风景已千晴，且让我
　　　千缕含英，起在河边挹千声

　　　　选自《联合报·联合副刊》1978 年 4 月 14 日

松影

萧萧

冰寒是我唯一可披的外衣
极目冈陵，隐隐约约
拂不去的松影

啊！拂不去松影

　　　　选自《联合报·联合副刊》1978 年 4 月 16 日

鹰笛

周涛

南海的螺号，淳厚、雄浑，
黎寨的芦笙，深沉、细腻；
海兰江畔的长鼓，奔放、潇洒，
越秀山下的洞箫，婉啭、秀丽……

也许你会遥望帕米尔雪峰，
问什么是高原心爱的乐器，
一节鹰翅骨，黝黑发亮，
这就是天山牧人的鹰笛。

在一个群鸦乱飞的严冬，
敌人入侵我们神圣的土地，
收起三弦琴，换上刀剑，
火光映红了战士的眉宇。

一场暴雪，掩盖了牧人的足迹，
敌人在山谷徘徊，又怒又急。
他们抓来一个牧羊的少年，
用锋快的马刀逼他带路追击。

少年咬住嘴唇轻轻一笑，

"好吧，我知道把你们带到哪里。"
去趟冰河，冻伤强盗的马蹄，
去爬雪峰，寻找敌人的墓地……

强盗头子大怒："人在哪里？"
少年异常平静，从怀中掏出短笛，
不是吹牧歌，是传递消息——
"敌人已到绝路，快来狠狠打击！"

强盗劈胸把他揪到崖边，
恼羞成怒，鞭打靴踢。
在洁白的公格尔九别峰上，
洒下少年殷红的血迹……

突然，少年的目光雪水般发亮，
从雪地一跃而起，扑向强敌！
他带着对祖国无比忠诚的信念，
和敌人一起滚下万丈绝壁……

有人说：强盗头子摔成一团肉饼，
而牧羊少年呢，变作山鹰飞去。
它盘旋，呼啸，抖下灰色的翎羽，
落地便化作塔吉克人珍爱的鹰笛。

这就是高原鹰笛的传说，
像一首诗，也像一支动人的歌曲，

它在塔吉克人心里久久回荡，

似冰山奔泻的雪水，长流不息！

今天，敌人胆敢再点燃战火，

在雪山、峡谷，会伸出无数"鹰笛"，

每一支鹰笛就是那黝黑发亮的枪口，

向侵略者——瞄准、射击！

选自《诗刊》1978 年第 5 期，1978 年 5 月 10 日

漂给屈原

余光中

有水的地方就有龙舟

有龙舟竞渡就有人击鼓

你恒在鼓声的前方引路

哀丽的水鬼啊你的漂魂

从上游追你到下游那鼓声

从上个端午到下个端午

湘水悠悠无数的水鬼

冤缠荇藻怎洗涤得清？

千年的水鬼唯你成江神

非湘水净你，是你净湘水

你奋身一跃，所有的波涛

汀芷浦兰流芳到现今

亦何须招魂招亡魂归去

你的诗族诗裔

涉沅济湘，渡更远的海峡

有水的地方就有人想家

有岸的地方楚歌就四起

你就在歌里，风里，水里

　　　　选自《联合报·联合副刊》1978 年 6 月 10 日

秧歌队员的歌

公木

青杨柳树一色新，

想起延安谁呀谁不亲。

月牙牙出来一苗苗火，

想起延安暖呀暖心窝。

公鸡打鸣鸣破晓天，

想起延安呵一九四二年。

学习了《讲话》，把定方向盘，

秧歌旱船闹也吧闹得喧。

《夫妻识字》呀《兄妹开荒》，
山峁峁跳来山沟沟唱。

跳得边区生产起高潮，
唱得前方抗战传捷报。

跳呀唱呀献给党中央，
献给咱心中的红太阳。

队员们心里蜜丝丝甜，
给咱毛主席拜个年。

枣园的灯火明晃晃，
火塔塔高烧在枣林旁。

首长战士围了一圈圈儿，
朵朵那榴花笑开颜。

毛主席的笑声传给秧歌队，
咱队员们听了真呀真个美。

红星打头呀龙摆尾，
扭完了还在淌汗水。

北风那个吹呀呼啦啦响，
一件大衣忽然披在俺身上。

一件大衣忽然披在俺身上：
"小心风硬莫着凉！"

抬头望呵抬头望，
头顶上升起红太阳。

头顶上升起红太阳，
毛主席的笑容多么慈祥！

哗啦啦队员们齐鼓掌，
一双双眼睛里闪出油光。

首长战士拥向前，
脱下大衣一件件。

一件件大衣长了翅膀，
飞到秧歌队员们身上。

一股股暖流沁进了心房，
一阵阵热泪润湿了眼眶。

天上的北斗万里明，
枣园的灯火一片红。

火塔塔高烧灯光亮，

毛主席站在崖畔上。

高大的身影高扬的手，
指引咱秧歌队朝前走。

星星眨眼满呀满天笑，
咱队员们走上宽平的道。

宽平的道呵弯曲的道，
一路上沟沟又岽岽。

一路走呵歌声震破天，
一路走来三十又六年。

三十六年山山又水水，
论劲头还是咱当年那秧歌队。

歌喉嘶哑呵头上染白霜，
一颗颗红心依然滚手烫。

一件大衣暖心房，
一篇《讲话》指方向。

它教咱心明眼又亮，
它教咱意志坚如钢。

巍巍宝塔山呵滚滚延河浪，

它给咱终生战斗的力量。

不曾怕天黑夜路长，

不曾怕山险虎狼狂。

不曾怕狐精狗怪结成帮，

不曾怕刀锋枪口顶胸膛。

永远前进在您开辟的大道上，

永远歌唱您呵不落的红太阳！

　　1977 年 9 月初稿

　　1978 年 5 月修补

　　选自《诗刊》1978 年第 7 期，1978 年 7 月 10 日

十三朵白菊花

周梦蝶

　　一九七七年九月十三日。余自善导寺购菩提子念珠归。见书摊右侧藤椅上，有菊花一大把：清气扑人，香光射眼，不识为谁氏所遗。遽携往小阁楼上，以瓶水贮之；越三日乃谢。一九七八年一月廿三日追记。

从未如此匆匆若有所失又若有所得过

在猝不及防的朝阳下

在车声与人影中

一念成白！我震栗于十三

这数字，无言哀于有言的挽辞

顿觉一阵萧萧的诀别意味

白杨似的袭上心来；

顿觉这石柱子是冢，

这书架子，残破而斑驳的

便是倚在冢前的荒碑了！

是否我的遗骸已消散为

冢中的沙石？而游魂

自数万里外，如风之驰电之闪

飘然而来——低回且寻思：

花为谁设？这心香

欲晞未晞的宿泪

是掬自何方，默默不欲人知的远客？

想不可不可说劫以前以前

或佛，或江湖或文字或骨肉

云深雾深：这人！定必与我有某种

近过远过翱翔过而终归于参差的因缘——

因缘是割不断的！

只一次，便生生世世了。

感爱大化有情

感爱水土之母与风日之父

感爱你！当草冻霜枯之际

不为多人也不为一人开

菊花啊！复瓣，多重，而永不睡眠的

秋之眼：在逝者的心上照着，一丛丛

寒冷的小火焰……

渊明诗中无蝶字；

而我乃独与菊花有缘？

凄迷摇曳中，蓦然，我惊见自己：

饮亦醉不饮亦醉的自己

没有重量不占面积的自己

猛笑着，在欲晞未晞，垂垂的泪香里

选自《联合报·联合副刊》1978 年 8 月 19 日

鱼化石

艾青

动作多么活泼，

精力多么旺盛，

在浪花里跳跃，

在大海里浮沉；

不幸遇到火山爆发，

也可能是地震，

你失去了自由，

被埋进了灰尘；

过了多少亿年，

地质勘探队员，

在岩层里发现你，

依然栩栩如生。

但你是沉默的，

连叹息也没有，

鳞和鳍都完整，

却不能动弹。

你绝对的静止，

对外界毫无反应，

看不见天和水，

听不见浪花的声音。

凝视着一片化石，

傻瓜也得到教训：

离开了运动，

就没有生命。

活着就要斗争，

在斗争中前进，

即使死亡，

能量也要发挥干净。

选自《文汇报》1978 年 8 月 27 日

美国籍

吴晟

在我们这个偏僻的乡间

你是少有的

"来来来，来台大

去去去，去美国"的优秀人才

让邻里钦羡地传诵

让故乡殷切地盼望

然而，听说你也入了美国籍

听说你的生活非常忙碌

为了分期付款购买的美国房子

和一本信用卡

很少有时间写家书

你一定有不得已的苦衷吧

在家乡，年老的母亲

也一直很忙碌

为了我们的学费

为了一季一季永远做不完的农事

为了你出国时

留给家里的一大笔债务

你该记得，你出去的那年年底

和风雨坎坷，烈日霜寒

拼斗一生的父亲，因车祸去世

将整个困厄的生活

交给不识字的母亲承担

十余年了，不识字的母亲

一到晚上，都有一大堆话

——不外乎是无止无尽的牵挂

要我写信告诉你

而我更想告诉你

每逢亲戚邻居办喜事

母亲也都一再吩咐

要我在礼券上

写上你的名字

只因为，你是母亲的大儿子

我们的大哥

虽然，这些无知识的亲戚邻居

你一向看不起

虽然，你离开落后的家乡

竟已十余年

而且也入了美国籍

虽然，你每封寄回来的航空邮简

对我们几个弟妹的不成器

既叹息，又生气

是的，我们都很令你失望

甚至令你感到羞耻

因为我们不愿亲近

骄傲的 ABC

只愿在自己的家乡

默默地工作，勤奋地流汗

正如艰苦地养育我们长大的

中国的这块番薯土地

不能带给你光彩和荣耀

听说，你也入了美国籍

听说，你的生活非常忙碌

你一定有不得已的苦衷吧

不知道，你可曾像母亲这样惦念你

惦念逐渐衰老的母亲？

不知道，我们从小吃惯的

又好吃又便宜的番薯

可曾在你的记忆中出现？

不知道，你在遥远的异国

为谁而忙碌？为什么而忙碌？

选自《联合报·联合副刊》1978 年 9 月 5 日

雁翎春歌

李小雨

雁翎的春色呵，太浓太多，
第一支春歌，该唱些什么？
软了，柳丝，落了，夯歌，
跳了，鱼苗，绿了，菱荷。

看，万紫千红中，飘落一片绿叶，
邮递员驶过，留一道闪光的车辙，
——这满载的书信要飞到井队，
雁翎最美的春光，在等咱摩托车。

那里，钻机声像震天的春雷，
那里，焊花像盛开的花朵，
那里，热汗像春雨般泼洒，
那里，决心书呀，盖满井场山坡。

……一片苇滩，又一片苇滩，
——钻一口油井，流一条油河，
钻井队远去了，机声消逝，
只留下一片油渍，一支战歌。

问放鸭的孩子，井队又迁往何处？

只见他长篙一指，红旗似火，

邮递员笑了，笑得好甜蜜：

走！再加大油门，定能把春天追着！

选自《诗刊》1978 年第 10 月期，1978 年 10 月 10 日

怀念李四光

孙静轩

……深蓝的赭黄的小小寰球

急速地旋转在你的书桌上

你注视着海洋和大陆

日日夜夜孕育着独特的思想

有一天，旋转的寰球戛然而止

你喜悦地注视着亚洲的盆地和山岗

呵，亚洲在崛起，在稳固

它高踞于全球，发射出绚丽的光芒……

这里的大地十分坚实

这里蕴藏着丰富的宝藏

而当太阳从祖国的大地冉冉升起

你像孩子回到了母亲的身旁

六十岁才开始了真正的生活

党的光辉给了你无穷的力量

从此，你的智慧变成了黑色的金子

伟大的民族造出来一个地质闯将

呵！多么壮丽的《新华夏构造体系》

像一串珍珠嵌镶在世界东方

全世界都刮目相看

对富饶的中国投下羡慕的眼光

如今，共和国的大厅里有一个座位空着

但这里却永久闪耀着地质之光

当那不尽的黑色的金子滚滚而来

又怎能不怀念你呵

李四光，祖国的地质闯将……

选自《诗刊》1978 年第 10 期

阳光，谁也不能垄断

白桦

"我们要思想再解放一点，

胆子再大一点，

办法再多一点，

步子再快一点。"

多么热诚而迫切的希望，

多么准确而深刻的语言。

我们伟大的祖国，

前进的路上还有那么一点阻拦；

那是怎么样的一点呢？

看！窗外正是明媚的春天，

快捅破与世隔绝的窗纸吧！

就需要那么一点。

一点就破呀！

百花盛开，阳光灿烂；

我们的前景是那样美好，

原来就在一纸之隔的眼前！

那时我们再回顾身后狭小的四壁，

会感到多么局促和难堪。

我们就像蜷伏在蛋壳里的鹰，

苏醒了的鹰怎么能容忍窒息和黑暗?!

成长着的血肉之躯必须冲破束缚，

现状已经不能使我们羽翼丰满。

听！我们正在用嘴敲响通往蓝天的门，

就需要那么一点！

一点就破呀！

云海茫茫，太空蔚蓝，

我们的翅膀原来可以得到那么强大的风，

就在这透明的薄壁外边；

再使点劲就冲破了！

我们就会有一个比现在无限大的空间。

我们像喷射出来的泉水，

却滞留在群山之间；

枯枝、败叶挡住了我们的去路，

正孕育着奔放的追求和冲锋的勇敢；

微波正在腐朽的堤岸上寻找着缺口，

就需要那么一点！

一点就破呀！

大地辽阔，原野漫漫。

我们会对自己的力量感到震惊，

摧枯拉朽，一往无前！

只要再推动一下，

静静的积水立即会变成万里狂澜。

人类有过无数次跃进，

每一次都需要先突破一点。

当我们钻木找到第一颗火星，

我们很快就有了大规模的冶炼；

就出现了干将莫邪，

就锻制出削铁如泥的宝剑。

当我们在土洞前用手挖掘了一条水沟，

华夏很快就治理了洪水泛滥；

就出现了大禹王和他的子孙，

他们在大地上画出了山、水和农田；

从天上来的滔滔黄河，

成了哺育我们伟大民族的摇篮。

"帝王宁有种乎！"

陈胜在茫茫大泽之中登高一喊；

赤地千里揭竿而起，

梁山扎寨，闯王登上金銮，

一颗颗金刚石般的头颅，

把屠刀的刃锋碰卷。

压迫——反抗——屠杀，

一直继续了三千多年；

毛泽东提着一盏油灯，

开始照亮了一个山冲——韶山；

他寻找着拯救中国的道路，

他找到了那决定性的一点。

把马列主义的普遍真理，

和中国革命实践相结合；

敢于用中国革命实践去检验马克思、列宁，

又敢于请马克思、列宁来指导中国革命实践；

就那么一点，是的，就那么决定性的一点！

星星之火瞬息燎原。

我们的旗帜一展开就成为列强轰击的目标，

毛泽东面对着的是整个亚洲的黑暗；

还有几个"百分之百的布尔什维克"，

把毛泽东思想判为异端；

他们用豪言壮语去攻打大城市，

用精装的书本去抵挡炮弹。

红军不得不忍痛告别哭声震天的苏区，

被迫去冲击两万五千里雄关；

当我们的旗帜在长征中重新举起的时候，

她在人民心里又增添了千百倍光焰；

我们跟着她杀出了一个人民共和国，

在烈士鲜血浸透的土地上开垦良田。

六十年代、七十年代出了个"四人帮"，

老问题又酿成一场新灾难；

种田，用口号代替灌溉；

炼钢，用语录充当焦炭；

像巫婆那样装神弄鬼，

亿万架机床整整空转了十年！

他们把毛泽东思想任意剪裁，

随心所欲地糟践；

把上一句当做他们的护身符，

把下一句当做私刑的钢鞭；

闭着眼睛抽出任何一句都能为他们所用，
梦想踏着毛主席著作爬上女皇的圣殿。

用无止境的假"左"运动群众，
用无边际的谎言维持局面；
告密、跟踪、追捕，
儿童为了自卫都学会了表演；
"四人帮"毁了我们一代人的青春，
谁说……谁说只是十年?!

虽然人民已经把"四人帮"判了死刑，
他们身上的细菌还在空气中扩散；
无论好人还是坏人，
都可能受到传染；
有些人习惯性的神智不清，
把地球的正常转动看成天塌地陷。

有些人以真理的主人自居，
真理怎么能是某些人的私产！
他们妄想像看财奴放债那样，
靠讹诈攫取高额的利钱；
不！真理是人民共同的财富，
就像太阳，谁也不能垄断。

正因为真理对人民有用，
人民才有权让真理接受实践的检验；

人民有权在实践中鉴定真理，

充实它，让它和人类社会一起发展。

是渣——怕火也没用，

是钢——怕什么千锤百炼。

旗帜的真正捍卫者是人民，

人民为了保卫旗帜白骨堆成山；

人民为了保卫旗帜鲜血流成河，

谁也无权自任掌旗官！

试看那个自命为旗手的泼妇江青，

不是已经成为永世的笑谈了吗?!

"我们要思想再解放一点，

胆子再大一点，

办法再多一点，

步子再快一点。"

为了飞翔，为了奔腾！

我们一定能突破这决定性的一点⋯⋯

　　1978 年 11 月 1 日

　　选自《诗刊》1978 年第 12 期，1978 年 12 月 10 日

秋兴

余光中

白露为封面，清霜作扉页

秋是一册成熟的诗选

翻动时满是瓜香和果香

又月满中秋，菊满重阳

炒栗子和螃蟹新肥的引诱

又飘满这港口的街角和酒楼

野火烧艳对岸的远山

吐露港是一湾湛湛的蓝

仰对长空幻幻的青

每一个美得无憾的金日子

临去都签上晚霞的名字

而永垂不朽，吾友吾友

你航空信里寄来的红叶

满是霜余的齿印，血印

夹在诗选的《秋兴》那几面

便成为今年最壮丽最动人联想的

一张书签

选自《联合报·联合副刊》1978 年 12 月 13 日

黄昏：丁家滩

—— 赠 M 和 B

北岛

黄昏，黄昏
丁家滩是你蓝色的身影
黄昏，黄昏
情侣的头发在你肩头飘动

是她，抱着一束白玫瑰
用睫毛掸去上面的灰尘
那是自由写在大地上
殉难者圣洁的姓名

是他，用指头去穿透
从天边滚来烟圈般的月亮
那是一枚订婚的金戒指
姑娘黄金般缄默的嘴唇

嘴唇就是嘴唇
即使没有一个字
呼吸也会在山谷里
找到共同的回声

黄昏就是黄昏

即使有重重阴影

阳光也会同时落入

他们每个人心中

夜已来临

夜，面对着四只眼睛

这是一小片晴空

这是等待上升的黎明

选自《今天》1978 年第 1 期，1978 年 12 月

致橡树

舒婷

我如果爱你——

绝不像攀援的凌霄花，

借你的高枝炫耀自己；

我如果爱你——

绝不学痴情的鸟儿，

为绿荫重复单调的歌曲；

也不止像泉源，

常年送来清凉的慰藉；

也不止像险峰，

增加你的高度，衬托你的威仪。

甚至日光，

甚至春雨。

不，这些都还不够！

我必须是你近旁的一株木棉，

作为树的形象和你站在一起。

根，紧握在地下；

叶，相触在云里。

每一阵风过，

我们都互相致意，

但没有人，

听懂我们的言语。

你有你的铜枝铁干，

像刀，像剑，也像戟；

我有我红硕的花朵，

像沉重的叹息，

又像英勇的火炬。

我们分担寒潮、风雷、霹雳；

我们共享雾霭、流岚、虹霓。

仿佛永远分离，

却又终身相依。

这才是伟大的爱情，

坚贞就在这里：

爱——

不仅爱你伟岸的身躯，

也爱你坚持的位置，足下的土地。

选自《今天》第 1 期

往事二三

舒婷

一只打翻的酒盅
石路在月光下浮动
青草压倒的地方
遗落一枝映山红

桉树林旋转起来
繁星拼成了万花筒
生锈的铁锚上
眼睛倒映出晕眩的天空

以竖起的书本挡住烛光
手指轻轻衔在口中
在脆薄的寂静里
做半明半昧的梦

1978 年 5 月 23 日①
选自《海洋文艺》1978 年第 12 期

---

①福建文学编辑部：《新诗创作问题讨论集 附舒婷〈心歌集〉》，1980 年，第 261 页。

思念

蔡其矫

我对你的思念充满春意
前面是
波纹鲜明的流水，
背后
展开一片绿色的原野，
寂静的云影下面
你的微笑有如鸟群翩飞。

我对你的思念从无静止
有如月之升起
掠过一层层的树枝——
你从我的心灵走出
沿着一层层的记忆
以焕发的容光照亮周围。

我对你的思念重返真实，
在有塔的山上
细雨蒙蒙中的缄默，
为倾心而永久等待
既无言

也未曾示意。

1974 年①

选自《今天》1978 年第 1 期

根

洛夫

1

非茎

非叶

非花

非果实

之能如此安于孤寂安于埋没安于永世的卑微

是血

是盐

是家

是乳汁

大地育我喂我腐朽我又重创我为茫茫的时间

---

①安徽师范大学：《大学语文·经典诵读 大学生必读的中华经典诗歌 100 首》，2011 年，第 291
页。

2

我吸取，我输送，我呕白色的血，我枯瘦
我死去，无一棺半冢
我抱他人的骨灰瓮入睡
地面上送葬的唢呐声
早已随风而逝

我死去
很快我又复活了
我是最初的
我是最土的
我蛰伏无声，我正准备
用鲜花为你们营造一座永生的城
我是时间

3

地壳日益阴冷
而我满身是火

我哀伤？
也许是，但泪已凝固

4

我的手长而执拗，相互纠缠
我使土壤与岩石紧紧团结
我慢慢爬行
据说天空是蓝的
我知道我绝到不了那里
我的梦没有翅膀

我从不傲慢，亦无虞于羞辱
因我前后左右
空无一人
无一人能为我忍受化血换骨的蜕变
作证

5

春天
我被挖掘
我被灌以雪水
我毒藤一般被人暴晒，焚毁
我被浓烈的阿姆尼亚呛得咳嗽
风雷动地，我以泞泥塞住耳朵
我怯于嚣骚且拙于诅咒
却无惧于那些胸怀刀子的人

因为我藏在最深处

我是最初的
我是最土的

选自《创世纪》诗刊第 47 期

骏马

蓉子

无论何时
你的出现
总是一片耀眼的光华
朝暾般升起人们的仰望

一声嘶吼　尽收原野美景于眼前
你迅疾的蹄音　是跃动的风云
越过墙篱　谷场　山冈　原野
花朵们便一路欣然地展放过去……

绝非柠檬的淡影
是夏天全体石榴的红艳
唯人们的眼尚来不及追踪
你已绝尘而去　天广地漠

啊，那大世纪的风采

那飞扬地舒畅　而风涌云动

一出鞘势必中的

一起步世界便落在身后

驮你的愿望于四足不停的奔驰

直到跃马中原　跑遍了祖国壮丽山河！

1978 年

选自蓉子著《这一站不到神话》，台湾大地出版社 1986 年 9 月版

1979年

光的赞歌（节选）

艾青

我们的祖先是光荣的
他们为我们开辟了道路
沿途留下了深深的足迹
每个足迹里都有血迹

现在我们正开始新的长征
这个长征不只是二万五千里的路程
我们要逾越的也不只是十万大山
我们要攀登的也不只是千里岷山
我们要夺取的也不只是金沙江、大渡河
我们要抢渡的是更多更险的渡口
我们在攀登中将要遇到
　　更大的风雪、更多的冰川……

但是光在召唤我们前进
光在鼓舞我们、激励我们
光给我们送来了新时代的黎明
我们的人民从四面八方高歌猛进

让信心和勇敢伴随着我们
武装我们的是最美好的理想
我们是和最先进的阶级在一起

我们的心胸燃烧着希望

我们前进的道路铺满阳光

让我们的每个日子

　　都像飞轮似的旋转起来

让我们的生命发出最大的能量

让我们像从地核里释放出来似的

　　　　极大地撑开光的翅膀

　　　　在无限广阔的宇宙中飞翔

让我们以最高的速度飞翔吧

让我们以大无畏的精神飞翔吧

让我们从今天出发飞向明天

让我们把每个日子都当做新的起点

或许有一天，总有一天

我们这个古老的民族

我们最勇敢的阶级

将接受光的邀请

去叩开千万重紧闭的大门

访问我们所有的芳邻

让我们从地球出发

飞向太阳……

选自《人民文学》1979 年第 1 期，1979 年 1 月 20 日

冷酷的希望

北岛

1

风牵动棕黄的影子
带走了松林的絮语

吝啬的夜
给乞丐洒下星星的银币
寂静也衰老了
不再禁止孩子们的梦呓

2

永不重复的夜
永不重复的梦境
淹没在悄悄褪色的晨雾中

3

两双孩子的大眼睛
躲在阴暗的屋檐下
小天窗已经失明
再不能采集带霜花的星星

牵牛花已经喑哑

再不能讲述月光下的童话

告别了

童年的伙伴和彩色的梦

大地在飞奔……

让后退的地平线

在呼啸中崩溃吧

4

世界真大呀

5

在早霞粉红色的广告上

闪动着一颗绿色的星

手牵着手

我们走向前去

把自己的剪影献给天空

6

从小小的手掌上

吹出一颗轻盈的柳絮

让它去揭开雾海的秘密

让它去驾驭粗野的风

7

是什么在喧闹
仿佛来自天上

喂，太阳——万花筒
旋转起来吧
告诉我们无数个未知的梦

8

乌云奏起沉重的哀乐
排好了送葬的行列
太阳向深渊陨落
牛顿死了

9

天空低矮的屋檐下
织起了浅灰色的篱笆
泡沫的小蘑菇
栽满路上的坑洼

雨一滴一滴

滑过忧伤的脸颊

10

一只被打碎的花瓶
嵌满褐色的泥沙

脆弱的芦苇在呼吁
我们怎么来制止
这场疯狂的大屠杀

11

也许
我们就这样
失去了阳光和土地
也失去了我们自己

12

希望
这大地的遗赠
显得如此沉重

寂静
寒冷

霜花随雾飘去了

13

夜
湛蓝的网
星光的网结

报时的钟声

这庄重的序曲
使我相信了死亡

14

紫黑色的波涛凝固了
在山涧
在摇荡的小桥下
乌鸦在盘旋
没有一点声响

15

鸽子匆匆飞去了
飘下一根洁白的羽毛

孩子呵

从母亲的血液里

你继承了什么

      16

泪水是咸的

呵，哪里是生活的海洋

愿每个活着的人

真真实实地笑

痛痛快快地哭吧

      17

终于

雷声也喑哑了

黑暗

遮去了肮脏和罪恶

也遮住了纯洁的眼睛

      18

一盏昏睡的煤油灯

用谦卑的飞爆声

描绘另一个星球的见闻
随着一缕青烟的叹息
它摘下淡蓝的光轮

19

空中升起金色的气球
我们牵住了无形的线绳

你飘吧
飘过这黑色的海洋
飘向晴朗的天空

20

报时的钟声

这庄重的序曲
究竟意味着什么

21

希望
这大地的遗赠
显得如此沉重

寂静

寒冷

选自《今天》1979 年第 2 期

回答

北岛

卑鄙是卑鄙者的通行证，

高尚是高尚者的墓志铭。

看吧，在那镀金的天空中，

飘满了死者弯曲的倒影。

冰川纪过去了，

为什么到处都是冰凌？

好望角发现了，

为什么死海里千帆相竞？

我来到这个世界上，

只带着纸、绳索和身影。

为了在审判之前，

宣读那些被判决的声音。

告诉你吧，世界，

我——不——相——信！

纵使你脚下有一千名挑战者，

那就把我算作第一千零一名。

我不相信天是蓝的，

我不相信雷的回声，

我不相信梦是假的，

我不相信死无报应。

如果海洋注定要决堤，

就让所有的苦水注入我心中。

如果陆地注定要上升，

就让人类重新选择生存的峰顶。

新的转机和闪闪星斗，

正在缀满没有遮拦的天空，

那是五千年的象形文字，

那是未来人们凝视的眼睛。

选自《诗刊》1979 年 3 月号，1979 年 3 月 10 日

海洋抒情诗

孙静轩

海

流过那古老的褐色的田地

流过那遮着篱笆的村口

小河呵，一路上述说着千百个神奇的故事

日夜不停地欢唱着向东方奔流

在那河道的尽头，千万条姊妹的河聚会了

于是，在另一个广阔的天地里，她们兴奋

　　地拥抱着，发出了摇撼山岳的欢呼……

海港小夜曲

大海在月光轻柔的抚摸中睡熟了

在一片灰蓝灰蓝的夜色里做着怪诞的梦

像是不愿意扰乱了大海的睡眠

风悄悄地溜走了，波涛也不再出声

连那海岸上爱饶舌的小松树

这会儿也只轻轻地摇晃着它小巧的身影

月光下，一只不知名的水鸟飞掠而过

它不慎用翅膀划破了海面，发出一下轻微的响声

突然，一辆三轮马车哒哒地朝海岸驶来

那马儿使劲地摔着蹄子，像是有意敲破

这夜港的恬静……

　　选自《诗刊》1979 年 3 月号，1979 年 3 月 10 日

心事

芒克

1

大地灰蒙蒙。

我久久地望着你，
我什么也不想说。

2

呵，天空
难道这是你的胸脯？
难道这是你冰冷的胸脯？

3

太阳闭上了明亮的眼睛。
我想拥抱你！

我想用爱情的琴
为你弹拨歌曲。

4

心是宝石，
诗是花篮。
可是，你是什么？

你是冷若冰霜的天空。
你是默默无声的土地。

5

难道就不能让我们亲近一点儿？
难道就不能让我看见你绯红的笑脸？

瞧，那里落满了晚霞，
那里遍地都是花瓣。

6

好一片美妙的黄昏！
你微笑的嘴唇涂着淡淡的口红。

我要从胸膛里
给你掏出亲切的致意。
我要向你抛去多情的眼神！

7

我在暗处，
路已消失。

月亮出来了，
月亮靠一棵摇动的小树。

8

喂，你怎么了？
你让我给你点儿什么？

喂，你有家吗？
你的家在哪儿？

9

没有回答，
只有回声。

我用力地向你呼喊，
我两手空空。

10

夜是孤独的。

她低着头，

她好像在说着什么。
夜。

11

当然了，
爱你的人
对你一定有所要求。

即使你穿上天的衣裳，
我也要解开那些星星的纽扣。

12

我会爱人，
我同样将被人所爱。

可是，
我也曾悲伤地想：
什么时候，
这一切连同我都会消失呢？

13

命运啊

你将要把我带到哪里去

我心事重重

14

痛苦依然是痛苦。
甜蜜仍旧是甜蜜。

你最好是梦，
梦像鸟儿一样飞了。

15

又是秋天
又是落叶
又是这条孤零零的小路

又是悲哀
又是寂寞
又是这最黑暗的时刻

选自《今天》1979 年第 3 期

纪念碑

江河

我常常想
生活应该有一个支点
这支点
是一座纪念碑

天安门广场
在用混凝土筑成的坚固底座上
建筑起中华民族的尊严
纪念碑
历史博物馆和人民大会堂
像一台巨大的天平
一边
是历史，是昨天的教训
另一边
是今天，是魄力和未来

纪念碑默默地站在那里
像胜利者那样站着
像经历过许多次失败的英雄
在沉思
整个民族的骨骼是他的结构

人民巨大的牺牲给了他生命

他从东方古老的黑暗中醒来

把不能忘记的一切都刻在身上

从此

他的眼睛关注着世界和革命

他的名字叫人民

我想

我就是纪念碑

我的身体里垒满了石头

中华民族的历史有多么沉重

我就有多少重量

中华民族有多少伤口

我就流出过多少血液

我就站在

昔日皇宫的对面

那金子一样的文明

有我的智慧，我的劳动

我的被掠夺的珠宝

以及太阳升起的时候

琉璃瓦下紫色的影子

——我苦难中的梦境

在这里

我无数次地被出卖

我的头颅被砍去

身上还留着锁链的痕迹

我就这样地被埋葬

生命在死亡中成为东方的秘密

但是

罪恶终究会被清算

罪行终将会被公开

当死亡不可避免的时候

流出的血液也不会凝固

当祖国的土地上只有呻吟

真理的声音才更响亮

既然希望不会灭绝

既然太阳每天从东方升起

真理就会把诅咒没有完成的

留给了枪

革命把用血浸透的旗帜

留给风，留给自由的空气

那么

斗争就是我的主题

我把我的诗和我的生命

献给了纪念碑

选自《今天》1979 年第 3 期

巴黎公社

齐云

奴隶的歌声嵌进仇恨的子弹

一个世纪落在棺盖上

像纷纷落下的泥土

呵，巴黎，我的圣巴黎

你像血滴，像花瓣

贴在地球蓝色的额头

黎明死了

在血泊中留下早霞

你不是为了明天的面包

而是为了常青的无花果树

为了永存的爱情

向戴金冠的骑士，举起孤独的剑

选自《今天》1979 年第 3 期

四月的黄昏

舒婷

四月的黄昏里

流曳着一组组绿色的旋律

在峡谷低回

在天空游移

要是灵魂里溢满了回响

又何必苦苦寻觅

要歌唱你就歌唱吧，但请

轻轻，轻轻，温柔地

四月的黄昏

好像一段失而复得的记忆

也许有一个约会

至今尚未如期

也许有一次热恋

永不能相许

要哭泣你就哭泣吧，让泪水

流啊，流啊，默默地

选自《今天》1979 年第 3 期

祈求

蔡其矫

我祈求炎夏有风，冬日少雨；

我祈求花开有红有紫；

我祈求爱情不受讥笑，

跌倒有人扶持；

我祈求同情心——

当人伤悲

至少给予安慰

而不是冷眼竖眉；

我祈求知识有如泉源，

每一天都涌流不息，

而不是这也禁止，那也禁止；

我祈求歌声发自各人胸中

没有谁要制造模式

为所有的音调规定高低；

我祈求

总有一天，再没有人

像我作这样的祈求！

选自《四五论坛》第 11 期

南海的花

李瑛

一

这里是海洋，

这里是没有花的地方。

天上只有粒粒星斗，

水下只有闪闪磷光；

没有须根，支撑它长在空间，

没有陆地，哪怕一寸贫瘠的土壤；

苍穹冷月，撒一把银箔碎片，

明岛暗礁，激溅得浪沫飞扬……

这不是花，它闪闪烁烁，

只能见浪的长鬓，波的翅膀，

这不是花，它转瞬即逝，

只留下一片空蒙，寂寞而又苍茫；

仍然是如墨的天宇，似铁的海浪，

只有亘古的惊涛，炸雷般在轰响。

这里是海洋，

这里是没有花的地方。

二

谁说这里没有花，

看礁盘深处，渔火在跳荡！

如海的深夜，似夜的海上，

灯光，一簇簇，一点点，安详而倔强；

它们敢于蔑视漫天风雨，

它们曾战胜了万顷汪洋，

它们一棵棵，扎根海底，

却又一朵朵，在浪尖竞放。

它们长得这般艳丽多彩，

乳白，绛红，浅绿，金黄，

难道不会引来蜂飞蝶舞，

长空像也充满它浓郁的幽香！

遥望着这亲切温暖的火焰呵，

我感到祖国的脉搏，我想歌唱！

三

是的，这是人间真正的花朵，

战斗的生命永远不会凋亡。

敬礼，向"四化"进军的英武的船队，

微茫里，我犹听见它沸腾的喧嚷；

我知道，经过多少日夜战风闯海，

今晚，仍没有梦，仍没有片刻停止繁忙；

看见吗，灯光下那一员员渔民虎将，

从脸庞到胸膛，燃烧的都是希望！

呵，有的理网，有的擦枪，

灯光照着信念，信念充满力量。

是海的膂力，给了他们勇敢的灵魂？

是海的浪花，赋予他们晶莹的思想？

今夜，南海深处这大跃进中的渔火呵，

我相信，它会：下照祖国万载，
　　　　上映太古洪荒！

是的，这是人间真正的花朵，
战斗的生命永远不会凋亡！

　　　　选自《长春》文学月刊，1979 年 4 月

我认识的少女已经死了

黄永玉

我认识的少女已经死了，
她不是站在小河对岸的
　　　　　那个少女，
虽然她们都一样的美丽年轻。

我认识的少女已经死了，
为了悼念一位伟大的死者，
她为悼念而牺牲。

我认识的少女是那么纤弱，
她曾经怕过老鼠和小虫，
却完成了一个壮丽的献身。

有谁知道她死在何方？
有谁看过那最后的一双
　　等待黎明的眼睛？

在小河对岸
　　站立着一个少女，
但我认识的少女已经死了。

虽然她也曾在河岸上
　　凝眸黄昏。

为了不让所有的少女
　　再有那不幸的未来，
让我们男人们为战斗而死吧
即使死一万次也行！

　　1979 年 4 月 5 日
　　选自《诗刊》1979 年 5 月号，1979 年 5 月 20 日

湘逝
　　——杜甫殁前舟中独白

余光中

把漂泊的暮年托给一棹孤舟

把孤独托给北征的湘水

把湘水付给蒙蒙的雨季

似海洞庭，日夜摇撼着乾坤

夔府东来是江陵是公安

岳阳南下更耒阳，深入疠瘴

倾洪涛不息遍地的兵燹

溆郁郁乘暴涨的江水回棹

冒着豪雨，在病倒之前

向汉阳和襄阳，乱后回去北方

静了胡尘，向再清的渭水

倒映回京的旌旗，赫赫衣冠

犹峥汉家的陵阙，镇着长安

出峡两载落魄的浪游

云梦无路杯中亦无酒

西顾巴蜀怎么都关进

巫山巫峡峭壁那千门

一层峻一层瞿塘的险滩？

草堂无主，苔藓侵入了屐痕

那四树小松，客中殷勤所手栽

该已高过人顶了？记得当年

蹇驴与驽马悲嘶，剑阁一过

秦中的哭声可怜更深锁

在栈道的云后，胡骑的尘里

再回头已是峡外望剑外

水国的远客羡山国的近旅

十四年一觉噩梦，听范阳的鼙鼓

遍地擂来，惊溃五陵的少年

李白去后，炉冷剑锈

鱼龙从上游寂寞到下游

辜负了匡山的云雾空悠悠

饮者住杯，留下诗名和酒友

更偃了，严武和高适的麾旗

蜀中是伤心地，岂堪再回楫？

劫后这病骨，即使挺到了京兆

风里的大雁塔与谁重登？

更无一字是旧游的岑参

过尽多少雁阵，湘江上

盼不到一札南来的音讯

白帝城下捣衣杵捣打着乡心

悲笳隐隐绕着多堞的山楼

窄峡深峭，鸟喧和猿啸

激起的回音：这些已够消受

况又落花的季节，客在江南

乍一曲李龟年的旧歌

依稀战前的管弦，谁能下咽？

蛮荆重逢这一切，唉，都已近尾声

亦似临颍李娘健舞在边城

弟子都老了，天矫公孙的舞袖

更莫问，莫问成都的街头

顾客无礼，白眼谁识得将军
南薰殿上毫端出神骏？

泽国水乡，真个是满地江湖
飘然一渔父，盟结沙鸥
船尾追随，尽是白衣的寒友
连日阴霖里长沙刚刚过了
总疑竹雨芦风湘灵在鼓瑟
哭舻后的太傅？舻前的大夫？
禹坟恍惚在九疑，坟下仍是
这水啊水的世界，潇湘浩荡接汨罗
那水遁诗人淋漓的古魂
可犹在追逐回流与盘涡？
或是兰桨齐歇，满船回眸的帝子
伞下簇拥着救起的屈子
正傍着枫崖要接我同去？

幻景逝了，冲起沙鸥四五
逝了，梦舟与仙侣，合上了楚辞
仍萧条隐几，在漏雨的船上
看老妻用青枫生火烧饭
好呛人，一片白烟在船尾
何曾有西施弄桨和范蠡？
野猿啼晚了枫岸，看洪波渺漫
今夜又泊向哪一渚荒洲？
这破船，我流放的水屋

空载着满头白发，一身风瘫和肺气

汉水已无份，此生恐难见黄河

唯有诗句，纵经胡马的乱蹄

乘风，乘浪，乘络绎归客的背囊

有一天，会抵达西北那片雨云下

梦里少年的长安

选自《联合报·联合副刊》1979 年 5 月 26 日

海望

吕剑

登上海边的峭岩，

望着洪涛汹涌而来。

听大海的深沉的呼吸，

仿佛正发自我的胸怀。

我看着海鸟凌波而飞，

纵情地掠着轻云或霞光。

多么令人难于分辨——

是我呀还是它呀在海天翱翔？

海中是何等奇异的所在？

我愿潜入那蔚蓝的深处，

从珊瑚树旁的贝族那里，

为祖国的花冠去探取明珠。

我驾着巨舶驶向海的中央，

看呀，太阳也正乘着飞轮，

伴和着我的高扬的歌声，

从那海平线上冉冉升腾……

选自《诗刊》1979 年第 6 期，1979 年 6 月 10 日

谣曲

方含

我从天空慢慢地下降

梦轻盈地落在我的心上

姑娘，如果你去山里

请找到我的马儿

它是被光偷去的

我的影子

你紧紧系住它

用小溪的绿丝带

然后骑上它

像一阵风

跑回

这夜的暗绿的城市

我的一滴滴红色的眼泪
洒在秋天憔悴的脸上

姑娘，如果你去海边
请找到我的船儿
它是被风带走的
我的声音
你高高挂起帆
用天的蓝绸子
然后驾着它
像一片云
飘回
这夜的黑红的海岛

我的马尾松瘦长的影子
斜斜地躺在沙滩上

让我的影子驮着你
飞快地跑
翻过大山的驼背
钻进森林浓密的胡须里
在野花的窝里玩捉迷藏
从衰老的大松树上
捡起一个

压得弯弯的月亮

　　我的心灵火红的果子
　　被夏天遗忘在生命的树上

让我的声音，抛下锚
停泊在你的门前
我的眼睛在水里歌唱
是散落在海里的星星
我的嘴唇
是风，是浪花
轻轻地吻着
你的手臂和肩膀

　　我从天空慢慢地下降
　　梦轻盈地落在我的心上

　　　选自《今天》1979 年第 6 期

发香与风

辛郁

在风中的发香轻而淡
扬着些涟漪
湿了我的眼

我真想知道

为了这渐渐消失的发香

风会不会回转身来

选自《中外文学》第 8 卷第 1 期，1979 年 6 月

这也是一切

——答一位青年朋友的《一切》

舒婷

不是一切大树

　　都被暴风折断；

不是一切种子，

　　都找不到生根的土壤；

不是一切真情

　　都流失在人心的沙漠里；

不是一切梦想

　　都甘愿被折掉翅膀。

不，不是一切

都像你说的那样！

不是一切火焰，

　　都只燃烧自己

　　而不把别人照亮；

不是一切星星，

　　都仅指示黑暗

　　而不报告曙光；

不是一切歌声，

　　都掠过耳旁

　　而不留在心上。

不，不是一切

都像你说的那样！

不是一切呼吁都没有回响；

不是一切损失都无法补偿；

不是一切深渊都是灭亡；

不是一切灭亡都覆盖在弱者头上；

不是一切心灵

　　都可以踩在脚下，烂在泥里；

不是一切后果

　　都是眼泪血印，而不展现欢容。

一切的现在的都孕育着未来，

未来的一切都生长于它的昨天。

希望，而且为它斗争，

请把这一切放在你的肩上。

　　选自《诗刊》1979 年 7 月号，1979 年 7 月 10 日

古罗马的大斗技场

艾青

也许你曾经看见过
这样的场面——
在一个圆的小瓦罐里
两只蟋蟀在相斗,
双方都鼓动着翅膀
发出一阵阵金属的声响,
张牙舞爪扑向对方
又是扭打、又是冲撞,
经过了持久的较量,
总是有一只更强的
撕断另一只的腿
咬破肚子——直到死亡

古罗马的大斗技场
也就是这个模样,
大家都可以想象
那一幅壮烈的风光。

古罗马是有名的"七山之城"
在帕拉丁山的东面
在锡利山的北面

在埃斯撰林山的南面

那一片盆地的中间

有一座——可能是

全世界最大的斗技场，

它像圆形的古城堡

远远看去是四层的楼房，

每层都有几十个高大的门窗

里面的圆周是石砌的看台

可以容纳十多万人来观赏。

想当年举行斗技的日子

也许是一个喜庆的日子，

这儿比赶庙会还要热闹

古罗马的人穿上节日的盛装

从四面八方都朝向这儿

真是人山人海——全城欢腾

好像庆祝在亚洲和非洲打了胜仗

其实只是来看一场残酷的悲剧

从别人的痛苦激起自己的欢畅。

号声一响

死神上场

当角斗士的都是奴隶

挑选的一个个身强力壮

他们都是战败国的俘虏

早已妻离子散、家破人亡，

如今被押送到斗技场上

等于执行用不着宣布的死刑

面临着任人宰割的结局

像畜棚里的牲口一样；

相搏斗的彼此无冤无仇

却安排了同一的命运，

都要用无辜的手

去杀死无辜的人；

明知自己必然要死

却把希望寄托在刀尖上；

有时也要和猛兽搏斗

猛兽——不论吃饱了的

还是饥饿的都是可怕的——

它所渴求的是温热的鲜血，

奴隶到这里即使有勇气

也只能是来源于绝望，

因为这儿所需要的不是智慧

而是必须压倒对方的力量；

看那些"打手"多么神气！

他们是角斗场雇用的工役

一个个长得牛头马面

手拿铁棍和皮鞭

（起先还戴着面具

后来连面具也不要了）

他们驱赶着角斗士去厮杀

进行着死亡前的挣扎；

最可怜的是那些蒙面的角斗士

（不知道是哪个游手好闲的

想出如此残忍的坏点子！）

参加角斗的互相看不见

双方都乱挥着短剑寻找敌人

无论进攻和防御都是盲目的——

盲目的死亡、盲目的胜利。

一场角斗结束了

那些"打手"进场

用长钩子钩曳出尸体

和那些血淋淋的肉块

把被戮将死的曳到一旁

拿走武器和其他的什物，

奄奄一息的就把他杀死；

然后用水冲刷污血

使它不留一点痕迹——

这些"打手"受命于人

不直接去杀人

却比刽子手更阴沉。

再看那一层层的看台上

多少万人都在欢欣若狂

那儿是等级森严、层次分明

按照权力大小坐在不同的位置上，

王家贵族一个个悠闲自得

旁边都有陪臣在阿谀奉承；

那些宫妃打扮得花枝招展

与其说她们是来看角斗

不如说到这儿展览自己的青春

好像是天上的星斗光照人间；

有"赫赫战功"的，生活在

奴隶用双手建造的宫殿里

奸淫战败国的妇女；

他们的餐具都沾着血

他们赞赏血腥的气味；

能看人和兽搏斗的

多少都具有兽性——

从流血的游戏中得到快感

从死亡的挣扎中引起笑声，

别人越痛苦，他们越高兴；

（你没有听见那笑声吗？）

最可恨的是那些

用别人的灾难进行投机

从血泊中捞取利润的人，

他们的财富和罪恶一同增长；

斗技场的奴隶越紧张

看台上的人群越兴奋；

厮杀的叫喊越响

越能爆发狂暴的笑声；

看台上是金银首饰在闪光

斗场上是刀叉匕首在闪光；

两者之间相距并不远

却有一堵不能逾越的墙。

这就是古罗马的斗技场

它延续了多少个世纪

谁知道有多少奴隶

在这个圆池里丧生。

神呀，宙斯呀，丘比特呀，耶和华呀

一切所谓"万能的主"呀，都在哪里？

为什么对人间的不幸无动于衷？

风呀，雨呀，雷霆呀，

为什么对罪恶能宽容？

奴隶依然是奴隶

谁在主宰着人间？

谁是这场游戏的主谋？

时间越久，看得越清：

经营斗技场的都是奴隶主

不论是老泰尔克维尼乌斯

还是苏拉、凯撒、奥大维……

都是奴隶主中的奴隶主——
嗜血的猛兽、残暴的君王！
"不要做奴隶！
要做自由人！"
一人号召
万人响应
为了改变自己的命运
就要捣毁万恶的斗技场；
把那些拿别人生命作赌的人
钉死在耻辱柱上！

奴隶的领袖
只有从奴隶中产生；
共同的命运
产生共同的思想；
共同的意志
汇成伟大的力量。
一次又一次地举起义旗
斗争的才能因失败而增长
愤怒的队伍像地中海的巨浪
淹没了宫殿，掀翻了凯旋门
冲垮了斗技场，浩浩荡荡
觉醒了的人们誓用鲜血灌溉大地
建造起一个自由劳动的天堂！

如今，古罗马的大斗技场

已成了历史的遗物，像战后的废墟

沉浸在落日的余晖里，像碉堡

不得不引起我疑问和沉思：

它究竟是光荣的纪念，

还是耻辱的标志？

它是夸耀古罗马的豪华，

还是记录野蛮的统治？

它是为了博得廉价的同情，

还是谋求遥远的叹息？

时间太久了

连大理石也要哭泣；

时间太久了

连凯旋门也要低头；

奴隶社会最残忍的一幕已经过去

不义的杀戮已消失在历史的烟雾里

但它却在人类的良心上留下可耻的记忆

而且向我们披示一条真理：

血债迟早都要用血来偿还；

以别人的生命作为赌注的

就不可能得到光彩的下场。

说起来多少有些荒唐——

在当今的世界上

依然有人保留了奴隶主的思想，

他们把全人类都看作奴役的对象

整个地球是一个最大的斗技场。

1979 年 9 月北京

选自《人民日报》1979 年 8 月 13 日

乡愁

曇虹

有时候我的乡愁在

山水画的东部

风雨打着黑伞

童年和妈妈，都埋在

水汽山势的东部

有时候乡愁是

中国我读到的一大片土地

妈妈只谈到江南其中的一小城

七斗楼墙垣残断

子孙四散的龙岩

也不是不可能，乡愁有时候是

寒冷萧索的，寂然的

对眸，当人在一万光年之外

回首那太阳系，其中最美丽

那宝石蓝、翡翠绿、银白

的地球，发光而冉冉

遥不可及……

从记忆，从知觉

到爱：

绵绵的孤独

我的乡愁

谓之

选自《联合报·联合副刊》1979 年 9 月 11 日

彩陶壶

梁小斌

我爱彩陶壶

和彩陶壶上神奇的花纹

在遥远的年代，它盛过琼浆玉液吗

是不是还盛过一条伟大河流中的流水

我的灵魂像彩陶壶一样优美

当北温带暖风吹拂的时候

穿着麻布衣裳的氏族公社的村女来到河边汲水

我听到她唱着一首古老的歌曲

我看她顶在头上的彩陶壶

在黄昏下闪烁着幽暗的光辉

彩陶壶，唤起我已经失去多年的美感
我的美感像彩陶壶一样古老、深沉

而且，我懂得
任何刽子手都不敢杀害
我的爱美、善良、源远流长的灵魂

我爱彩陶壶
和彩陶壶上唤醒我美感的花纹

选自《安徽文学》1979 年第 10 期，1979 年 10 月 1 日

故乡
——给 G. 迪米库同志
严辰

纵然远离千里万里，
纵然满头白发如霜，
一个神圣的名字，
永远铸刻在心上，
——故乡，亲爱的故乡。

许多甜蜜的梦，

许多美好的记忆，
许多奇异的幻想，
像童话里的那个宝盒，
珍藏着各种彩色的霞光。

故乡的草原格外绿，
故乡的小河格外宽阔，
故乡的月色格外明亮，
一想起逝去的童年，
感情的湖水止不住激荡。

谁不爱他的父母，
谁不留恋他的老家，
谁不怀念生养他的村庄？
即使是最谦逊的人，
也都骄傲地夸说他的故乡。

今夜，在雷特基亚丘陵，
在摩岱别墅饭店的露台上，
两国的诗人欢聚一堂，
如同泉水汇向湖泊
我们的话题也涉及故乡。

我赞美烟波浩渺的太湖，
太湖流域富饶的鱼米之乡，
当她惨遭敌人蹂躏，

我没有留下保卫她的光荣，
悔恨的债将一辈子不能清偿。

热情的迪米库同志，
你夸耀金黄的玉米糊饼，
和金黄的玉米的海洋，
你夸耀摩尔多瓦的葡萄园，
和著名的雅普利雷的葡萄酒浆。

突然你的语调变得低沉，
眼睛里含着欲滴未滴的泪光，
是葡萄酒引起了你的乡愁？
是玉米糊饼联想起自己的村庄？
你抚着额角，神态忧伤。

你以你繁荣的祖国自豪，
三十五年来她英姿飒爽；
可一条人为的线像一把刀，
割断了你和故乡的联系，
割断了你的美梦，你的向往。

三十多年的相思如山积，
你却再不能回到自己的故乡；
从雷特基亚山上，
可以望见雅西的满城灯火，
可怎么也望不见你远方的村庄。

你的旧居如今破败得怎样了？

你手栽的李子已经果实累累？

沿着篱笆的玫瑰丛是否还年年开放？

今夜，凄清的月色如洗，

可也照到了你母亲荒凉的坟场？

像刀一样的一条线，

决不能把历史的长河割断，

决不能把深挚的爱遗忘；

你的声调重又激越亢奋，

你的眼睛里迸发出火光！

选自《人民文学》1979 年第 10 期，1979 年 10 月 20 日

哎，大森林！

——刻在烈士饮恨的洼地上

公刘

哎，大森林！我爱你，绿色的海！

为何你喧嚣的波浪总是将沉默的止水覆盖？

总是不停地不停地洗刷！

总是匆忙地匆忙地掩埋！

难道这就是海?! 这就是我之所爱?!

哺育希望的摇篮哟，封闭记忆的棺材！

分明是富有弹性的枝条呀，

分明是饱含养分的叶脉！

一旦竟也会竟也会枯朽？

一旦竟也会竟也会腐败？

我痛苦，因为我渴望了解；

我痛苦，因为我终于明白——

海底有声音说：这儿明天肯定要化作尘埃，

假如，啄木鸟今天拒绝飞来。

1979 年 8 月 12 日写于沈阳

选自《星星》诗刊 1979 年第 10 期

歌乐山组诗（选二）

顾城

谋杀

在戴匪祠会客室的门边，杨虎城将军被谋杀了。

阴谋和匕首，

藏在门后，

昙花无忧无愁，

一个影子慢慢延长，

生命却缩短到最后……

没有搏击，没有呼救，
呻吟中断了，
火色的血在流，
将军告别了祖国和爱，
在这树影散乱的门口。

难道冤魂只能沉默？
伟大的宇宙也害怕凶手？
呵！白日的瞳孔
突然放大——
摄下了这悲惨的镜头。

在这页历史之中，
我停了很久、很久，
感到恨？感到仇？
不！是强烈的惊悸跳出胸膛：
"民族，看看你的背后！"

挣扎

在渣滓洞大屠杀时，囚徒们推倒了狱墙。

一切都充满了希望，
到来的偏偏是绝望，
树林在刺痛中猛然一抖，
躲开了冰冷的刀枪。

痛苦之路的终点，

决不是默默死亡，

火蛇缠绕的灵魂爆炸了——

打翻了沉重的黑墙！

踏着旧世界的废墟，

幸存的人影化入曙光，

他们终于看到新的祖国，

更准备去粉碎新的牢墙。

选自《诗刊》1979 年 11 月号，1979 年 11 月 10 日

老去的是时间

陈敬容

怎能说我们就已经

老去？老去的

是时间，不是我们！

我们正该是时间的主人。

深重的灾难曾经

像黄连般苦，墨一般浓——

凄厉的、漫长的寒冬！

枯尽了，遍野的草，

新生的丛林一望青葱，

高岩上挺立着苍松。

亿万颗年轻的心

冲出层冰，

阳光下欣欣颤动。

让我们和你们，

手臂连接成长龙，

去敲响黎明的钟，

召唤那清新的风！

选自《诗刊》1979 年第 11 期，1979 年 11 月 10 日

七里香

席慕蓉

溪水急着要流向海洋

浪潮却渴望重回土地

在绿树白花的篱前

曾那样轻易地挥手道别

而沧桑的二十年后

我们的魂魄却夜夜归来

微风拂过我

便化作满园的郁香

选自《联合报·联合副刊》1979 年 12 月 4 日

北山

吕剑

少年时光，在我村后，

我常常朝着北山凝望。

在那一带大山的后面，

究竟是一个什么模样？

山那边，是否也和这边一样，

山是荒山，没有树，没有花？

那边的孩子，是否也和这边一样，

挨冻受饿，时常跟着大人逃荒？

那边和这边或许并不相同？

鸟在林中唱？花在崖上香？

那边的孩子能够吃上白面馍馍？

逢年过节能够穿上花布衣裳？

听说那边来过一条飞龙磨过角①，
能不能为人们带来吉祥？
听说那边奔来过一匹神马②，
能不能为人们带来兴旺？

东面一座山名叫东高路，
西面一座山名叫西高路。
两山之间有一条小径，一道山口，
我却从未来没有越过这个山口一步。

北山那边究竟如何，
对我始终像是一个梦幻。

今年秋天，故乡有人来，
不免又问到了北山的光景。
我为客人斟上一杯酒，
他却把杯子放下，默不作声。

"那边飞龙真来磨过角？
那边神马真的奔到庄前？
往昔那些美丽的传说，
村民们是否还是那么喜欢？

———————————

①山上有一巨石，传说有一条飞龙在这里磨过角，有个村子叫龙磨角。
②有一巨石似马，传说有一匹神马奔到了这里，有个村子叫神马庄。

"那传说中的飞龙和神马，
能够管得了人们的生活？
要紧的是人要飞，人要奔，
要紧的是自己掌握自己的命运！"

客人呷了一口酒，
不知为什么哽咽难语，
他猛抽着他的旱烟管，
终于倾吐出他的一腔肺腑。

"遗恨的是糟蹋了那么多岁月，
就连那些小村庄也折腾得不轻。
二十年面貌并没有太大改变，
人们的日子还是很苦很穷。

"我们决不能再容奸人为乱，
人民要真正能够当家掌权！
人们总应该写下自己新的历史，
但愿过几年你回去亲眼看看！"

"我是要回去亲眼看看，
我是要翻过那一带大山，
像主人一样住在那里，
和老乡亲们一起悲欢。

"我希望那边的男男女女，

能像神马、飞龙一般勇敢，

我希望那边的孩子在春风中成长，

满山的花树掩映着他们的花布衣衫。"

北山，我的北山！

我多年来心中的梦幻！

1978 年秋天

选自《上海文学》1979 年 12 月号，1979 年 12 月 20 日

汗水

傅天琳

我曾那样赤诚地把你赞美

——晶莹莹的汗水！

你像早晨草叶上的露珠，

反射太阳的光辉，

映照大山的青翠。

我曾这般热烈地把你歌颂

——晶莹莹的汗水！

你像冲破山岩的溪流，

贴着我的额头，

顺着我的脊背……

今天，耕作机在地里飞奔，

效率，竟是锄头的一千倍！

我看见技术员热腾腾的脸上，

也闪着同样晶莹莹的汗水！

汗水呵，你紧随一切运动着的生命，

汗水呵，你的价值却有贱有贵。

当勤劳和智慧融在一起，

你便是又圆又亮的珍珠；

当勤劳和愚昧融在一起，

你只能是又苦又涩的眼泪！

选自《星星》1979 年第 12 期

菊花
罗英

眼睛和眼睛

菊花般开放的

下午

她饮一杯果汁

说是自己酿造的

爱情

却错把她爱人

当作声音

用标点

将之切成碎块

但是因之而哭的

是菊花

不是眼睛

选自《创世纪》诗刊第 50 期

睡在沙滩上

梁秉钧

伸手可以迎接幸福的明天

当浪变成

　　　　一颗大鲨鱼牙齿

拿去送给那位缺了门牙的朋友

一百片碎玻璃送给赤足散步的人

风灯落在口哨上

我是乡村中唯一的白痴

为什么?

　　　　我是为

　　　　你是什么

纯粹的游戏的

船或者屋子

买一头牡鹿给独居的牝鹿

一个岛屿给漂流的人

或者三三两两的乌鸦

那时你在这里

你就可亲眼看见他们掉进网里

转一个身 你说

我们今天这所屋子

穷得连天花板也没有

所以就不免有点太高了

只是一种沙滩

各式月亮

至于针床可笑不可笑

那要看你从哪个角度感觉了

还有什么埋怨吗

如果说听不见夜莺

那么我只好说

各种邮递的错误

唯地址正确才可避免

有人说在月夜里

看见一个女孩乘脚踏车在波浪上经过

升起火来

被闪烁的火光感动

我们到底也不免相信了

反正夜里飞翔的天使教人不能睡眠

合掌唯有蚊子的赞叹

选自《创世纪》诗刊第 50 期

图画展览会

多多

他们看守绿色的山脊

召唤初次见到阳光的女人

那冰冷削瘦的乳房

向着解放，羞涩地耸起

他们在麦田中行进

要用火红的感情的颜色

涂画夕阳沉没时

那耀眼的悲剧……

他们向更远的石头进发

为后来的孩子留下诚实的足迹

他们有意让故事停顿

像在路上休息

他们传播最早的情欲

像两个接触在一起的身体

他们强调爱与接近

还有古老的告别……

1979 年

选自多多著《阿姆斯特丹的河流》，北岳文艺出版社 2000 年 5 月版

1980年

东海掇拾

孔孚

母与子

见到海，

眼泪就流出来了。

我怕是海的儿子，

泪水也咸咸的呀！

　　　　8月4日　青岛太平角

大海是个蓝毯子

大海是个蓝毯子，

各国朋友坐在周围。

来呀！

干杯！

　　　　8月4日　青岛太平角

一朵小黄花

礁岩上一朵小黄花，

羞涩地低下了头。

大海把它别在衣襟上，

小黄花笑了。

　　7 月 31 日　石岛
　　选自《诗刊》1980 年第 1 期，1980 年 1 月 10 日

秋

杜运燮

连鸽哨也发出成熟的音调，
过去了，那阵雨喧闹的夏季。
不再想那严峻的闷热的考验，
危险游泳中的细节回忆。

经历过春天萌芽的破土，
幼叶成长中的扭曲和受伤，
这些枝条在烈日下也狂热过，
差点在雨夜中迷失方向。

现在，平易的天空没有浮云，
山川明净，视野格外宽远；
智慧、感情都成熟的季节呵，
河水也像是来自更深处的源泉。

紊乱的气流经过发酵
在山谷里酿成透明的好酒；
吹来的是第几阵秋意？醉人的香味

已把秋花秋叶深深染透。

街树也用红颜色暗示点什么，
自行车的车轮闪射着朝气；
吊车的长臂在高空指向远方，
秋阳在上面扫描丰收的信息。

选自《诗刊》1980 年第 1 期，1980 年 1 月 10 日

请举起森林一般的手，制止！
——致老苏区人民

熊召政

阳光灿烂，
　　百花缤纷。
但是，在我们中国，
　　还有这样一个县境！——

　　　一

"苏区学大寨"
　　五个金闪闪的大字，
　　　　在这片土地上
　　　　　　镌刻深深；
"旧貌变新颜"
　　一行红扑扑的诗句，

在这片土地上
　　逗引行人。
客厅里：
　颂词篇篇，
　祝酒殷殷；
　　大路上：
　　　红闪花环，
　　　彩舞绸裙。
但是，
　十里车尘，
　　怎盖得住：
　　　土圆仓凄凉的蛛网，
　　　卖嫁女泪湿的衣襟；
　一笛秋风，
　　不忍传递：
　　　报纸力夺的丰收，
　　　白发饥病的呻吟。
　呵！我的亲爱的
　　苏区的人民哪，
　难道你们当年，
　　用仅有的一根线
　　　缝补红旗的弹洞，
　用仅有的一把米
　　挽救饥饿的革命，
就只是为了
　换回这千古不移的

    ——贫困?!

难道当年

  苏维埃主席

   讲述过的幸福,

你们用土铳和梭镖

  从大地主噬人的

    狼斗里,

  从资本家吸血的

    酒杯中,

  抢出来的幸福,

竟变成了:

  镜中之花、

   水底之月、

    天上之云?!

难道你们的鲜血,

  只能染红新中国的大印

   却不能染红

    你们生活的阳春?!

难道你们只能为革命

  肩负牺牲的使命,

  却不能为革命

   掌握国家的权柄?!

难道是怕你们变修,

  草鞋、破衣、

  稀饭、瓜菜,

   才成为你们生活的水准?!

难道革命是用

 饥饿、

 贫困，

  来报答你们抚养的恩情?!

  二

你——

 一个革命的母亲，

仅因为三只

 "吃了社会主义"的母鸡，

  被逼得离乡背井。

当年，

 蒋介石的百般屠杀、

   千种酷刑，

  也不能把你从苏区赶跑。

你熬了多少罐鸡汤，

 一勺勺都喂给了革命。

现在，你不得不去异乡村头，

 在乞食中打发残生。

你——

 一个烈士的儿子，

仅因为一杆

 "资本主义牌号"的土铳

  被罚得家产全倾。

当年，

还乡团的百般清剿、

千种禁令，

也不能使你的枪口哑默。

你打了多少只禽兽，

一回回都送给了红军。

现在，你只得忍痛砸毁土铳

在牛棚里泪听狼鸣。

至于你，

我们可敬的

双目失明的红军老人呵！

请不要在你补巴重叠的

土布衣上

挂上你的勋章

走进民政局的大门。

民政局长的记事本里，

急需救济的有：

县委书记的远亲，

区委书记的老表，

公社书记的外甥，

双目失明的红军老人啊，

请你还是回去吧，

去用你的一个鸡蛋

换取：

二两拌菜的盐、

一枚补衣的针。

啊，你也不要说

　　　　走得太累，

　　　　　歇一个晚上再登归程。

县里的小车虽多

　　然而载不尽：

　　　　　　上司视察、

　　　　　　　记者光临；

县里的客房虽好

　　然而住不进：

　　　　　　破衣红军，

　　　　　　在野功臣。

双目失明的红军老人呵，

　　　　你还是回去吧！

　　　　　请急速地登程。

只是要注意：

　　　　山路的奇岖，

　　　　薄暮的猿吟，

　　　　　用你手中的拐杖，

　　　　　用你未灭的心灯。

　　　三

假如是花神，

　　欺骗了大地，

我相信，

　　花卉就会从此绝种，

　　青松就会烂成齑粉！

假如是革命

　　欺骗了人民，

我相信

　　共和国大厦就会倒塌，

　　烈士纪念碑就会蒙尘。

但是，不！

革命——

　　　　并不是忘恩负义的

　　　　　　　　薄幸儿。

领导革命的共产党，

　　无时不在惦念

　　　　苏区的人民。

一场暴雨

　　洗劫了这片土地，

党立刻送来大批的物资，

　　营救蒙难的乡亲。

但是，这些物资却被人篡夺，

　　营建起：

　　　　"土皇帝"的别墅，

　　　　"新贵族"的客厅；

百日大旱

　　龟裂了这片园林，

党立刻运来大批的粮食，

　　救济受灾的人民。

但是，这些粮食却被人盗用，

　　变成了：

　　增产的指标，

　　丰收的凭证。

为什么这些人

　　能够像强盗一样，

　　　抢走人民的血汗，

　　　　党的恩情？

为什么这些人

　　能够像骗子一样，

　　　骗取革命的外衣，

　　　　红色的大印？

就因为，

　　他们长了一条

　　　会撒谎的舌头，

　　他们生了两只

　　　会观风的眼睛。

他们的手下，

　　也有一个小小的"王守信"式的人物

　　　帮他们送礼，请客。

　　　将搜刮来的民脂民膏

　　　　去换取自己的高官厚禄，

　　　　去赢得上司的至亲宠信。

在那狼奔鼠窜的十年，

　　他们为虎作伥，

　　　坏事干尽。

　　"四人帮"一朝覆倾，

　　　他们却将责任

　　　　　　推得一干二净。
但是，人民怎能忘记
　　　他们和"四人帮"骨干
　　　　　　亲密合影的欢颜？
　　　他们和"四人帮"骨干
　　　　　　举杯痛饮的时辰！
起来揭露他们！
起来控告他们！
可是，一些胆敢宣战的勇士
　　　却被他们关进
　　　　　　私设的监狱，
　　　让青春陪伴着
　　　　　　绳索捆绑的真理，
　　　　　　镣铐锁住的晨昏。

　　四

我的亲爱的
　　　苏区的人民哪，
那些只用一只左眼
　　　看路的人，
　　　　　决不会怜悯
　　　　　　　你们的贫困。
他们
　　不似强盗剪径，
　　恶似强盗剪径，

出外巡游

　　身边总带着：

　　　　监狱、镣铐、警棍；

他们

　不似诸侯分庭，

　狠似诸侯分庭，

　　对抗中央

　　　私自搞一套：

　　　　政策、条例、法令。

他们可以不懂，

　　　1 + 2 = 3，

但他们必须懂得，

　革命

　　就是斗争！

　斗争

　　就是专政！

如果谁要打破这个公式，

　他们就咒骂你

　　　反对社会主义革命，

　　　仇视无产阶级专政。

　　　　　跟你嗜血成仇，

　　　　　把你怀恨在心。

所以，在他们的手下，

　昨日的苏区

　　——火坑！

　　　春雨浇不灭鬼火淫淫。

今日的苏区

　　——冰坑！

　　　骄阳穿不透千丈坚冰。

呵，写到这里

　　愤怒的泪水，

　　　　淋湿了我的衣襟。

我多么地希望

　　我的诗能长上

　　　　　强健的翅膀，

飞到省委领导同志的

　　　　　办公桌上，

飞到"中央纪检"的

　　　　公文袋里。

让我们的党知道：

中国

　　有这么一个县境，

党内

　　有这么一个小小的佞臣。

让我们敬爱的党知道哇，

　　在这一片烈士鲜血

　　　　浸红的土地上，

闪动着几十万双

　　　悲愤的眼睛！

　　1979 年 9 月 1 日愤笔

　　选自《长江文艺》1980 年第 1 期，1980 年 1 月 25 日

秋天

杨炼

一

轻轻把一枚落叶拾起，
轻轻地，不留下一丝叹息。
那是只金色的小船，
载满秋天的回忆。

落叶夹进书册，
花朵却遗失在夜里。
一抹淡淡的初霜，
教心灵懂得了分离。

分离就分离吧，
逝去的就悄悄逝去。
秋天用红硕的语言叮咛：
生命永远有新的含意！

再不必追悔往事，
更无须怨恨自己。
轻轻把一枚落叶拾起，
轻轻地，不留下一丝叹息。

二

黑夜是凝滞的岁月，
岁月是流动的黑夜。
你停在门口，
回过头，递给我短短的一瞥。

这就是离别吗？
难道一切都将被忘却？
像绚丽的秋天过去，
到处要蒙上冷漠的白雪。

我珍爱果实，
但也不畏惧这空旷的拒绝。
只要心灵饮着热血，
未来就没有凋残的季节。

秋风摇荡繁星，
——哦，那是永恒在天空书写。
是的，一瞥尽够了，
我已该深深把你感谢。

三

凝霜的大地上，

小草颤动着忧伤。

雁行分割的蓝天，

筛落满目悲凉。

只有一簇簇野花，

盛开着，骄傲而倔强。

让热情编织金黄色的光轮，

朝世界宣泄着生命的芳香……

哦！姑娘，你的明眸，

曾浮起曦微的秋阳。

为什么，此刻

却藏进睫毛——幽暗的网？

不要再诉说了，

谁没埋葬过无数希望！

学会从苦中汲取美吧，

——请像野花那样。

　　　四

我渴望是一丛枯草，

棕黄色的身影被时光压倒。

但愿你是新春的原野，

让我默默融化在温馨的怀抱。

我渴望是一抹残云，

苍白的脸上纵横着愁纹。

但愿你是娇艳的蓝天，

在我的葬礼上留下最后的亲吻。

我渴望是一条沉船，

破碎的生命滑入碧绿的深渊。

但愿你是圣洁的浪花，

为我用心灵挥洒哀悼的挽联。

我渴望是一面战旗，

紫黑的灵魂把信念扬起。

但愿你是呼号的热风，

给我浴血的歌声作周年的奠祭。

五

雁行没入天边的暮霭，

严冬在地平线上徘徊。

风，阴险的呼哨，

给世界把冷酷的绝望送来。

秋天就这样去了吗？

带走我梦中的色彩。

姑娘，你呢？

难道也要抛弃我孤独的悲哀？

呵，你是无罪的，

正如秋天不能把自己主宰。

为了那颗离别的泪，

我仍要永远把你深爱。

我要迎向暴风雪，

让冰冷的大火烧炸胸怀。

自由的新绿呀，在哪里？

我以不屈的灵魂，把你期待！

　　　　选自《星星》1980 年第 1 期，1980 年 1 月

失去的岁月

艾青

不像丢失的包袱

可以到失物招领处找得回来，

失去的岁月

甚至不知丢失在什么地方——

有的是零零星星地消失的，

有的丢失了十年，二十年，

有的丢失在喧闹的城市，

有的丢失在遥远的荒原，

有的是人潮汹涌的车站，

有的是冷冷清清的小油灯下面；

丢失了的不像是纸片，可以拣起来，

倒更像一碗水泼到地面

被晒干了，看不到一点影子；

时间是流动的液体——

用筛子、用网，都打捞不起；

时间不可能变成固体，

要成了化石就好了，

即使几万年也能在岩层里找见。

时间也像是气体，

像急驰的列车头上冒出的烟！

失去了的岁月好像一个朋友，

断掉了联系，经受了一些苦难，

忽然得到了消息：说他

早已离开了人间。

1979 年 8 月 22 日哈尔滨

选自《星星》1980 年第 2 期，1980 年 2 月

碾子沟里，蹲着一个石匠

王小妮

丁当，丁当，

碾子沟里蹲着一个石匠。

棉衣跟石头一般颜色，

眼光跟石头一样呆滞，
身躯跟石头一个形状。

不，这是人，一个石匠。

他告诉我，
早年，这儿成日成夜
忙着老石匠和他的姑娘，
他们感动了仙人，
派金马驹来帮忙。
从此，成千成千的碾子
从沟里滚向四方。

丁当，丁当，
他讲到那个石匠，
嘴角划出笑纹，
他讲到那个姑娘，
眼里闪动着慈祥，
他讲到那匹金马驹，
放下活计，
凝望着沟顶的山梁。

啊，他像，像一尊石像。

石匠重新拿起了家什：
"瞎话，瞎话，

没见实呀，

光是老辈人这么讲。"

他深深地埋下头。

他的棉衣跟石头一般颜色，

他的眼光跟石头一样呆滞。

他的身躯跟石头一个形状。

丁当，丁当，

是什么催我快一点离开，

是什么催我再回头望一望。

碾子沟里蹲着一个石匠，

他一生与那个瞎话为伴，

他的心，滚烫，滚烫，

他脚下的石头，冰凉，冰凉。

啊，一个山沟？一个石匠！

我离开碾子沟，

望着沟顶的山梁，

那儿有云霞在飘，

像一个金衣的姑娘，

也像一匹金马在飞翔……

　　　　选自《诗刊》1980 年第 4 期，1980 年 4 月 10 日

给我的尊师安徒生

顾城

安徒生和作者本人都曾当过笨拙的木匠

你推动木刨，
像驾驶着独木舟，
在那平滑的海上，
缓缓漂流……

刨花像浪花散开，
消逝在海天尽头；
木纹像波动的诗行，
带来岁月的问候。

没有旗帜，
没有金银、彩绸，
但全世界的帝王，
也不会比你富有。

你运载着一个天国，
运载着花和梦的气球，
所有纯美的童心，

都是你的港口。

选自《诗刊》1980 年第 4 期，1980 年 4 月 10 日

雨说

——为生活在中国大地上的儿童而歌

郑愁予

（雨说：四月已在大地上等待久了……）

等待久了的田圃跟牧场

等待久了的鱼塘和小溪

当田圃冷冻了一冬禁锢着种子

牧场枯黄失去牛羊的踪迹

当鱼塘寒浅留滞着游鱼

小溪渐渐喑哑歌不成调子

雨说，我来了，我来探访四月的大地

我来了，我走得很轻，而且温声细语地

我的爱心像丝缕那样把天地织在一起

我呼唤每一个孩子的乳名又甜又准

我来了，雷电不喧嚷，风也不拥挤

当我临近的时候你们也许知悉了

可别打开油伞将我抗拒

别关起你的门窗，放下你的帘子

别忙着披蓑衣，急着戴斗笠

雨说：我是到大地上来亲近你们的
我是四月的客人带来春的洗礼
为什么不扬起你的脸让我亲一亲
为什么不跟着我走，踩着我脚步的拍子？

跟着我去踩田圃的泥土将润如油膏
去看牧场就要抽发忍冬的新苗
绕着池塘跟跳跃的鱼儿说声好
去听听溪水练习新编的洗衣谣

雨说：我来了，我来的地方很遥远
那儿山峰耸立，白云满天
我也曾是孩子和你们一样地爱玩
可是，我是幸运的
我是在白云的襁褓中笑着长大的

第一样事儿，我要教你们勇敢地笑啊
君不见，柳条儿见了我笑弯了腰啊
石狮子见了我笑出了泪啊
小燕子见了我笑斜了翅膀啊
第二样事，我还是要教你们勇敢地笑
那旗子见了我笑得哗啦啦地响
只要旗子笑，春天的声音就有了
只要你们笑，大地的希望就有了

雨说，我来了，我来了就不再回去

当你们自由地笑了，我就快乐地安息

有一天，你们吃着苹果擦着嘴

要记着，你们嘴里的那份甜呀，就是我祝福的心意

选自《联合报·联合副刊》1980 年 4 月 28 日

小窗之歌

舒婷

放下你的信笺

走到打开的窗前

我把灯掌得高高

让远方的你

能够把我看见

风过早地清扫天空

夜还在沿街拾取碎片

所有花芽和嫩枝

必须再经一番晨霜

虽然黎明并不遥远

海上的气息

被阻隔在群山那边

但山峰决非有意

继续掠夺我们的青春

他们的拖延毕竟有限

答应我，不要流泪

假如你感到孤单

请到窗口来和我会面

相视伤心的笑颜

交换斗争与欢乐的诗篇

选自《今天》第 8 期，1980 年 4 月

红帆船

北岛

到处都是残垣断壁

路，怎么从脚下延伸

滑进瞳孔里的一盏盏路灯

滚出来，并不是晨星

我不想安慰你

在颤抖的枫叶上

写满关于春天的谎言

来自热带的太阳鸟

并没有落在我们的树上

而背后的森林之火

不过是尘土飞扬的黄昏

如果大地早已冰封
就让我们面对着暖流
走向海
如果礁石是我们未来的形象
就让我们面对着海
走向落日
不，渴望燃烧
就是渴望化为灰烬
而我们只求静静地航行
你有飘散的长发
我有手臂，笔直地举起

选自《今天》第 8 期，1980 年 4 月

迷途

北岛

沿着鸽子的哨音
我寻找着你
高高的森林挡住了天空
小路上
一颗迷途的蒲公英
把我引向蓝灰色的湖泊

在微微摇晃的倒影中

我找到了你

那深不可测的眼睛

选自《今天》第 8 期，1980 年 4 月

星星变奏曲

江河

如果大地的每个角落都充满了光明

谁还需要星星，谁还会

在夜里凝望

寻找遥远的安慰

谁不愿意

每天

都是一首诗

每个字都是一颗星

像蜜蜂在心头颤动

谁不愿意，有一个柔软的晚上

柔软得像一片湖

萤火虫和星星在睡莲丛中游动

谁不喜欢春天，鸟落满枝头

像星星落满天空

闪闪烁烁的声音从远方飘来

一团团白丁香朦朦胧胧

如果大地的每个角落都充满了光明

谁还需要星星，谁还会

在寒冷中寂寞地燃烧

寻求星星点点的希望

谁愿意

一年又一年

总写苦难的诗

每一首是一群颤抖的星星

像冰雪覆盖在心头

谁愿意，看着夜晚冻僵

僵硬得像一片土地

风吹落一颗又一颗瘦小的星

谁不喜欢飘动的旗子，喜欢火

涌出金黄的星星

在天上的星星疲倦的时候——升起

照耀太阳照不到的地方

选自《今天》第 8 期，1980 年 4 月

印象

方含

在对过去岁月的回忆里

伴着奏鸣曲沉缓的节奏

一朵朵忧郁的花儿在苏醒

像冬日的阳光一样温柔

一阵熟悉的风从荒凉的心上吹过

愁闷的果子在风中成熟

海的呼吸是这样接近

似乎我离去得并不长久

城堡仍是这样古旧

心儿仍在到处漂流

那淹没记忆的澄清的溪水

儿时梦境中水边的星斗

像疾速掠过琴键的灵活的手指

像故乡少女哀婉的歌喉

选自《今天》第 8 期，1980 年 4 月

我骄傲，我是一棵树

李瑛

1

我骄傲，我是一棵树，

我是长在黄河岸边的一棵树，

我是长在长城脚下的一棵树；

我能讲许多许多的故事，

我能唱许多许多支歌。

山教育我昂首屹立，

我便矢志坚强不仆；

海教育我坦荡磅礴，

我便永远正直地生活；

条条光线，颗颗露珠，

赋予我美的心灵；

熊熊炎阳，茫茫风雪，

铸就了我斗争的品格；

我拥抱着

自由的大气和自由的风，

在我身上，意志、力量和理想，

紧紧地紧紧地融合。

我是广阔田野的一部分，大自然的一部分，

我和美是一个整体，不可分割；

我属于人民，属于历史，

我渴盼整个世界

都作为我们共同的家园！

2

无论是红色的、黄色的或黑色的土壤，

我都将顽强地热情地生活。

哪里有孩子的哭声，我便走去，

用柔嫩的枝条拥抱他们，

给他们一只只红艳艳的苹果；

哪里有老人在呻吟，我便走去，

拉着他们黄色的、黑色的、白色的多茧的手，

给他们温暖，使他们欢乐。

我愿摘下耀眼的星星，

给新婚的嫁娘，

作她们闪光的耳环；

我要挽住轻软的云霞，

给辛勤的母亲，

作她们擦汗的手帕。

雨雪纷飞——

我伸展开手臂，覆盖他们低矮的小屋，

作他们的伞，

使每个人都有宁静的梦；

月光如水——

我便弹响无弦琴，

抚慰他们劳动回来的疲倦的身子，

为他们唱歌。

我为他们抗击风沙，

我为他们抵御雷火。

我欢迎那样多的小虫——

小蜜蜂，小螳螂，
和我一起玩耍；
我拥抱那样多的小鸟——
长嘴的，长尾巴的，花羽毛的小鸟，
在我的肩头做窠……

我幻想，有一天，
我能流出奶，流出蜜，
甚至流出香醇的酒，
并且能开出
各种色彩、各种形状、各种香味的
花朵……

而且，我幻想：
我能生长在海上，
我能生长在空中，
或者生长在不毛的
戈壁荒滩、瀚海沙漠；
既然那里有——
粗糙的手，黝黑的背脊，闪光的汗珠，
我就该到那里去，
作他们的仆人，
我知道该怎样认识自己，
该怎样使他们愉快地生活、工作。

我相信总有一天，

我将再也看不见——

饿得发蓝的眼睛，

卖血之后的苍白的嘴唇

抽泣时颤动的肩膀，

以及浮肿得变形的腿、脚和胳膊……

人民啊，如果我刹那间忘却了你，

我的心将枯萎，

像飘零的叶子，

在风中旋转着

沉落……

3

假如有一天，我死去

我便平静地倒在大地上。

我的年轮里有——

我的记忆、我的懊悔、我的梦的颜色

我经受的隆隆的暴风雪的声音

我脚下的小溪淙淙流响的歌。

甚至可以发现

熄灭的光，熄灭的灯火，

和我引为骄傲的幸福和欢乐……

那是我对泥土的礼赞，

那是我对大地的感谢。

如果你俯下身去，会听见：

我的每一个细胞都在轻轻地说，

让我们尽快变成煤炭，

沉积在地下的乌黑的煤炭。

为的是将来献给人间

纯洁的光，

炽烈的热。

1980 年 3 月 北京

选自《诗刊》1980 年第 5 期，1980 年 5 月 10 日

寄所思二章

——为纪念诗人戴望舒逝世三十周年作

金克木

晨星

天边一钩月敲起细碎的丁冬。

微笑的启明星引导身后的鲜红。

纷纷散落的点点闪光撞击洪钟。

断断续续的银河展示有限的无穷。

淡淡的白色簌簌地向西袭击长空。

柔软的手温情脉脉地抚摸苍穹。

娇嫩的眼半开半闭怀念着朦胧。

寒冷的黑暗瑟缩地追逐默默的微风。

幽静的丛林散发出香气尖锐又蓬松。

莽苍苍大地呼喊着拥抱下降的儿童。

闪烁的一点光霎时将天和地连成一统。

夜雨

夜雨。

点点滴滴，点点滴滴，点点滴滴，

稀疏又稠密。

记忆。

模糊的未来，鲜明的往昔。

向北，向南，向东，向西，上天，下地。

悠长的一瞬，无穷无尽的呼吸。

喧嚣的沙漠。严肃的游戏。

西湖，孤山，灵隐，太白楼，学士台，

惆怅的欢欣，无音的诗句。

迷蒙细雨中的星和月；

紫丁香，白丁香，轻轻的怨气；

窗前，烛下，书和影；

年轻的老人的叹息。

沉重而轻松，零乱而有规律。

悠长，悠长，悠长的夜雨。

短促的雨滴。

安息。

选自《诗刊》1980 年第 5 期，1980 年 5 月 10 日

生命的欢乐

刘湛秋

泼水节

啊，
又看到泼水了……

让一盆盆春天的水
湿润早已哭干的眼睛
让一捧捧爱情的泉
冲洗变得僵硬了的神经
——啊，泼水，泼水！

阳光的肥皂，尽情地擦
搓起彩虹的泡沫
友谊的歌，纵声地唱
从一个心窝流到另一个心窝
——啊，泼水，泼水！

裸露的肌肤上每个毛孔
都渴望着大口地呼吸
人和森林、花朵、草地一起
思念自由自在的空气

——啊，泼水，泼水！

不必娇羞，不用躲闪
让全身冲个痛快淋漓
大胆地享受生命的欢乐
这是大自然赋予的权利
——啊，泼水，泼水！

泼出一个美的世界
泼出一个世界的美！

睡了……

睡了，孩子那甜甜的小脸
睫毛勾出一条柔美的线
轻匀的呼吸散着蜜味
夏天的荷叶上滚动着夜露

睡了，孩子那淘气的小嘴
刚刚舌头还像乐器的簧片
灯光照着这红苹果
在安宁中更绽出鲜艳

她的——
梦挂在窗外的枝叶上
正焦急地催着葡萄

为什么还不熟，不甜？

夜，最后一班电车

夜，最后一班电车
驶过安静的街道
都市迷蒙着眼睛
散落一串串灯的葡萄

梦是一坛未启封的酒
生活是香甜的面包
我舒适地坐着，想着
不提心吊胆，也不烦躁

只有星空探进车窗
玻璃上缀满光的玛瑙
一路上司机再也不鸣笛
暖风追逐着车轮飞跑

安静与宽敞仿佛是友爱的使者
女售票员的脸上开始了微笑
是因为寂寞，是因为不拥挤？
啊，愿生活中永消那粗野的风暴！

选自《诗刊》1980 年第 5 期，1980 年 5 月 10 日

双桅船

舒婷

雾打湿了我的双翼

可风却不容我再迟疑

岸呵，心爱的岸

昨天刚刚和你告别

今天你又在这里

明天我们将在

另一个纬度相遇

是一场风暴，一盏灯

把我们联系在一起

是另一场风暴，另一盏灯

使我们再分东西

哪怕天涯海角

岂在朝朝夕夕

你在我的航程上

我在你的视线里

选自《上海文学》1980 年第 5 期，1980 年 5 月 20 日

寻李白

余光中

痛饮狂歌空度日

飞扬跋扈为谁雄?

那一双傲慢的靴子至今还落在

高力士羞愤的手里,人,却不见了

把满地的难民和伤兵

把胡马和羌笛交践的节奏

留给杜二去细细地苦吟

自从那年贺知章眼花了

认你做谪仙,便更加佯狂

用一只中了魔咒的小酒壶

把自己藏起,连太太都寻不到你

怨长安城小而壶中天长

在所有的诗里你都预言

会突然水遁,或许就在明天

只扁舟破浪,乱发当风

——而今,果然你失了踪

树敌如林,世人皆欲杀

肝硬化怎杀得死你?

酒入豪肠,七分酿成了月光

余下的三分啸成剑气

绣口一吐就半个盛唐

从开元到天宝，从洛阳到咸阳

冠盖满途车骑的嚣闹

不及千年后你的一首

水晶绝句轻叩我额头

当地一弹挑起的回音

一贬世上已经够落魄

再放夜郎毋乃太难堪

至今成谜是你的籍贯

陇西或山东，青莲乡或碎叶城

不知归去归哪个故乡？

凡你醉处，你说过，皆非他乡

失踪，是天才唯一的下场

身后事，究竟你遁向何处？

猿啼不住，杜二也苦劝你不住？

一回头囚窗下竟已白头

七仙，五友，都救不了你了

匡山给雾锁了，无路可入

仍炉火未纯青，就半粒丹砂

怎追蹑葛洪袖里的流霞？

樽中月影，或许那才是你故乡

常得你一生痴痴地仰望？

而无论出门向西笑，向西哭

长安都早已陷落

这二十四万里的归程

也不必惊动大鹏了，也无须招鹤

只消把酒杯向半空一扔

便旋成一只霍霍的飞碟

诡绿的闪光愈转愈快

接你回传说里去

选自《联合报·联合副刊》1980 年 6 月 16 日

北大荒短笛（组诗）

唐祁

　　诗，应当揭示隐藏在人的心灵深处真挚的感情，它需要的是诚实、热爱和诗意。

　　诗，这是社会在感情上凝结起来的珍贵的水泥。

——摘自 1957 年笔记

黎明

黎明，我们将乘火车到达

死寂的囚车里锁住了喧哗

只有车轮声惶恐不安地响着喀嚓喀嚓……

从暗夜的玻璃窗上一瞥

旷野仿佛飘落着黑色的雪花①

茫茫的雪原上

白雪践踏成一线泥泞

留下一长串的脚印

寂静、空旷、寒冷

无数颗心

纵然构成一座座冤狱

痛苦很深、很深呵

却没有叹息、呻吟

等待着这些人的命运是

原始森林中的苦役

斧锯将锯断生命的年轮

土地上无尽的耕耘呵

犁头会碾碎发亮的青春

黎明的青色的光

洁白的雪

将为这些人作证

虽然痛苦很深、很深呵

却没有叹息、呻吟

————————

　①东北严冬落大雪的夜晚，刮起北风卷雪的"烟儿炮"，把夜色和雪搅得黑白难辨。火车在雪夜疾驰，玻璃窗外大朵的雪花飞落，一片白色，黑暗的夜色反成了星星点点，乍一看疑为黑色的雪花了，真是别处少见的景象。

一长串的人们
向荒无人烟的雪原行进

土地

呵，土地
北大荒无边的黑土
中午的太阳下，没有声息

也许只要用无邪的手指
轻柔地搔一下你袒露的肌肤
你就会快乐地战栗

有时劲风来梳一回你小麦的长发
你发出欢悦的笑声，像大海的波涛
远到无涯无际

呵，土地，你是母亲
你宽阔的胸怀总给人以希望、慰藉
给人类捧出粮食、浆果、金黄的麦粒……

呵，即使流放在祖国的土地上
我也愿以无罪的血滴
化成你春天溶溶的浆液

水鸟

水鸟从湖面起飞
带着自由的愿望
为了作愉快的旅行而飞翔

它的头向前伸
洁白的翅膀抖落霞光
在云彩中消失了飞掠的形象

呵，水鸟知道我在这里凝望
我脚下的草场、柞树林、哨岗
这绿色的监狱呵，禁锢着人的思想

思想，难道是监禁得住的吗
如今希望并不全写在水上
灰暗的云层终究挡不住太阳

心灵的歌曲

在我心灵的深处
听见砰然的一响
不，不是黑亮的左轮
是那支"极左"的无形的手枪
轰碎了我和别人的理想

一粒粒黑色的子弹

射断了多少强劲的翅膀

那支枪，它的威力

扩散到了四面八方

它是真实的，能杀死思想

天空云层厚了，鸟儿像在日食中

悄声在巢中隐藏

玫瑰、玉兰将枯萎，百花不再开放

花园里也听不见歌声回响

但在心灵的深处，仍然悸动着

美妙的乐章，闪烁着真理的亮光

尽管黑暗的长廊里，风在游荡

在我的灵魂里

依旧听见人民的脚步声

在广场上奔走

为了社会主义的明天而歌唱

呵，严冬的寒潮不会久长

祖国的大地、城镇、村落、河流

凡是有人生活的地方

总是泛溢出明亮、温暖的春光

爱情

——一位男歌唱家的回信

从你的信札看得出来

你没有遗忘我这个荒原的世界

对一个"罪人"这样深情的爱

每个字都像夏夜星星的眼睛

即使为了忧伤悄悄闭合起来

也在无声地撒落下温柔的关怀

你的美妙的女高音也喑哑了

却在我被禁止出声的歌喉中溢出悲哀

但是我怎能挣脱人生的不幸如一蓬苦艾

我的政治生命中这场悲剧性的灾害

我只能向你证明：感情越是痛苦和强烈

我俩的爱情就越发坚贞如一块不变的磁铁

短笛
——一个青年画家的"检讨书"

你怎能想象得到

我用一柄废弃的草镰

七个夜晚磨成一把小刻刀

潮湿的地铺上我忘了这里是监牢

我把刨地拣来的树根

刻成跃动的麋鹿和飞马的木雕

麋鹿满载我对真理深深的信念

飞马快驮我向党对母亲般亲热地拥抱

就这样——我日夜在思想的原野上奔跑

你怎能想象得到

我用一个老犯人临死拄过的竹棍

还是在那潮湿地铺上

削成了一支短笛，虽然笛管很粗糙

我吹奏出黄土高原上的民谣

笛音像延河水波一样动听和美妙

我的嘴唇吹出了丝丝的鲜血

仍抑止不住我心中的希望如火焰般燃烧

我要像红小鬼时那样奔向党的怀抱

我的这些雕塑、竹笛和刻刀

即使犯了天条，我一件也不上缴

如果我像歌唱家那样无声地死去

请允许我以这首短诗作为我的检讨

    1958——1959 年作

    1979 年重抄于北京

    选自《安徽文学》1980 年第 8 期，1980 年 8 月

我感到了阳光

王小妮

我从长长的走廊

走下去……

——啊，迎面是刺眼的窗子，

　　　　两边是反光的墙壁。

　　阳光，我，

　　我和阳光站在一起！

——啊，阳光原来是这样强烈，

　　　　暖得人凝住了脚步，

　　　　亮得人憋住了呼吸，

　　　　全宇宙的阳光都在这里集聚。

——我不知道还有什么存在，

　　　　只有我，靠着阳光，

　　　　站了十秒钟，

十秒，有时会长于一个世纪的四分之一。

终于，我冲下楼梯，推开门，

奔走在春天的阳光里……

　　　　选自《诗刊》1980 年第 8 期，1980 年 8 月 10 日

海之魂

徐敬亚

读报：范熊熊投海。之后，久久……

一

我们的人口太多

（真的太多！）

我，甚至狠心地想过（真不该）

让瘟疫把强者选择

然而今天

只减少了一个

我忽然，那么难过……

二

烟囱，在我头上

滚过黑色的河

汽车轮子在脚下

碾出了浪的漩涡

燥热不安的风啊

在把我浸泡

大海……忽然灌满了街道

一直浸过了我的前额

我明知道：海是咸的

可是……怎么？

苦、辣、酸、甜，一起

奔突在我的心窝

三

她，走到甲板的边缘
一堵会走的墙，在后面
紧紧地追赶
她有过最急迫的声音
有一双装得太多的眼睛
对于没有听觉的墙
雷，还有什么用
她紧绷住嘴唇
慢慢地关闭了瞳孔
她喊过，她喊过呀
但没人听，没人听……
于是，我的眼前盛开了
一朵雪白雪白的浪花
报纸……浮出了一层
黑色的星星

四

我，没有死的体验
此刻（说实话）
我颤抖，我不敢
死——不是一件容易的事呀
爬上生命的顶峰

头朝下，一直跌回到生命的零点

你错了，你错了

你，怎么能这样做

我难过，但谁不明白——

你的错，不过是因为

有人比你错得更多，更多

五

也许，不是你投向大海

是海向你猛烈地扑来

你不过是合拢了双臂站立

像针！把海折皱的皮肤一下子刺开

忽然，海活了（你是聪明的）

你的声音太小、太弱

你便交托给另一个更大的胸腔

于是，海懂了

那硕大无朋的透明体，马上

排开起伏的声波

为你神奇地传播

六

拥挤的大地

少了一个生命

空旷的大海，从此

增加了一个魂灵

甲板上永远地消失了一盏小灯

海面上，从此

闪跳出，无数无数的眼睛……

1980 年 8 月 6 日   于北京

选自《诗刊》1980 年第 9 月期，1980 年 9 月 10 日

我是青年

杨牧

人们还叫我青年……

哈……我是青年！

我年轻呵，我的上帝！

感谢你给了我一个不出钢的熔炉，

把我的青春密封、冶炼；

感谢你给了我一个冰箱，

把我的灵魂冷藏、保管；

感谢你给了我烧山的灰烬，

把我的胚芽埋在深涧；

感谢你给了我理不清的蚕丝，

让我在岁月的河边作茧。

所以我年轻——当我的诗句

出现在人们面前的时候，

竟像哈萨克牧民的羊皮口袋里

发酵的酸奶子一样新鲜!

……哈,我是青年!

我年轻啊,我的胡大!

就像我无数年轻的同伴——

青春常在沙漠里丢失,

只有叮咚的驼铃为我催眠;

青春常在烈日下曝晒,

只留下一个难以辨清滋味的杏干。

荒芜的秃额,也许正是廉价的土丘,

弧形的皱纹,也许是轻易的抛物线。

所以我年轻——当我们回到

春天的时候,

你看看我,我看看你,

哈……我们都有了一代人的特点!

我曾以青年的身份

参加过无数青年的会议,

老实说,我不怀疑我青年的条件。

三十六岁,减去"十",

正好……不,团龄才超过仅仅一年!

《呐喊》的作者

那时还比我们大呢,

普希金和马雅可夫斯基

死时也不过才这个年限。

比起主席台上那些终身不衰老的

年轻的声音,

我们还不过是"儿童团"!

……哈，我是青年！

嘲讽吗？那就嘲讽自己吧，

苦味儿的辛辣——带着咸。

祖国呦！

是您应该为您这样的儿女痛楚，

还是您的这样的儿女

    应该为您感到辛酸？

我，常常望着天真的儿童，

素不相识，我也抚抚红润的小脸。

他们陌生地瞅着我，歪着头，

像一群小鸟打量着一个恐龙蛋。

他们走了，走远了，

    也许正走向青春吧，

我却只有心灵的脚步微微发颤……

……不！我得去转告我的祖国：

世上最为珍贵的东西，

莫过于青春的自主权！

我爱，我想，但不嫉妒。

我哭，我笑，但不抱怨。

我羞，我愧，但不自弃。

我怒，我恨，但不悲叹。

既然这个特殊的时代

酿成了青年特殊的概念，

我就要对着蓝天说：我是——青年！

我是青年——

我的血管永远不会被泥沙堵塞；

我是青年——

我的瞳仁永远不会拉上雾幔。

我的秃额，正是一片初春的原野，

我的皱纹，正是一条大江的开端。

我不是醉汉，我不愿在白日说梦；

我不是老妇，絮絮叨叨地叹息华年；

我不是猢狲，我不会再被敲锣者戏耍；

我不是海龟，昏昏睡睡而益寿延年。

我是鹰——云中有志！

我是马——背上有鞍！

我有骨——骨中有钙！

我有汗——汗中有盐！

祖国啊！

既然您因残缺太多

　　把我们划入了青年的梯队，

我们就有青年和中年——双重的肩！

　　　　1980 年 8 月　于诗刊社青年作者学习会

　　　　选自《新疆文学》1980 年第 10 期，1980 年 10 月 10 日

中国，我的钥匙丢了

梁小斌

中国，我的钥匙丢了。

那是十多年前，
我沿着红色大街疯狂地奔跑，
我跑到了郊外的荒野上欢叫，
后来，
我的钥匙丢了。

心灵，苦难的心灵
不愿再流浪了，
我想回家，
打开抽屉、翻一翻我儿童时代的画片，
还看一看那夹在书页里的
翠绿的三叶草。

而且，
我还想打开书橱，
取出一本《海涅歌谣》，
我要去约会，
我向她举起这本书，
作为我向蓝天发出的
爱情的信号。

这一切，
这美好的一切都无法办到，
中国，我的钥匙丢了。

天，又开始下雨，

我的钥匙啊，

你躺在哪里？

我想风雨腐蚀了你，

你已经锈迹斑斑了；

不，我不那样认为，

我要顽强地寻找，

希望能把你重新找到。

太阳啊，

你看见了我的钥匙了吗？

愿你的光芒

为它热烈地照耀。

我在这广大的田野上行走，

我沿着心灵的足迹寻找，

那一切丢失了的，

我都在认真思考。

1979 年 12 月—1980 年 8 月

选自《诗刊》1980 年第 10 期，1980 年 10 月 10 日

远和近

顾城

你，
一会看我
一会看云。

我觉得
你看我时很远，
你看云时很近。

选自《诗刊》1980 年第 10 期，1980 年 10 月 10 日

雪白的墙

梁小斌

妈妈，
我看见了雪白的墙。
早晨，
我上街去买蜡笔，
看见一位工人
费了很大的力气，
在为长长的围墙粉刷。

他回头向我微笑，
他叫我
去告诉所有的小朋友：
以后不要在这墙上乱画。

妈妈，
我看见了雪白的墙。

这上面曾经那么肮脏，
写有很多粗暴的字。
妈妈，你也哭过，
就为那些辱骂的缘故，
爸爸不在了，
永远地不在了。

比我喝的牛奶还要洁白、
还要洁白的墙，
一直闪现在我的梦中，
它还站立在地平线上，
在白天里闪烁着迷人的光芒，
我爱洁白的墙。

永远地不会在这墙上乱画，
不会的，
像妈妈一样温和的晴空啊，

你听到了吗？

妈妈，

我看见了雪白的墙。

1980 年 5 月—8 月

选自《诗刊》1980 年第 10 期，1980 年 10 月 10 日

宣告——给遇罗克烈士

北岛

也许最后的时刻到了

我没有留下遗嘱

只留下笔，给我的母亲

我并不是英雄

在没有英雄的年代里

我只想做一个人

宁静的地平线

分开了生者和死者的行列

我只能选择天空

绝不跪在地上

以显得刽子手们的高大

好阻挡那自由的风

从星星般的弹孔中

流出了血红的黎明

选自《人民文学》1980年第10期，1980年10月20日

希望

石天河

希望——她是个薄情的女郎，

她有时冷漠，有时失信，有时轻狂。

我等了她许多年，许多年呀，

她总依然罩着面纱，站在彼岸。

每当我刚刚看到她的一丝微笑，

转瞬间，一阵风又把她吹向远方。

只有当她的姊妹——绝望，

　披头散发地向我猛扑过来的时候，

她才会突然把我拥抱在怀里，

　紧紧地偎着我，吻着我，

　直到重新温暖了我冷却的心房。

选自《诗刊》1980年第11期，1980年11月10日

人的颂歌（节选）

雷抒雁

> 我一直唱着颂歌，
> 现在，也该唱唱我。
> ——题记

创造

我用时间的雕刀，
在大脑里刻下神秘的沟回。

一切未产生的，
一切已产生的，
一切要产生的，
都是这沟回中波动的水。

没有美，
我创造美。

我将创造一个星体，
预备着地球的坠毁。

火

普罗米修斯是我。

我从恶鹰的尖喙和利爪下
　　勇敢地挣脱。

我把从太阳上采下的火种
　　藏在石里、木里，
召唤火，
只有我知道秘诀。

抓住叱咤在云层中的
　　紫色的游蛇，
我把它送进导体的笼子。
让它推动马达
欢快地唱歌；
让它举着风吹不灭的火把
在太阳照不到的地方工作。

童年的一切梦幻
都要重新复活。

不死的普罗米修斯
是我。

苦难

我赤着脚走过来。
从洪荒的泥水里走过来，
踏着冰冷的积雪
　　和滚烫的火山熔岩。

像拖着爬犁，
我拖着世界。
肩上磨出深深的肉槽，
纤绳一根根断开。

拖着苦难，拖着愚昧，
我要走向文明的时代。
跌倒，再爬起，
永不气馁，一步步踏着失败。

汗水和泪水，顾不上揩，
任它从眼角滚落下来。
见过湖泊吗？湖泊，
是我苦难的记载！

选自《诗刊》1980 年第 11 期，1980 年 11 月 10 日

夜歌

王家新

我是光明的爱子，却喜欢夜，
就像冬小麦喜欢那一天飞雪；
在夜里我的额角有一片天空，
在那里升起只属于探求者的星月；
在夜里我的胸口是一片黑土，
那里的种子呀，一萌动就把冰层撑裂；
在夜里流萤屡次去做幻想的使者，
而记忆之客也应沉思之邀相谈不歇；
呵，在夜里每每听到有谁叩我的小窗，
尽管醒来时总会伴着忧伤的泪水倾泻；
哦，夜是苦闷的吗？夜是漫长的吗？
哎，只要一想起你呀，（你是真理么？）
我就像云雀挣脱夜的魔掌，
朝着神圣的太阳纵情飞跃！

选自《星星》1980 年第 11 期，1980 年 11 月

河岸上停着一只空船

——《我的奏鸣曲》之八

黄翔

初冬的河水澄清又明净，

水里面的云天又深又空；

林间河岸上一只空船，

被一条铁链子拴住。

仿佛还停在夏天的水面上，

还没有和那一双情侣分别；

仿佛未划出丰盛的五月，

载着阔叶树的喧吵，针叶树的歌。

船头上曾飞来一只白鹤，

如今被留在盛暑的晨雾里；

森林的圆月租借过船舱，

偶尔被粗暴的雷雨挤走。

初冬的河水澄清又明净，

一只空船在风中不住地晃动；

似乎想挣脱那时间的锁链，

也渴求幸福，也渴求淡泊。

选自《崛起的一代》1980 年创刊号，1980 年 11 月

那条小路

顾城

那条小路

那条在晨雾中溶化的小路

连着我心灵的小溪

你去问吧
庄稼都沉默不语

当然，我知道
十姐妹不能保密①
你会发现一切
当一只五月的海军蛱蝶
突然从草滩上离去

春天
春天在微笑中示意

那就来吧
沿着那条溶化的小路
嗯，不许碰坏露滴

1980 年 12 月

选自顾工编《顾城诗全编》，生活·读书·新知三联书店 1995 年 6 月版

———————

①十姐妹是一种野蔷薇。

1981^年

因为风的缘故

洛夫

昨日我沿着河岸

漫步到

芦苇弯腰喝水的地方

顺便请烟囱

在天空为你写一封长长的信

潦是潦草了些

而我的心意

则明亮亦如你窗前的烛光

稍有暧昧之处

势所难免

　　因为风的缘故

此信你能否看懂并不重要

重要的是

你务必在雏菊尚未全部凋零之前

赶快发怒，或者发笑

赶快从箱子里找出我那件薄衫子

赶快对镜梳你那又黑又柔的妩媚

然后以整生的爱

点燃一盏灯

我是火

随时可能熄灭

　　因为风的缘故

　　　选自《联合报·联合副刊》1981 年 1 月 7 日

车轮

昌耀

晨曦里，车轮

是刚自太阳分裂的细胞，

旋转着健美的圆弧，

耀动着生命的光斑，

向我投来。

于是，一阵泼辣的旋风

从我耳边掠过；

我觉得似乎是一群群飞鱼

向着港湾之外跃去

去追逐深海的舵叶，

去追逐蓝天的帆影，

去追逐未知的世界……

曾长久地沤渍于死水的理想，

该是如何狂恋于这线条明快的旋律！

　　　1980 年 1 月 25 日

　　　选自《诗刊》1981 年 1 月号，1981 年 1 月 10 日

船

白桦

我有过多次这样的奇遇，

从天堂到地狱只在瞬息之间；

每一朵可爱、温柔的浪花，

都成了突然崛起、随即倾倒的高山。

每一滴海水都变脸变色，

刚刚还是那样美丽、蔚蓝；

漩涡纠缠着漩涡，

我被抛向高空又投进深渊……

当时我甚至想到过轻生，

眼前一片苦海无边；

放弃了希望就像放弃了舵柄，

在暴力之下只能沉默和哀叹。

今天我才有资格嘲笑昨天的自己，

为昨天落叶似的惶恐感到羞惭；

虚度了多少年华，

船身多次被礁石撞穿……

千万次在大洋里撒网，

才捕获到一点点生活的经验，

才恍然大悟，

啊！道理原是如此浅显：

你要航行吗？

必然会有千妖百怪出来阻拦；

暴虐的欺凌是它们的游戏，

制造灭亡是它们唯一的才干。

命中注定我要常常和它们相逢，

因为我的名字叫做船；

面对强大于自身千万倍的对手，

能援救自己的只有清醒和勇敢。

恐惧只能使自己盲目，

盲目只能夸大魔鬼的狰狞嘴脸；

也许我的样子比它们更可怕，

当我以生命相拼，一往无前！

只要我还有一根完整的龙骨，

绝不驶进避风的港湾；

把生命放在征途上，

让勇敢来决定道路的宽窄、长短。

我完完全全地自由了，

船头成为埋葬它们的铁铲；

我在波浪中有节奏地跳跃，
就像荡着一个巨大的秋千。

即使它们终于把我撕碎，
变成一些残破的木片；
我不会沉沦，决不！
我还会在浪尖上飞旋。

后来者还会在残片上认出我，
未来的诗人会喟然长叹：
"这里有一个幸福的灵魂，
它曾经是一艘前进着的航船……"

1980 年 11 月

选自《诗刊》1981 年 1 月号，1981 年 1 月 10 日

插队，在一个小屯（二首）

王小妮

一、割地

再也没空
去想金色的谷子了，
镰刀，碰在手指上，
流出了血，

我偷偷地
掏出我的手绢。

继续，弯下腰，
拼命地割。
在太阳悄悄下落时，
大婶心疼地骂我一声，
噢，包在手上的
手绢不见了。

她把粗布褂子
拍了再拍，
扯下一条衣襟，
拉过我的手，
血，泥土和汗
凝在一起了。

住工了，
向飘着炊烟的屯子走去，
一群鸟儿从头上飞过，
它们寻找温暖去了？
我好像丢失了什么，
靠近大婶。

脚下，沙沙地，
踩着许多干枯的树叶，

沙沙，沙沙，

曾经鲜绿的叶子……

大婶问我，又想心事了？

我说：那手绢不见了。

我不愿再提起，

那手绢是

一个好朋友

给我的礼物。

我们竟梦想过，

成为诗人……

我和大婶一起走着，

我，插队，

在一个小屯里。

二、上学

早上的风，

在耳边响着，响着，

我仔细地看着

旷野里几排小杨树，

几栋涂了白粉的土房。

我，是要做教师了吗?!

我幻想过，

做一个教师，

在我们的辅导员

穿了花点点的

布拉吉的那个下午，

在夏令营的

篝火晚会以后……

身边，

跑过许多孩子，

矮矮的。

书包在他们的手上

任意地甩着，

看到我，他们都

好奇地回过头，愣一下，

我是少先队美术组的成员，

我画的小孩子

都有一双聪明的大眼睛……

田里，屯里人在向我招手，

好心的庄稼人，

多盼他们的儿子长大，

快一点扛起锄头，

（当然，也要会写信）

他们看着我，向学校走。

我要做一个教师了，

一个美术教师，

一路上，早上的风困扰着我，

让我没法想出

教他们画点什么，

是红色的拖拉机？

还是父亲们

树根一样的手？

心，沉重地跳着，

我，是要做教师了吗？！

　　　选自《人民文学》1981年第2期，1981年2月20日

瞬间

韩东

岁月呵，这沉重的雾
淹没了我走来的小路

我转过身去，哪里呵
哪里，哪里是那红尖顶的小屋

我随轻风飘进群山
树的手臂，请把我抓住

让我再做一个关于故乡的梦
让梦中再一次响起那熟悉的脚步

好了，一切都已过去
生活永远不会重复

选自《北京文学》1981 年第 2 期，1981 年 2 月 10 日

我骄傲，我有辽远的地平线
——写给我的第二故乡准噶尔

杨牧

我常想，多难的人生应当有张巨伞，
这张巨伞应该是一片辽阔的蓝天；
我常想，郑重的生命应当有只托盘，
这只托盘应该是一片坚实的地面；
我常想，灵魂的宫殿应当有个窗口，
这个窗口应该是一双明哲的锐眼；
我常想，生命的航船应当有条长纤，
这条长纤，应该是辽远的地平线……

我得到了。从我亲爱的准噶尔；
从我的向往，从我的思念。
从那一条闪烁迷离的虚线之中，
从这一片沧桑变幻的天地之间。

云朵和牧歌，总是我不肯抛弃的乘骑，

车辙与大道，总是我不肯折曲的翎箭；

即使天边浅露的雪峰，也像白帆，

让我想到茫茫大海最远的边缘！

我博大广袤的准噶尔呵，

你给了我多少恢弘的画展！

黄沙，黄尘，黄风，黄雾……

曾经是这个风沙王国威虐的"皇冠"！

当第一顶帐篷搭进这历史废墟的时候，

我见到过。并为发黄的白骨心寒。

那时的天地像只猛兽大张的巨口，

——地平线，千百年来的死亡线……

黑沙。黑尘。黑风。黑雾。

也曾在这片处女地上肆无忌惮。

我见到过。见到过那个疯狂的年月；

见到过恐怖，见到过劫难

当罪恶与冤孽蒲公英似的乘风撒播，

我也曾为大漠的晨昏感到迷乱。

我记得那时天地间像座血腥的牢狱，

——地平线，冷得发青的一条锁链……

但这一切都没有扼死准噶尔。

真的，没有。你看那欢烟。

你看那条田，看那条田娇嫩的葱翠；

你看那湖水，看那湖水深沉的湛蓝。

自然的风暴不曾堵塞金秋的通道，

人为的风暴也没有战胜绿色的必然。

而地平线呵，复又闪动少女的青睐，

——深情眷恋着时代的变迁！

这里变了。真的，变了。

你看那苗圃。你看那果园。

你看那林带，从那浓淡交融的纵深；

你看那长渠，向那美学透视的焦点。

也许正是经历了历史狭窄的胡同，

人们才更爱直率和平坦；

人们才发现天地豁开了理想的门扉，

——地平线，好一道诱人拥抱的光环！……

荒野的路呵，曾经夺走我太多的年华，

我庆幸：也终于夺走了闭塞和浅见；

大漠的风呵，曾经吞噬我太多的美好，

我自慰：也吞噬了我的怯懦和哀怨。

于是我爱上了开放和坦荡，

于是我爱上了通达和深远；

于是我更爱准噶尔人的发达的胸肌，

——每一团肌肉都是一座隆起的峰峦！

准噶尔人呵，失去的恐怕比别人更多，

因为他偏僻；但也失去了华贵的缱绻。

准噶尔人呵，得到的恐怕比别人更少，

因为他边远；但却得到了难得的辽远。

于是我赞美粗犷和爽快，

于是我敬重豪放与乐观；

于是我不信看不到辽远能"看透"一切，

——因为我愿将阻隔明天的一切看穿！

说什么"明天太虚"呢！看不到的未必虚幻。

道什么"人生如梦"呢！梦想也常是理想的先遣。

地球上固然有太多的坎坷，（真的，太多！）

从太空望下——还不是个旋转的椭圆？

而地球对人们是公道的，

每一个生命都给予一条地平线；

只要你走着，结结实实地向前走着，

未来的天地——不是：无缘；而是：无限！

呵，不出茅舍，不知世界的辽阔！

呵，不到边塞，不觉天地之悠远！

准噶尔呵，感谢你哺育了我的视力——

即使今后走遍天南地北的幽谷，

我也能看到暮云的尸布、朝晖的霞冠；

——日落和日出都在迷人的地平线上，

——死亡与新生，都是信念。

我骄傲，我有辽远的地平线！

1980 年 12 月于准噶尔

选自《上海文学》1981 年 3 月号《百家诗会》，1981 年 3 月 1 日

重逢

——返乡组曲之四

非马

深怕冲淡了重逢的欢乐

亲友们彼此提醒

"过去的就让它过去吧！"

然后别过头去

偷偷拭掉

到了眼角的泪水

然后在脸上

用力撑开

一张皱褶的笑容

像撑开

久置不用的

一把阳伞

1980 年 10 月 18 日

选自《联合报·联合副刊》，1981 年 3 月 31 日

某日某巷吊旧寓

商禽

黄昏过后

钢筋在瓦砾中横斜

舒卷　　一帖

铁的狂草

犹如淡墨的夜色

怪手

踞坐在客厅中

将它唯一的掌

伸进厨房

（也该是开饭的时候了）

它留着机油的手肘

一段不锈钢的骨骸

比老天还要白

墙角处

有个破了的药罐子

装的仍是

老房东的咳嗽

　　　　选自《创世纪》诗刊第 55 期，1981 年 3 月

一个北方人唱给长江的歌

杨炼

呵！长江，也许

我不该爱你

因为我是山峰和大平原养育的儿子

我的心应当属于它们

而你，只是我的一个陌生的路人

呵！长江，也许我不该爱你

我的梦中从未有过你的影子

我这习惯了山间羊肠小道的脚，也从未

踏上过你这柔软的大路呵……

然而，长江呵，当我第一眼看见你，我的爱

就被你夺去——比对山峰、田野和故乡的小径

更执着，你永恒的呼唤

一直倾泻到我的灵魂深处

呵！长江，你日日夜夜永不疲倦的生命呀

你年年岁岁永不衰老的青春呀

你那雄壮的狂涛，不就是我故乡雄壮的山峰么

你那开阔的河面，不就是我故乡开阔的原野么

你所养育出来的水手

不是与我的农家兄弟同样淳朴和刚毅么

——让我把自己交给你吧

像交给故乡的亲人——

交给那鱼的背脊般激起浪花的礁石

交给在劳动中喘息着的波涛

交给沉默不语却饱含热情的潜流

交给巨大的漩涡

我的爱属于那出没风涛之上的水手

属于那几乎一动不动的纤夫

——紫铜色的肌肉、铁的沉默、生命的抗争

我的爱属于那群光屁股的孩子

那条像我的父亲一样瘦小的乌篷船

他们漂泊的家

无论哪一个夜晚

每当我看到一盏幽暗的油灯在那船头摇曳

我就记起了一座小小的山村

我的生命也曾仅仅依赖过这样一点微弱的光明呵……

是的，长江，我爱你

但，我又怎能不诅咒你——

我知道，这爱的重量和代价

我是走在屈原和李白曾经走过的道路上

我听见你在呼喊，

风激动着，浪愤怒着

难道你永远只会在呼喊和沉默之间涨落吗

不！长江，听从我的乞愿，苏醒过来吧

扬起水雾像扬起你的旗帜，

以你豪放的性格，奔腾入海

汇入一个清澈、透明的世界吧

我把自己交给你，把爱交给你

是为了像在山峰和原野上一样播种和收获

为了看到成千上万个微笑

通过你的嘴唇亲吻天空

追逐自由的蓝色的飞鸟，连接七大洲的海岸

呵！长江，让我和你一同挥舞双手

创造那呼喊所不曾带来的一切吧

1980 年 8 月记于长江轮上

选自《上海文学》1981 年 4 月号《百家诗会》，1981 年 4 月 1 日

给安徒生

顾城

金色的流沙
湮没了你的童话
连同我——
无知的微笑和眼泪

我相信
那一切都是种子
只有经过埋葬
才有生机

当我回来的时候
眉发已雪白
沙漠却变成了
一个碧绿的世界

我愿在这里安歇
在花朵和露水中间
我将重新找到
儿时丢失的情感

选自《人民文学》1981 年第 4 期，1981 年 4 月 20 日

冰

柏桦

一

北半球转到靠近太阳的一方
天空由灰暗变得晴朗
　　冰，开始融蚀

房檐下那老人白须般的冰凌
滴着欢喜的眼泪
叮咚坠地
像世间清婉的乐声

大地再不是板着木然的面孔
舒展开一道道笑纹
孩子们将浅水踩得啪啪作响
像鸭儿在水池欢快地游泳

浅水，一汪一汪
映着树枝，是摇曳的断影
映着楼阁，像飘动的宫廷

一个僵死的世界在动弹

二

小鸟儿在枝头跳来跳去
为春天歌唱
　　她忘记了干
　　她忘记了渴
小鸟儿在枝头跳来跳去
为春天歌唱

唱了一天，她来到地上
要啜饮这初春的甘露
地，却又封冻了——
她呆望着
　　像被一个轻薄的男子
　　骗走了纯洁的爱情

第二天，她依旧在唱着
小鸟儿，你为什么要唱歌？

　　像孩子在母腹躁动
　　地气在跃跃升腾
　　像感受着爱人的气息
　　太阳在一点点靠近

那溢荡的无所不至的煦暖呀

那穿流的银矢一样的光线呀

啁啾，啁啾
四处是鸟儿欢乐的歌声
嘀嗒，嘀嗒
屋檐有融冰那美妙的和鸣

选自《人民文学》1981 年第 4 期《青春诗页》，1981 年 4 月 20 日

失落的星星

叶延滨

夜，浪击之中，在礁石上，会发出星星样的磷光。

不，我不信，不信这是磷，
是些早已死去的可怜的小生命。

你看，亮了，又亮了，像星星，
悄悄地滑出我的指缝，
啊，它们还会亮的，
我的手在礁石上等待新的浪涌……

我的可爱的小星星啊，
你们是从天上落下来的吗？

不对，天上的星星害怕乌云，

天上的星星只在晴空中眨着眼睛；

而你们却在撞击中发光，

在飞进的浪花中滚动！

啊，你们是浪花飞进的激情，

还是礁石坚强的灵魂?！

不，它们只是一些小虫的尸骸，

尸骸中凝聚着生前的勇敢精神——

生，跃在风暴不息的礁面，

死，燃在夜色沉沉的海滨。

啊，假如有一天我告别生活之海，

愿我的诗句能像这活在浪里的星……

选自《人民文学》1981 年第 4 期，1981 年 4 月 20 日

我们每天早晨的太阳

——为 S. 的画题赠

北岛

小草柔软的手臂托起太阳

不同肤色的人走向你

汇成光芒，你像钟一样敲响

震落了山顶上的积雪

皱纹深处颤抖的恐惧和悲伤

心灵不再躲到幕布后面

书打开窗户，让群鸟自由地飞翔

老树不再打鼾，不再用枯藤

缠住孩子那灵活的小腿

果子像宝石在少女的手中闪光

每个人都有了自己的名字

自己的声音、爱情和愿望

就这样，从夜晚到夜晚

你一次次死去，一次次诞生

生命在连接，地平线在延长

每个故事有了新的开始

那就开始吧

1981 年 5 月 1 日

选自《上海文学》1981 年 5 月号《百家诗会》，1981 年 5 月 1 日

猎手

唐祈

他的目光被弦上的箭

早射向草原的尽头。

交错的阴影里他能瞥见，

黑暗草丛中一只黑色的野兽。

寂静和狂暴都像草原风雷，

他小心翼翼在危惧中守候；

凶险的虎豹能把人的骨肉撕碎，

生命原是一场意志的搏斗！

他的棕褐色面孔像岩石刻成，

深深的皱纹里隐藏着青春，粗犷的力，

在闭锁的浑身肌肉中隆起。

现在人们对他惊奇：

看见他从未珍惜的青铜的肢体，

舒展在帐篷的爱情的夜里。

1980 年 11 月 3 日写于西北高原，1981 年 1 月 28 日夜深写定于兰州

选自《诗刊》1981 年 5 月号，1981 年 5 月 10 日

在山的那边

王家新

一

小时候，我常伏在窗口痴想：

山那边是什么呢

妈妈给我说过海

哦，山那边是海吗

于是，怀着一种隐秘的愿望
有一天我终于爬上了那个山顶
可是，我却几乎是哭着回来了
——在山的那边，依然是山
山那边的山啊，铁青着脸
给我的幻想打了一个零分！

妈妈，那个海呢

　　　　二

在山的那边，是海，美丽的海！

今天啊，我竟没料到，
一个幼时的信念
却在我的心中扎下了深根
是的，我曾一次又一次地失望过
当我爬上那一座座诱惑着我的山顶
但我又一次次鼓起信心走向前去
因为我听到海就在远方为我喧腾
那雪白的海潮啊，沿着无形的河道
一次次漫湿了我枯干的心灵……

在山的那边，是海吗？是的！

人们啊，请相信——

在不停地翻过无数座山后

你终会走上这样一座山顶

而在这座山的那边，就是海呀

是一个全新的世界

在瞬间照亮你的眼睛……

选自《长江文艺》1981 年 5 月号，1981 年 5 月 15 日

流水线

舒婷

在时间的流水线里

夜晚和夜晚紧紧相挨

我们从工厂的流水线撤下

又以流水线的队伍回家来

在我们头顶

星星的流水线拉过天穹

在我们身旁

小树在流水线上发呆

星星一定疲倦了

几千年过去

它们的旅行从不更改

小树都病了

烟尘和单调使它们

失去了线条与色彩

一切我都感觉到了

凭着一种共同的节拍

但是奇怪

我唯独不能

感觉到自己的存在

好像群星与丛树

或者由于习惯

或者由于悲哀

对本身已成的定局

再没有力量关怀

1980 年 2 月

选自《莽原》1981 年第 1 期，1981 年 5 月

山口

苏金伞

一座小桥横在山口，

连着山里山外的阴晴，

桥头一片草地，

吸引着所有人的眼睛。

这草地就像童话里诱人的绒球，

跟着它就可以一步一步走入奇境。

你看那层峦后面不是半山杜鹃花？
在云端不是还浮着一座仙宫？

百灵鸟在什么地方啼叫着。
百灵鸟一叫，太阳显得特别明亮，
好像倾泻着的不是光线而是珠贝，
从各个山头向下流淌。

流下来又汇成一股响泉，
从小桥下面铮铮流过。
带着红色的杜鹃花瓣，
流向山外，流进茫茫的大河。

站在山口，调整一下呼吸，
试一试想象力是否丰富。
快些进山去吧！
山口不过是春天的咽喉。

选自《莽原》1981 年第 1 期

雪人

顾城

在你的门前
我堆起一个雪人
代表笨拙的我，

把你久等。

你拿出一颗棒糖，

一颗甜甜的心，

埋进雪里，

说这样就会高兴。

雪人没有笑，

一直没做声。

直到春天的骄阳，

把它溶化干净……

人在哪呢？

心在哪呢？

小小的泪潭边

只有蜜蜂。

　　　　1980 年 2 月

　　　　选自《艺丛》1981 年第 5 期

人间的灯火

辛笛

涤荡我的劳累，

交付沙子

埋起我的烦忧！

我的胸怀宽广了，

蓝天上的云海溶化于我，

大海中的云天溶化于我；

请放心吧，

我不会成天躺在这里，

更不曾在暖洋洋、软绵绵的气氛里

做一个懒汉！

我是在抓住时间的空隙，

紧急紧忙地

在整顿我飘如云、乱如絮的思绪；

问我自己到头来，

究竟是做一只呻吟的海鸥，

还是做一只勇敢的海燕？①

1980 年夏

选自《上海文学》1981 年 6 月号《百家诗会》，1981 年 6 月 1 日

问月

——避暑山庄月台即兴

田间

登上月台望月，

月哟你却不来？

---

①高尔基的《海燕》一文中，有关于海鸥和海燕的描绘。

忽有一弯新月，
来自科学天才。

你已藏在云外，
我已久久等待。

你把山门推开，
你已穿过石海。

你的银光皎皎，
我的豪情澎湃。

你是光的使者，
照耀长城古塞。

未来呼唤着你，
你也大步正迈。

山庄这湖碧水，
把你捧上月台。

站在高峰远望——
云开山开花开。

1980 年 7 月避暑山庄月台即兴

选自《国风》1981 年第 1 期

你曾经是我的舞伴

林希

你曾经是我的舞伴

我们踏着水一般清澈的华尔兹舞曲

在冰一般平滑的地板上旋转

那时，我像女孩子一样羞怯

你，又比男孩子还要大胆

你曾经是我的舞伴

纷扬的彩色纸条飘下来

缠住了我们的双肩

我想把它拨开

你说：缠着吧

直到永远，永远。

啊，我真悔恨

悔恨我竟把舞步踏乱

那一声声温暖的节奏

敲碎我心上平静的水面

我多么希望那乐曲再重复演奏一次

那乐曲里有一个音符

曾把我们的心弦拨颤。

而最后

那缠绕着我们的绚丽纸条终于裂断

当旋律随夜风徐徐飘散

我悔恨又为什么分别得这样仓促

竟没有来得及说一声再见

只把那一个音符

留你心中一半

留我心中一半

选自《上海文学》1981 年 6 月号《百家诗会》，1981 年 6 月 1 日

广场前的冥想

郑敏

母亲，从你的胸口踏过无数的脚步，

那雪夜里呜咽的脚步，是

人力车夫，他挣扎着

回到没有归宿的归宿。

那年轻的愤怒的脚步是

第一次打开闸门的孩子们，

他们给古老的土地进行了灌溉。

那整齐而兴奋的脚步，是

建立起希望之国的人们，

那脚步声还会再来，

谁能忘记一个春天带来的

愤怒、急躁、痛苦、反抗？……

母亲，你用慈爱的心

倾听着每一次的脚步声，

也许会有新的节奏，新的弹力，

新的愿望，新的震波，

从你的胸前传出。

只有死亡才带来寂静，

甚至那样，也会有吃奶的孩子，

在你的胸前学步。

　　　选自《诗刊》1981 年 6 月号，1981 年 6 月 10 日

"?。!"

舒婷

那么，这是真的

你将等待我

等我蓝里的种籽都播撒

等我将迷路的野蜂送回家

等船篷、村舍、厂棚

　　　点起小油灯和火把

等我阅读一扇扇明亮或黯淡的窗口

　　　与明亮或黯淡的灵魂说完话

等大道变成歌曲

等爱情走到阳光下

当宽阔的银河冲开我们

你还要耐心等我

扎一只忠诚的小木筏

那么，这是真的

你再不会变卦

即使我柔软的双手已经皲裂

　　腮上消褪了娇嫩的红霞

即使我的笛子吹出血来

　　而冰雪并不因此溶化

即使背后是追鞭，面前是危崖

即使黑暗在黎明之前赶上我

　　我和大地一起下沉

甚至来不及放出一只相思鸟

但，你的等待和忠诚

就是我

付出牺牲的代价

现在，让他们

向我射击吧

我将从容地穿过开阔地

走向你，走向你

风扬起纷飞的长发

我是你骤雨中的百合花

　　　1981 年 4 月 30 日

　　　选自《上海文学》1981 年 9 月号《百家诗会》，1981 年 9 月 1 日

高原情

高平

不悔

说什么愿走海、北、天、南，
不去新、西、兰。①
我就是在新、西、兰，
过了青年，又度中年。

举手报名进藏，
三调北京不还。
不是不爱故土，
故国比故土更广更宽。

何必去重叠万千的脚印，
幸福自古靠初探。
雪峰高过层楼，
山歌响过鸣蝉。

乡愁

看见西藏来的汽车，

---

①海、北、天、南，指上海、北京、天津、南京。新、西、兰，指新疆、西藏、兰州

像握住老朋友的手

我向着藏族驾驶员一笑，

代替一千声问候。

轮胎上还沾着唐古拉的积雪，

那是我搭过帐篷的山口；

车窗上还闪着日光城的阳光，

那是涂抹过我的青春的圣油。

你何时回去？

能不能带我走？

我虽然不是西藏人，

对西藏却怀着乡愁。

如果能加入藏族族籍，

我将第一个提出申请，

是感情，也是为了证明：

我们同属于复兴中华的民族。

　　　　选自《诗刊》1981年9月号，1981年9月10日

读罗中立的油画《父亲》

公刘

父亲，我的父亲！

是谁把这支圆珠笔

强夹在你的左耳轮?!

难道这就象征富裕?

难道这就象征文明?

难道这就象征进步?

难道这就象征革命?

父亲! 你听见了吗? 你听见了吗?

整个的展览大厅,

全体的男女人群,

都在默默地呼喊:

快扔掉它! 扔掉那廉价的装饰品!

真愿变做你手中的碗啊,

一生一世和你不离分!

粗糙的碗, 有鱼纹图案的碗,

像出土文物一般古老的碗,

我愿承受你额头的汗,

并且把它吮吸干净;

只有你的汗能溶解

我出土文物一般硬化了的心!

秦朝的心啊,

汉朝的心啊,

唐朝的心啊,

也许, 还有共和国的心!

有谁能数得清你死过多少次!

父亲！我的父亲！

那年你倚着土墙打盹，

在太阳的爱抚下再也不醒，

嘴角淌着黄绿色的液汁，

浮肿的手还将一把草籽攥得紧紧……

那年你耷拉着脑袋，硬把漫坡地撕成大寨田，

然后拉着犁，缰绳扣进肉里勒出血印，

吸完你最后一撮干桃叶烟末，

你倒下去，天上照旧活着哑了亿万年的星星。

父亲！我的父亲！

你浇灌了多少个好年景！

可惜了！可惜了你背后一片黄金！

快车转身去吧，快！快！

黄金理当属于你！你是主人！

主人！明白吗？主人！

父亲啊！我的父亲！

我在为你祈祷，为你祈祷，

再也不能变幻莫测了，

我的老天！我的天上的风云！

　　　1981 年 2 月至 4 月

　　　选自《诗刊》1981 年 11 月号，1981 年 11 月 10 日

我也是中国的希望

梁小斌

歌唱我吧
我也是中国的希望

一个女学生，
见我也来买英语课本，
她轻视地但很美地
笑了一下。

她问我：
英语的"希望"怎么讲？
我说："Wish，对吗？"
那英语的"希望"，
还有那世界语的"希望"，
我天生就会念得声调琅琅。

她听我回答得这么好，
脸上泛起美丽的红光。

歌唱我吧，
我也是中国的希望！

选自《安徽文学》1981 年第 11 期

粉笔

顾城

　　我最喜欢顺从自己的心，自己的天性，变成一个金色的孩子，和我的小朋友一起，在草地上，在开满无名花的河谷里，在珊瑚和针叶树组成的森林里，静静悄悄地走，无穷无尽地找……

小时，我常溜进这里，
长长的走廊，阴凉又神秘。
许多大人在这里办公，
我呢？是来、来偷粉笔。

在长长的黑板下停住，
紧张地伸直手臂，
手指在笔槽间滑过，
全部心愿在指间聚集。

呀，白的、红的、白的、绿！
心中跳着惊恐和惊喜，
忽听见远远响起脚步声，
我吓得差点变成空气。

终于回到大太阳下，
我坐在滚热的路上喘息，

现在可以画一幅大画，

画上所有梦里的东西……

现在我堂皇地走进这里，

我是大人了，哈，有趣！

一切都变得狭小而陈旧，

我也似乎不再是自己。

这样的事过去哪敢想象，

我领到一盒五彩粉笔，

当然地站在长黑板前，

去写一条需要的标语。

选自《上海文学》1981 年第 12 月号，1981 年 12 月 1 日

孤松

周伦佑

一个历史学家

独自在高原上散步

时间开了一个玩笑

他迷失了归途

他站在悬岩上

凝望着远方

冷峻的目光被星星吸收

只留下一颗清醒的头颅

他继续着自己的事业

用生命撰写编年史

那一圈圈年轮

就是一部不朽的史书

选自《星星》诗刊 1981 年第 12 期

1982 年

望海

唐湜

静静的沉思的海
咆哮的喷着白沫的海，
愤怒的沸腾着的海……
呵，海的感情可多么深沉，
海的激动又多么壮阔无边！

我在海滩上望海，
海的汪洋若无涯涘，
一片青苍辽阔的飞腾波涛，
一些渔船在波涛上浮着。
像在一幅凝然不波的油画里；
多少人望着海深思过呵：
有飞扬跋扈的暴虐的秦皇，
希冀生命能大海样辽远无涯
有征服沙漠的雄伐的汉帝，
来寻觅大海样奇伟的声威，
有挥鞭翩翩风流的曹瞒，
写下了"水何澹澹"的瑰丽诗篇……

我早在南方的潇湘之浦，
幻望过飘风中帝子的飞降，

这忽儿来找寻那跨海的桥：

——波涛中高耸的碣石，

要遥瞻缥缈中海上的三神山；

可哪儿是李斯勒石的奇峰？

看那一群礁石猛虎样奇突，

在奔涌的水波中傲然兀立！

选自《星星》诗刊 1982 年第 1 期

生日

顾城

因为生日

我得到了一个彩色钱夹

我没有钱

也不喜欢那些乏味的分币

我跑到那个古怪的大土堆后

去看那些爱美的小花

我说：我有一个仓库了

可以用来贮存花籽

钱夹里真的装满了花籽

有的黑亮黑亮

像奇怪的小眼睛

我又说：别怕

我要带你们到春天的家里去

在那儿，你们会得到

绿色的短上衣

和彩色花边的布帽子

我有一个小钱夹了

我不要钱

不要那些不会发芽的分币

我只要装满小小的花籽

我要知道她们的生日

选自《文汇月刊》1982 年第 2 期，1982 年 2 月 5 日

会唱歌的鸢尾花

舒婷

我的忧伤因为你的照耀

升起一圈淡淡的光轮

——题记

一

在你的胸前

我已变成会唱歌的鸢尾花

你呼吸的轻风吹动我
在一片丁当响的月光下

用你宽宽的手掌
暂时
覆盖我吧

　　二

现在我可以做梦了吗
雪地。大森林
古老的风铃和斜塔
我可以要一株真正的圣诞树吗
上面挂满
溜冰鞋、神笛和童话
焰火、喷泉般炫耀欢乐
我可以大笑着在街上奔跑吗

　　三

我那小篮子呢
我的丰产田里长草的秋收啊
我那旧水壶呢
我的脚手架下干渴的午休啊
我的从未打过的蝴蝶结
我的英语练习：I love you，love you

我在街灯下折叠而又拉长的身影啊
我那无数次
　　流出来又咽进去的泪水啊

还有
还有

不要问我
为什么在梦中微微转侧
往事，像躲在墙角的蛐蛐
小声而固执地呜咽着

　　　　四

让我做个宁静的梦吧
不要离开我
那条很短很短的街
我们已走了很长很长的岁月

让我做个安详的梦吧
不要惊动我
别理睬那盘旋不去的鸦群
只要你眼中没有一丝阴云

让我做个荒唐的梦吧
不要笑话我

我要葱绿地每天走进你的诗行

又绯红地每晚回到你的身旁

让我做个狂悖的梦吧

原谅并且容忍我的专制

当我说：你是我的！你是我的

亲爱的，不要责备我……

我甚至渴望

　　涌起热情的千万层浪头

　　千万次把你淹没

五

当我们头挨着头

像乘着向月球去的高速列车

世界发出尖锐的啸声向后倒去

时间疯狂地旋转

　　雪崩似的纷纷摔落

当我们悄悄对视

灵魂像一片画展中的田野

一涡儿一涡儿阳光

吸引我们向更深处走去

　　寂静、充实、和谐

六

就这样

握着手坐在黑暗里

听任那古老而又年轻的声音

在我们心中穿来穿去

即使有个帝王前来敲门

你也不必搭理

但是……

七

等等！那是什么？什么声响

唤醒我血管里猩红的节拍

　　　在我晕眩的时候

　　　永远清醒的大海啊

那是什么？谁的意志

使我肉体和灵魂的眼睛一齐睁开

　　　"你要每天背起十字架

　　　跟我来"

八

伞状的梦

蒲公英一般飞逝

四周一片环形山

九

我情感的三角梅啊

你宁可生生灭灭

回到你风风雨雨的山坡

不要在花瓶上摇曳

我天性中的野天鹅啊

你即使负着枪伤

也要横越无遮拦的冬天

不要留恋带栏杆的春色

然而，我的名字和我的信念

已同时进入跑道

代表民族的某个单项纪录

我没有权利休息

生命的冲刺

没有终点，只有速度

十

向

将要做出最高裁决的天空

我扬起脸

风啊，你可以把我带去
但我还有为自己的心
承认不当幸福者的权利

十一

亲爱的，举起你的灯
照我上路
让我同我的诗行一起远播吧
理想之钟在沼地后面敲响，夜那么柔和
村庄和城市簇在我的臂弯里，灯光拱动着
让我的诗行随我继续跋涉吧
大道扭动触手高声叫嚷：不能通过
泉水纵横的土地却把路标交给了花朵

十二

我走过钢齿交错的市街，走向广场
我走进南瓜棚、走出青稞地、深入荒原
生活不断铸造我
一边是重轭，一边是花冠
却没有人知道
我还是你的不会做算术的笨姑娘
无论时代的交响怎样立刻卷去我的呼应

你仍然能认出我那独一无二的声音

十三

我站得笔直

无畏、骄傲，分外年轻

痛苦的风暴在心底

太阳在额前

我的黄皮肤光亮透明

我的黑头发丰洁茂盛

中国母亲啊

给你应声而来的儿女

重新命名

十四

把我叫做你的"桦树苗儿"

你的"蔚蓝的小星星"吧，妈妈

如果子弹飞来

就先把我打中

我微笑着，眼睛分外清明地

从母亲的肩头慢慢滑下

不要哭泣了，红花草

血，在你的浪尖上燃烧

......

十五

到那时候，心爱的人
你不要悲伤
虽然再没有人

     扬起浅色衣裙

     穿过蝉声如雨的小巷

     来敲你的彩镶玻璃窗
虽然再没有淘气的手

     把闹钟拨响

     着恼地说：现在各就各位

     去，回到你的航线上
你不要在玉石的底座上
塑造我简朴的形象
更不要陪孤独的吉他
把日历一页一页往回翻

十六

你的位置
在那旗帜下

理想使痛苦光辉

这是我嘱托橄榄树

留给你的

最后一句话

和鸽子一起来找我吧

在早晨来找我

你会从人们的爱情里

找到我

找到你的

　　会唱歌的鸢尾花

　　1981 年 10 月 28 日

　　选自《诗刊》1982 年第 2 期，1982 年 2 月 10 日

别

梅绍静

我走进路灯下的光圈，

默默地望你

远去。

想起你握过我的手，

听见你的心在说：

"过去的就让它永远过去！"

一切都消隐在黑暗中，

即便是刚才的握别，

即使是你的背影。

可不要为我担心！

今晚，

只会失去一个黑夜了。

黑夜给我的，

应当只是背影……

选自《诗刊》1982 年 3 月刊，1982 年 3 月 10 日

神话的变奏：给一个歌唱的精灵

杨炼

我死亡，我又新生

——题记

1

我向一片无边的蔚蓝飞翔

一支纯净的歌，在太阳胸前激跃

震颤波浪间点点喧响的光

大海缓缓滑行，我的心

和风一起，采摘着星星的果实

采摘歌声

把聚拢的芬芳酿造成黎明

　　　　（孩子们看见了我

　　　　小手指指点点

　　　　说起一段听来的故事

　　　　一个空洞岁月里的神话

　　　　古老而忧伤）

我向一片无边的蔚蓝飞翔

独木舟的梦不知在哪儿摇荡

一支纯净的歌，纯净得使天空逊色

吻过一叶叶帆和沉重粗糙的手掌

金黄的沙滩，黝黑的礁石

我的心像一个岛，碧绿的愿望朝东方敞开

沿着扶桑花的枝叶托起的晴朗

让所有徘徊着的人们跟随我走来

跨越永远填不满的深渊，寻找新的世界

　　　2

记忆里有多少悲哀的日子

谁不曾期待过

谁不曾瞭望过

在那夏天的海边，滚烫的

沙土踩出浅浅的漩涡

我扑进浪花

雪白的牙齿的项链——碎了

长成一片红珊瑚

情人的呼喊在水下晃动

我扑进浪花

再也没有归来

   3

我死了，变成一只鸟

在摸索着的黎明前飞，在人们

焦虑着的目光里飞———一只痛苦的鸟儿

一道阴影、一颗漆黑的星星

变成世世代代死亡和不屈的标志

从埋藏宝石和弓箭的山上

从浸透了露水幽香的松柏丛中

我衔来愤怒和热情

衔来一支歌，湿漉漉的

青春啊，嘹亮的鸣啭召唤着永恒

我不再恐惧夜晚，这黑暗

由于我，展开一片永远被照耀的光明

我不再躲避深渊，这潮汐

疯狂的诅咒，在我翅膀下起伏

我向天空昂起了歌声和道路

一只痛苦的鸟儿，以焕发的欢欣

再次找到那棵希望之树

太阳，灿烂的窝巢

爱抚着，守护着无数升华的灵魂

从沉睡中，苏醒过来一齐歌唱

     4

是的，有了纯净的歌声就有一切

歌声就是一切——痛苦的记忆和深渊

永远不会填满，身体里旋律般复活的

是春天，那清新的风吹开了门，推开了窗

人们呵，歌唱！歌唱！

像我那样，经过死亡，又唱起一支

生命的歌，黎明的歌，相信我吧

这是对黑暗最庄严的反抗

相信自己吧！除了那曾窒息我们梦想的岁月

那摒弃过我们爱情的岁月，仍将有

无边的生活——让每颗心都变成一支歌吧

填满追求。填满欢乐。填满

孩子们凝望我时花朵般的思念

在独木舟曾经冲向大海的地方

这支纯净的歌就是永恒

纯净向往的蔚蓝色浩渺呵

跟随我去亲吻她吧！人们——还等待什么呢

选自《上海文学》1982 年第 5 期，1982 年 5 月 1 日

读给妈妈听的诗

舒婷

你黯然神伤的琴声
　　已从我梦中的泪弦
　　　　　　远逝

你临熄灭的微笑
　　犹如最后一片叶子
　　在我雾蒙蒙的枝头
　　　　　颤抖不已

呵，再没有一条小路
能悄悄走近你吗？妈妈
所有波涛和星光
都在你头上永远消失

那个雷雨的下午
你的眼中印着挣扎
　　印着一株
　　羽毛蓬散的棕榈

时隔多年，我才读懂了
　　你留在窗玻璃上的字迹

　　你被摧毁之前的满腔抗议

呵，无论风往哪边吹

都不能带去我的歌声吗？妈妈

愿所有被你宽恕过的

再次因你的宽恕审判自己

　　　　　选自《文汇月刊》1982 年第 7 期，1982 年 7 月 10 日

发给春天的密码

饶阶巴桑

大雪，封锁了每一条山道，

覆盖着遍山松塔，

北风肆虐，一片肃杀。

只有阵阵鸟声堵不住，

攀着冰封的枝丫，

敲着雪垒的哨卡。

布谷热情啼叫，

催促树冠下的马缨花，

把一冬积雪融化。

杜鹃低声鸣啭，

邀约虬株上的映山红，

举起燃烧的火把。

随着布谷的声音，
冬眠的生命醒来了，
山野又响起悄悄的情话……

跟着杜鹃的声音，
久困的马帮开来了，
引路红旗流一片彩霞……

人们怎会知道，那鸟声
是两个巡逻兵的会话，
是发给春天的密码。

径直朝战士脚印走去，
相信此行去天涯，
一定能如期到达。

选自《诗刊》1982 年第 7 期，1982 年 7 月 10 日

对衰老的回答

周涛

孩子们不会想到老，当然
新鲜的生命连死亡也不会相信。

青年人也没功夫去想老，

炽热的火焰

　　　不可能理解灰烬。

但是，总有一天

衰老和死亡的磁场，

会收走人间的每一颗铁钉！

我想到自己的衰老了。

因为年龄的吃水线

　　　已使我战栗、吃惊；

甚至于在梦中都能感到，

生命的船正渐渐下沉……

"但是别怕！"我安慰自己，

人生就是攀登。

走上去，不过是宁静的雪峰。

死亡也许不是穿黑袍的骷髅，

它应该和诞生一样神圣……

我也设想了自己的老境——

深秋叶落的梧桐，风沙半掩的荒村；

心的夕阳，沉在岁月的黄昏，

稀疏的白草在多皱的崖顶飘动；

颤抖滞涩的手笔，

深奥莫测的花镜，

借一缕冬日罕见的阳光

　　　翻晒人生的全部历程……

"累吗?"我想问自己,

回首往事,最高的幸福

  应该是心灵不能平静。

我很平凡,不可能活得无愧无悔,

我很普通,也不敢奢望猎取功名。

我宁肯作一匹消耗殆尽的骆驼

  倒毙于没有终点的途中;

我甘愿是一匹竭力驰骋的奔马

  失蹄于不可攀援的险峰;

让我生命的船

  在风暴降临的海面浮沉吧,

让我肺腑的歌

  在褒贬毁誉中永生……

我愿接受命运之神的

  一切馈赠,

只拒绝一样:平庸。

我不要世俗的幸福,却甘愿

在艰难曲折中寻觅真金。

即使我衰老了,我也是骄傲的:

瞧吧,这才是真正好汉的一生!

白发如银,那是智慧结晶;

牙齿脱落,那是尝遍艰辛。

我将依然豪迈,依然乐观,

只是思想变得大海般深沉。

命运哪！你岂能改变得了
　　我的本性？……

我会说："我生活过了，思索过了，
用整整一生作了小小的耕耘。"
我愿身躯成为枯萎的野草，
却不愿在脂肪的包围中无病呻吟；
我愿头颅成为滚动的车轮，
而决不在私欲的阵地上固守花荫；
我愿手臂成为前进的路标，
而决不在历史的长途上阻挡后人……
这才是老人的美呵——
美得庄严，美得凝重。
岁月刻下的每一笔皱纹，
都是耐人寻味的人生辙印……

这才是我的履历，我的碑文，
才是我意志的考场，才能的准秤。
而且，越是接近死亡，
就越是对人间爱得深沉；
哪怕躯壳已如斑驳的古庙，
而灵魂犹似铜铸的巨钟！
生活的每一次撞击，
都会发出浑厚悠远的声音……
假如有一天，我被后人
　　挤出这人间世界，

那么高山是我的坟茔

　　河流是我的笑声，

在人类高尚者的丰碑上

一定会找见我的姓名……

　　　　　　选自《星星》诗刊 1982 年第 7 期

诗人与诗

郑敏

诗：

从你的血管里流出，

我是

一片白帆，航出

落日染红了的江河；

在你的心的眼睛前展开，

我是

一幅画，白杨用燃烧着的绿色火焰，

亲吻着激动的天空；

在你的头发上掠过，

我是

一只从丛林中腾空的苍鹰；

从你的跳动的心房中吐出，

我是

一首没有声音的歌曲。

我漂流，

　　燃烧，

　　奔腾，

　　歌唱，

当生命使我从你的身体里

长出，耸立，举翅，远飞。

诗人：

每一次你的出海都带回

　　满网的银鱼

　　欢跃在我的甲板上；

每一次你的展开

　　都使我的心身

　　颤抖像初春的小溪；

每一次你像白鹤样耸立，腾飞

　　我的心随你展翅远去，

每一次，啊，每一次

　　我听到你无声的歌唱，

那是最可贵的时刻，

我像那聋了的乐圣①

　　用心的耳朵听见云外的歌声，

人的歌声，

我在静穆的思考中

---

　　①贝多芬在创作第九（合唱）交响乐时已经耳聋。

只有遗忘形骸。

1982 年 1 月

选自《诗刊》1982 年第 8 期，1982 年 8 月 10 日

石佛

欧阳江河

想要表达一种永恒的孤独

一个僧人

离开芸芸众生，步出尘世

在冷峭的石壁上

坐成一尊石佛

他的血液凝固了，心不再搏动

头无力地垂在胸前

再也托不起沉重的思想

目光从石孔中流出，渐渐呆滞

梦和记忆

一层一层剥落，像青苔

在细碎的夜漏声中褪尽了颜色

他看这世界如同一抹变幻的云

而自己的衣袂

即使迎向疾风也不再飘摆

就这样，他默默地坐着

从不变换姿势

黑色的岁月朝旷远铺展

蚂蚁般的人群

在他脚下来去匆匆

带着圣经、十字架，走向各自的归宿

——天堂或者地狱

而他漠然地注视着人们

没有笑，也没有流露忧伤

风把宇宙间的一切奥秘告诉他

他沉入无边的臆想。仿佛有许多

在生前被遗忘的话要说

他张开了口

却再也发不出声音

活着的人说：石头是永恒的象征

连星星也从天上跌下来，变成石头

但石头也有石头的苦恼

它落落寡合地被搁置在那里

一晃几千年

僵冷、单调、寂寞

既不为人理解，也不去理解人

无非是一具不会腐烂的木乃伊

只为完成一个古老的神话而存在

选自《人民文学》1982 年第 9 期，1982 年 9 月 20 日

回到北方

程光炜

一切都变得陌生了
那飘动在梦里的白色梨花
那映出田野金黄颜色的矮土墙
挽留过低泣姑娘的潺潺小河
仿佛已经不在
故乡月牙形的桥洞流响
唤一声我的乳名吧
你这画眉、牛蒡花和四处响起的蝈蝈呀
五月的闪烁着幻想的夜
请你还在我半白的鬓边
轻轻地
　　洒一片童年时迷人的星光……
哦，难道一切都变得陌生了，闭上眼
再也想不起你熟识的面庞

一切都变得遥远了
像飘失的烟缕，带走迷蒙的惆怅
那响亮的吆牛声，田垄上潮湿的鞋印
那曾淹没女人叹息的簌簌滚动的红高粱
我的挂在屋檐下的旧镰刀呢
会不会还像我的父亲、哥哥油光光的脊背

依旧披着流不完的汗水的光亮

但是，一切都变得遥远了

深绿色的北方榆，一簇簇花衣衫从下面闪过

爆发的笑在一片明亮的树叶上

发出愉快而深远的声响

在丘陵那面，该是更醇更香的麦浪吧

——北方，我不敢辨认你了

背过身去……一声真切切的响动

也能使我的眼眶里

重新布满瀑布般的泪光

哦，我怎么就这么匆匆归来了，甚至

还没来得及清理好乱纷纷的思想……

选自《人民文学》1982 年第 9 期，1982 年 9 月 20 日

梦

多多

过去了，故去了，许多个年代过去了

　　许多欢乐，许多苦闷

以往，像一匹风尘仆仆的马车

　　我们，也快要望不到故乡了……

那是最初的日子，那是守约的日子

　　那是神气地走在街上的日子

我们不假思索，我们相识匆匆
　　我们曾不加修饰，我们曾如醉如痴

充满醉意的末班车
是满满的一天。窗帘已经遮严
　　　是缠绵的一个下午。邮差穿着绿制服
　　　　　是保证灿烂的一生

那是爱情的时间
　　那是在一起的时间
那是一段短暂的时间
　　只来得及把心灵，刚刚温暖

但，吻过了，也吻够了
　　仔细地温柔地注视我
抚摸我，安慰我
　　你，快要向我告别了

承认的时候，快到了
　　你笑得冷酷，你笑得不留痕迹
你笑得多么匆忙
　　离别的时刻，你笑得多么匆忙

星星也模糊了，站在
　　湿漉漉的电车站的那个你
要把手抽回来

要把它，小心翼翼地揣进兜里

逃走了，终于逃走了
　　那日子，再也捉不回来了
像伪金币，像漂亮的眼睛
　　叮当地响着，欺骗着流动过去

十个美好的星期天
　　两个人在一起创造秘密的时间
像一个淡淡的没有记住的梦
　　像一个炊烟不再升起的乡下的早晨

什么都没有剩下
　　爱，什么都没有剩下
你从容地走了，你走吧
　　你把别人的春天也带走了，你带走吧

可怕的爱的经过呵
　　可怕的爱的罪过呵
擦擦潮润的眼睛
　　你，还能再说什么

往昔，已经故去
　　已经故去得这般久远
像一声清脆的童年的口哨
　　带走我一生的纯朴，和庄重……

秋天，走进痛苦已经平静的墓园

　　秋天，立下我金色的墓志铭：

　　遭遇如此，因欢乐如此，幸运如此

真正的悲哀还没有揭开，真正的美还没有

到来——

　　　　选自《丑小鸭》1982 年第 9 期

北京：历史的回声（节选）

李瑛

白骨和锁链

一帧照片拍了一座古墓，

一副颈锁套着一个女奴。①

几千年了，她没有一滴泪

没有屈服，

只有燃烧，只有愤怒，

只有挣扎和反抗，只有高呼，

震荡着活埋她的静静的峡谷。

我听见铁锁傲慢地说

————————

　　①铁颈锁是奴隶主镇压奴隶反抗的刑具，锁在奴隶脖子上，一经戴起，便终身不能去掉。

"你不是人，是奴隶！是从属！
便该被驱使，被杀戮，
便该没有挺直的脊椎，
便该只有低垂的头颅！"

女奴凛然回答：
"我认识你，未能消灭你
是我最大的耻辱！
即使你锁进我的皮肉，
即使，再把我埋进坟墓，
即使，我死去，烂掉、成灰，
我也要高呼！"

几千年流逝如咆哮的波涛，
——便是历史的脚步！

怎能不认识她呢？
分明是我们坚强的母亲；
怎么不认识它呢？
分明是一个并不遥远的阶级
和一个确已遥远的制度……

如今，铁锁已经锈烂，却依稀可辨，
不锈的——只有牙齿，只有白骨，
只有一个箭一般顽强的意志，
只有火一般纯洁的血，并未干枯；

只有一个不可侵犯的真理,

庄严地,自豪地,在呼啸中成熟……

古剑

人民用仇恨打成这柄短剑,

静静的,横置匣中,不发一言,

绿锈,封不住它的呐喊,

灰尘,遮不住它的血斑。

闯过多少险隘雄关,

经历多少浴血的鏖战;

失落了鞘,依然威风凛凛,

搏击,是它终生的意志和信念。

它的主人肯定是位勇士,

勇士和他的剑同样威严;

如今,它在这里忍受无边的焦灼,

渴望归来的主人,一声召唤。

在一片宁静里,我和这柄剑,

久久地相望,久久地攀谈。

它称赞我们的英勇,犹似祖先,

我发现它的坚贞,和阳光一样灿烂!

奔马

你是几岁的一匹马?
你是从哪里跑来的一匹马?
挣脱缰绳,甩落鞍鞯,
直闯进北京这座大厦——
这座钢铁水泥浇铸的大厦,
这座柏油路边矗起的摩天大厦!

风声,掠过衰草荒丘,
卷一路尘土,扬一路泥花,
蹄声,在整个苍穹回响,
微茫却又清晰,嗒嗒嗒嗒;
闪亮,像一颗星,
轻盈,像一片霞。

哦,你驰过多少残碑断瓦,
驮来了多少晓月流沙;
今晚,才吐出胸中的全部郁闷,
迎春风,一声长嘶,
汇入了齿轮和齿轮啮咬的交响,
惊扰了车的流水,楼的山峡……

呵,此刻仍不肯驻蹄小憩,
难道你跑了两千年不感到疲乏?

要奔向哪里，奔向哪里，

急匆匆，甚至连飞鸟也踏在脚下；

比银河滑落的石子更迅疾，

你，饱经风霜，却如此意气风发！

只听一个声音响在春的北京，

多自豪，震撼着万户千家：

我是历史，我是人民，我是艺术，

我是一个强大的生命，

我是一个思想，一个美的实体，

借它来表达……

选自《人民文学》1982 年 10 月刊，1982 年 10 月 20 日

大地沉积着黑色素

梁小斌

大地沉积着黑色素，

大地沉积着黑色素。

风，滚热地刮着，

一顶金色的草帽在紫云英上飞舞。

一个儿童去追它，她有洁白的皮肤，

她是从城里来的小姑娘，

草帽诱惑地飘着舞步，

她追不上它，它只懂得跳舞。

榕树下一个搓着草绳的农民默默地看着，

他很欣赏这发烫日子里新鲜的一幕。

这洁白的孩子，用不了多久，用不了多久。

当她被太阳晒痛哭过以后，

当她在夏夜的星光下洗浴过以后，

她的皮肤也会像土地的颜色一样浑厚。

淙淙的溪水在浓荫下流动，

深沉地歌唱着夏季熔炉，

那救生圈般的太阳光辉夺目。

大地沉积着黑色素，

沉积着像黑色素一样的痛苦。

　　　　选自《丑小鸭》1982 年第 10 期

七层塔顶的黄桷树

傅天琳

七层塔顶的黄桷树

像一件高高晾着的衣衫

旷野
拖着它寂寞的影子

许是鸟儿口中
偶尔失落的一粒籽核
不偏不倚
在砖与灰浆的夹缝里
萌发了永恒的灾难

而它稀疏的丫枝上
麻雀吵闹着
正在筑巢
而它伸直的手臂
像要抓住破碎的云片
捎去
并不破碎的盼望

它盼望什么呢？我不知道
犹如我不知道
它摇曳的枝叶
是挣扎，还是舞蹈
是的，它活得多别扭
但绝不会死去

它在不断延伸的岁月
把孤独者并不孤独的宣言

写在天空

选自《花溪》1982 年第 10 期

城郊，落日的余晖

林希

城郊，落日的余晖

浩荡的自行车队

一个工作日

结束在金色的夕照里

一个劳动者

告别了自己的岗位

车床前繁忙的操作

柜台后奔波的劳累

千百次精确的计算

一遍遍重复的核对

归途中

常常是歇憩的沉默

却绝不是疲惫的身心憔悴

而等着我们的

既没有丰盛的晚餐

更没有啤酒、咖啡

晚上，很少有礼节性拜访

更绝无可以使人忘掉一切的夜会

黄昏，到一个商场一个商场紧张地采买

在水池、灶台之间熟练地短途巡回

这其中，有多少同情和谅解

也难免会有些争辩和责备

一张书桌

每晚都要进行一次重新分配

连晚上这一点有限的时间

都显得如此珍贵

为了夜晚的一点点收获

我们心中会得到无限的欣慰

我们珍贵的青春年华

曾付诸流水

紧迫的事业感

逼迫我们急起直追

为此，我们每天要迎接两次黎明

第一个黎明

在地平线上升起旭日的光芒

第二个黎明

案头暗黄的灯光

投向累累的书堆……

我们不能把一段历史的空白

留给后辈

城郊，落日的余晖

浩荡的自行车队

速度，也许很慢，很慢

但只要前进，一步、一步

未来就不会是一个没有分量的词汇

生活的脚步追赶着我们

为无产阶级火一般的信仰

为劳动者的下一个黎明

以我们的每一个瞬间

每一滴汗水

每一点点哪怕是些微的贡献

去填写历史的丰碑

选自《人民文学》1982 年第 11 期，1982 年 11 月 20 日

西德拾穗录（组诗选二）

绿原

威利巴德埃森，一座少女雕像

昨天就伏在那里，

今天还伏在那里，

让长发垂拂着草茵，

让优美的青春的轮廓

开放在

一块粗糙的大灰石上，

一点也不在乎

让人们指指点点，叽叽咕咕。

四周，绿窗红瓦

如梦一般漂浮——

姑娘，你好孤独！

天下雨了，

游人都走了，

你还伏在那里

偶尔动弹了一下，

仿佛不胜羞愤而抽搐。

我这个好奇的生客

冒雨，停步，回头，凝眸

终于等不见你站起来，

不由得被勾起

一段说不出的哀愁。

日耳曼古森林的怪石群

难怪到处看不见石头。

原来飞碟的发射者已把

诸位石兄请到这里来。

也许当初巨人们在这里野餐过，

恐龙、猛犸、始祖鸟在这里拼搏过，

洪水以前的文明世界在这里繁荣过……

但当森林深处钻出了渺小的人类，

它们便一下子失去了动态，

面对历史教科书的小画册——
从此几万年目瞪口呆。

选自《诗刊》1982 年第 12 期，1982 年 12 月 10 日

高原行旅

昌耀

风景：湖

滑动着的原野。
几株年青的船桅
是这片空间仅有的风景树。

但候鸟们已乘季风南翔，
留下独处的泡沫排成白练数列，
远隔着秋雨沉浮。
我未得见天鹅柔嫩的粉颈。

而翠绿的水纹
总是重复着一个不变的模式，
像诱惑的微笑
在足边消散，随之
另一个微笑横着扑来。
我并无丝毫恐惧。

没有喧哗之声。湖光
却已显示可以触感的韵律。

只是冷落了山脚的那片油菜。
不会成熟了吧？
可那金黄的色块
依旧夏天般明亮
那么天真……

丹噶尔

旅行车
在唐代少妇的身旁刹住。
我看到她颊边的赭红了。
看到她弯起臂肘
轻轻揭开提篮上覆盖的花绸，
端出售卖的乳酪，
可是，还有人认识我吗？

……在高岭
在从未耕犁过的冈丘，
黏土和金粉塑造的古建筑，
原是没有泉水保障的
冒险的城关。
我太记得那些个
雄视阔步的骆驼了，

哨望在客栈低矮的门楼，

时而反刍着

吞自万里边关的风尘。

我记得卖货郎的玻璃匣子，

海螺壳儿和鼻烟壶

以同样迷幻的釉光

吸引着草原的老者。

我记得黄昏中走过去的

最后一头驮水的毛驴。

而弥漫着柴草气味的巷道口

对于无家可归的人

曾是温暖的天堂……

你呵，商客妒忌的蛾眉——

史书上的名字：遥远了的

丹噶尔！

关于云雀

没有檐角可供停息。

没有柯枝。

但我所知道的

云雀的

啁啾，

只属于飞翔。

只属于旷远的高天。

只属于热流。

只属于谛听的穹庐。

云雀是飞鸣的鸟。

而那个

栖止在猪背啼叫的

只是寒鸦……

我的

大漠上的小路，因之

才有这么繁富的色彩么？

现在，牧童枕着手臂

又怅望秋空了。但我确知

在寂寞的云间

一直飘有悬垂的金铃子，

只被三月的晓风

或是夏夜的月光奏鸣。

《人民文学》1982 年第 12 期，1982 年 12 月 20 日

三峡十四行三首

蔡其娇

三游洞的长春藤

中午醒来的绿叶瀑布

沉重的长发垂天拂动

一股热情的凉荫

带泪渗入我心

太阳在上面转动光晕

亮水自低处照明

为众生而接触忧伤

用烧焦的热吻

啊，凝住沉思的蔓枝

清风活在你体内

丛中裹住梦脉

一段无声的乐韵飘起

焰光的弧影下

青翠的山都不如你

1982 年 6 月 30 日，宜昌。

白帝城

千里急流的高头

很久以前听到一首欢歌

盖过所有记忆中的飞舟

而今字画诗词满目

痴心的他是不败的牡丹

狂放如雄视的飞鹰

一生颠沛流离

有爱情和欢乐的深根

皈依诗神便昂首骄傲

追随脚迹向前踏步

走入根须盘结的地下泥土

雄美的树开花向我

哀愁上升，欢歌开始

全世界的脏物都沉入忘河

　　　1982 年 7 月 3 日

　　巫山

群峰隆起云雾的乳房

青岭再见你裸露的健美

和鲜丽山花共住

绕着脸颊开放野蔷薇

明亮宛如夏天白色的雨

充满南方青草的香味

地泉笑得多洒脱

却听出你胸中的叹息

既不是泪痕，也不是水滴

有一道光圈在你眼里

绝对的茕独统治着

埋下明月的光辉

啊，忧郁的云水

诗的目标之一是你

1982 年 7 月 3 日

选自《星星》诗刊 1982 年第 12 期

铁板烧专门店

罗青

起先

你的笑声如小小的方糖

一颗又一颗

落入他的雀巢咖啡

嗯，真是香醇可口

接着

你的笑语如太多的胡椒

一层又一层

洒入他的牛尾浓汤

咳，真是辛辣呛人

而你闪亮的眼神呀！

如刀似叉

漫不经心的

一片又一片

把他切碎

结果

连尝都不尝

就扭腰转身

甩了甩肩头的长发

走了

你远去的高跟鞋

在他心房的雕花不锈钢地板上

发出一阵冬冬丁丁的声音

一阵丁丁冬冬……

敲打棺木的声音

选自《现代诗》1982 年复刊号

无言的衣裳

商禽

一九六〇年秋、三峡、夜见浣衣女

月色一样的女子

在水湄

默默地

捶打黑硬的石头

（无人知晓她的男人飘到度位去了）

荻花一样的女子

在河边

无言地

捶打冷白的月光

（无人知晓她的男人流到度位去了）

月色一样冷的女子

荻花一样白的女子

在河边默默地捶打

无言的衣裳在水湄

（灰朦朦的远山总是过后才呼痛）

选自《现代诗》1982 年第 2 期

梦

刘克襄

凌晨送伊，骑单车淋雨回来

挂电话问下雨的心情

没有人接，一栋空空的屋子

只有我的不安作响

睡觉了，才来电话

说搭车要来看我

沏茶打盹等伊敲门

天亮了，知道又是一场梦

选自《中国时报·人间副刊》1982 年第 2 期

搬书运动

郑愁予

即使使君的两臂功能通天

搬一叠血泪之砖到暮色的边疆

长城未见得支离

倏忽把全唐弄到西汉的上方

移咸阳与燕市北邻

又如何能倒翻时间的大序

吓，一眼便瞥见那三巨册的红黑烫金的罗马兴亡史了

这就好

且腾出来够我安置罗行的新感觉

而在春德鲜活造形的大乡土上

邀约初识的杨泽

我肯定

他会逍遥得如在君父的城邦一样的

选自郑愁予著《蒔花刹那》，生活·读书·新知三联书店 1985 年 10 月版

清水寺

羊令野

你探索的千手

曾经触及苦海的彼岸

你扫描的千眼

可否看透历史的尽头

飕飕响过三十三间堂的

并非武士们遗落的箭镞

穿刺我心的乃是一檐夏午的急雨

且向每一棵廊柱问讯

所有的尊者都沉默如金

我怎能尘封中落定

就像莲花座上

见到你花开的容颜

踏过清水寺音乐般的小径

想起诸佛来时路上

让长安城头的月光

仔细地洗净了

那些流光暗中转换的层层劫灰

选自蓝海文编《当代台湾诗萃 上》，湖南文艺出版社 1988 年 8 月版

1983年

在旋转餐厅里

张小波

旋转餐厅里

跳跃的音乐。林风眠

榭丽舍大街的梧桐与白鸽

《日出的印象》——

日出，蒸发高脚杯里的速溶咖啡

但我的窗外

毕竟是中国也运转啊

中国

在好看的餐桌布上

摆设瓶花和太湖石盆景

长城的烽火台

渤海湾。南方椰子林

涌来热带的气浪

田野上劳作的正午

和金黄饱满的谷穗

构成诗集里一幅收获的插图

洁白

洁白的东方瓷

映着中国的影子和回声

向天空喷泉般喷射的立方啊
中国
在我透明的瞳仁里运转

我和一位意大利客人交谈
来点茅台。再来点白兰地吧
油晃晃的烤鸭……
他说着但丁
翡冷翠。闪烁阳光的地中海
我告诉他
中山陵，雨花台
想象炫耀色彩的夜上海
和在中国乡村的许多窗口
延续着的故事

我们。花瓣形的壁灯下
举起杯
相互深深地祝福

——深深地祝福
你在蓝色多瑙河上航行的
装运木材的船
——同样深深地祝福
中国海的早潮涌向天际的太阳
永远为你美丽的东方共和国照耀

啊，在旋转餐厅里

我用中国的思维

和世界交谈

　　　　选自《飞天》1983 年第 1 期，1983 年 1 月 5 日

金钥匙

张学梦

悄无声息，像块深邃的核材料。

我心中，大水母似的积雨云

驾驭着狂飙，也如同

掀碎瀚海蜃楼的风暴……

曾有过预感，曾怯怯争鸣，

中关村吹来的春风啊、刮过

我尊崇的雕像群，倾覆了

一大批泥塑的执政、帝王、法老……

而被风沙打磨出青铜本色的

爱因斯坦们，

突然亮起被掩盖的光耀。

我要歌唱一棵果树，

默默地，结过很多果子的果树。

在疏落的果园的一角，

竭诚地把芬芳与甜美酿造。

似乎只有感激，

感激宽厚泥土的哺育，

感激夜露的滋润，灿烂的日照，

感激西风，抖动封锁

他那擎着憧憬的枝条……

直到耗尽，生命的原液，

在春天，留下一个永恒的惦念：

原谅我，园丁，我结的果实太少！

即使，死亡显示的价值，

即使，泪水浸泡的微笑，

即使，痛惜连接的启示，

即使，春天夭折的留鸟，

我的喜悦和意气，

依然翻卷腾越，

像吉祥的晨曦，悄无声息地弥漫

笼罩。中国，

你那失落的复兴的金钥匙，

正在中关村的嫩草坪上闪耀：

被郭沫若老人的浪漫预言唤醒的

蛰眠的李四光们，

风起云涌。唯有诗，静悄悄……

在贪婪的虚荣与逐利的生物面前，

我歌唱这闪光的灵魂，

他那郁结着渴望的心灵虽然富饶，

却不曾为自己和妻孥片刻燃烧。

一个伟大的概念，我们平时往往疏漏，

中华！他铭刻在心，爱才如此执著。

因此，美好的意念一直照亮最后的瞬间，

因此，磨难与清贫，才变成生发的养料。

光荣，如同象征它的花束，

名字，也不会在报纸上永存，

但，一根火柴的熄灭，

却往往是燎原大火的宣告……

有股光焰在刺心的憾念上升起

像核子的炽烈的狂飙，狂飙中

我歌唱过的鞭痕累累的科学女神，恢复了

她那美丽的少女容貌，在中关村的草坪上，

她拣起光芒四射的金钥匙，

轻轻掷给我，嫣然一笑……

选自《诗刊》1983 年第 2 期，1983 年 2 月 10 日

中国门牌：1983

宋琳

我从历史博物馆

长长的走廊出来

迎面同七点钟的太阳撞个满怀

工人，为新落成的乳白色公寓

钉门牌

道路——未来

标号——1983

我的眼前掠过阿房宫残骸

圆明园遗址

掠过永远照不到太阳的镂金门匾

上面用潦草的书法勾勒出一个时代

但我的身旁毕竟是

中国的大街在流动啊

流动着阳光和牛奶

流动着一大早就印发的新闻联载

关于广场塑像的奠基仪式

定向爆破和崛起的阳台

人口密度已精密计算过了

所有家庭都应拥有

一套刷新的住宅

一块蓝色的门牌

乳燕般拥拥挤挤的屋脊

不再遮盖三代同堂的秘密

太阳以不断更新的时间概念

天天升临每扇玻璃窗

向天空炫耀立体的气派

越过无轨电车黑色的飘带

我看见，建筑系的女实习生

正向微笑的人群分发住房证

相信每一把亮晃晃的钥匙

都能把一个天地打开

相信任何复杂的期待

都纳入流线型的劳动节拍

中国门牌

以金属的亮度

辐射我身后三千年历史

在拥挤与宽敞之间

在现实与憧憬之间

高举一行立起的数字

——1983

走向未来

选自《青年诗坛》1983 年第 2 期

夏天（选一）

钟鸣

白蝴蝶

我熟悉蝴蝶

童年的时候

我就熟悉所有神经质的翅膀

振着透明的希望
弥漫整个天空

因为我的心
也曾有过最初的悸动
像柔软的触须
轻轻摇曳着夏夜的光
把闪烁着幻想的露水
带给百合花和葡萄藤
带给石缝中蟋蟀的歌唱
我天真的追逐
像飘逸的蝴蝶
振动着天空的明朗

但我只爱过一只蝴蝶
一只素洁的白蝴蝶

梧桐树剪落了城市的夕阳
春天留下来最后一个黄昏
在波动的自行车的潮流里
一只白蝴蝶不经意地飞来
碰在我的膝盖上
留下一堆细细的粉末
白蝴蝶，耕耘着五月
我继续向前
没有俯望

在混乱的秩序和嘈杂的铃声中

夏天快要过去了

我才想起失踪的白蝴蝶

想起那堆粉末

想起那个单调行进的黄昏

有许多漠然的街灯

和迷惘的眼睑

浓郁的雾霭后

白蝴蝶在飞翔

白蝴蝶飞走了

留下来晚风和记忆

更多晶莹的光斑

更多温柔的碰撞

为美而懊悔

为美而思念

生活如行云流水

悠长悠长

白蝴蝶飞走了

白蝴蝶使我的心

苦苦萦绕一个春夏交接的晚上

选自《星星》1983 年第 2 期

彗星

北岛

回来，或永远走开
别这样站在门口
如同一尊石像
用并不期待回答的目光
谈论我们之间的一切

其实难以想象的
并不是黑暗，而是早晨
灯光将怎样延续下去
或许有彗星出现
拖曳着废墟中的瓦砾
和失败者的名字
让它们闪光、燃烧、化为灰烬

回来，我们重建家园
或永远走开，像彗星那样
灿烂而冷若冰霜
摈弃黑暗，又沉溺于黑暗中
穿过连接两个夜晚的白色走廊
在回声四起的山谷里

你独自歌唱

选自《青年诗坛》1983 年第 3 期

《我的塑像》（选一）

车前子

三原色

我，在白纸上
白纸——什么也没有
用三支蜡笔
一支画一条
画了三条线

没有尺子
线歪歪扭扭的

大人说（他很大了）：
红黄蓝
是三原色
三条直线
象征三条道路

——我听不懂

(讲些什么呵?)

又照着自己的喜欢

画了三只圆圈

我要画得最圆最圆

　　　　选自《青春》1983 年 4 期，1983 年 4 月 1 日

楼上的蟋蟀

流沙河

蟋蟀鸣，懒妇惊。

　　　　　　——古谣

夜风弹玻璃，灯熄后，

床下忽然唱起啾啾啾。

一唱怯生生，二唱抖擞，

三唱敞开了金亮的歌喉。

真有趣，你这草国情歌手，

爬着陡墙登高，上我三楼。

是望见窗台菊花黄，

你知道今天是重九?

重九不登山，你登楼，

情歌热烈床下唤佳偶。

唤她她不来，枉自啾啾，

唤来了光阴逼人的忧愁。

睡不着，心慌下床胡乱走，

许多事情要做，赶快开头！

唱倦了你上窗台去，

饮一滴寒露菊花酒。

选自《诗刊》1983 年第 4 期，1983 年 4 月 10 日

槛内之狮

向明

总以为

只以方寸之地

供我转身

我的名字就会

从不驯变为

温顺

总以为

将我这么大的庞然巨兽

局促在

栏栅里

我便会是

一种宠物

只不过是胆怯于我的沉默罢了
只不过是震慑于我的威严罢了

而我仍然是一只
不折不扣的狮
虽属猫科
却绝不做
贪恋于股掌之上的事

选自《立晚报副刊》1983 年 4 月 26 日

有一句话

非马

有一句话
想对花说
却迟迟没有出口

在我窗前
她用盛开的生命
为我带来春天

今天早晨
感激温润的我

终于鼓足勇气

对含露脉脉的她说

你真……

斜侧里却闪出一把利剪

把她同我的话

一齐拦腰剪断

选自《文季》1983 年第 1 卷第 1 期，1983 年 4 月

劳动者的雕像

周伦佑

黑色的雕像

——给一个铺柏油路面的青年养路工

黑色的溶液

在你手中喷洒

工作服上溅满了沥青

连阳光也变成黑色的了

雕塑着你的表情

黑色的

像这溶液一样滚烫

现实是严峻的

当车轮在泥坑里打滑
历史被迫在泥泞中爬行时
时代发出了召唤
你走上前去
双手接过工作证
接过一个崇高的使命

我们没有参加道路的设计
筑路的队伍中只有父辈的姓名
当青春的脚步
踩在前人的肩头上走来
是抱怨道路的凹凸呢
还是动手把它铺平
你选择了后者

一层沥青，一层碎石
在压路机沉重的节奏中
缓慢地向前推进
这是今天对昨天的补充啊
铺平坎坷的前途
一条全天候公路
从你手上艰难地延伸……

望着平坦的路面
你露出了笑意
笑纹展开

一条高速公路般的坦平

一辆辆汽车从你身边驰过

车轮记得你的姓名

喇叭声声　在向你大声致敬

选自《星星》1983 年第 4 期

先锋

骆一禾

世界说需要燃烧

他燃烧着

像导火的绒绳

生命属于人只有一次

当然不会有

凤凰的再生……

在春天到来的时候

他就是长空下

最后一场雪……

明日里

就有那大树的长青

母亲般夏日的雨声

我们一定要安详地

对心爱的谈起爱

我们一定要从容地

向光荣者说到光荣

选自《青年诗坛》1983 年第 4 期

《诺日朗》（组诗）

杨炼

日潮

高原如猛虎，焚烧于激流暴跳的万物的海滨

哦，只有光，落日浑圆地向你们泛滥，大地悬挂在空中

强盗的帆向手臂张开，岩石向胸脯，苍鹰向心……

牧羊人的孤独被无边起伏的灌木所吞噬

经幡飞扬，那凄厉的信仰，悠悠凌驾于蔚蓝之上

你们此刻为哪一片白云的消逝而默哀呢

在岁月脚下匍匐，忍受黄昏的驱使

成千上万座墓碑像犁一样抛锚在荒野尽头

互相遗弃，永远遗弃：把青铜还给土、让鲜血生锈

你们仍然朝每一阵雷霆倾泻着泪水吗

西风一年一度从沙砾深处唤醒淘金者的命运

栈道崩塌了，峭壁无路可走，石孔的日晷是黑的

而古代女巫的天空再次裸露七朵莲花之谜

哦，光，神圣的红釉，火的崇拜火的舞蹈
洗涤呻吟的温柔，赋予苍穹一个破碎陶罐的宁静
你们终于被如此巨大的一瞬震撼了么
——太阳等着，为陨落的劫难，欢喜若狂

黄金树

我是瀑布的神，我是雪山的神
高大、雄健、主宰新月
成为所有江河的唯一首领
雀鸟在我胸前安家
浓郁的丛林遮盖着
　　那通往秘密池塘的小径
我的奔放像大群刚刚成年的牡鹿
欲望像三月
聚集起骚动中的力量

我是金黄色的树
收获黄金的树
热情的挑逗来自深渊
毫不理睬周围怯懦者的箴言
直到我的波涛把它充满

流浪的女性，水面闪烁的女性

谁是那迫使我啜饮的唯一的女性呢

我的目光克制住夜

十二支长号克制住番石榴花的风

我来到的每个地方，没有阴影

触摸过的每颗草莓化作辉煌的星辰

　　在世界中央升起

占有你们，我，真正的男人

血祭

用殷红的图案簇拥白色颅骨，供奉太阳和战争

用杀婴的血、行割礼的血，滋养我绵绵不绝的生命

一把黑曜岩的刀剖开大地的胸膛，心被高高举起

无数旗帜像角斗士的鼓声，在晚霞间激荡

我活着，我微笑，骄傲地率领你们征服死亡

——用自己的血，给历史签名，装饰废墟和仪式

那么，擦去你的悲哀！让悬崖封闭群山的气魄

兀鹰一次又一次俯冲，像一阵阵风暴，把眼眶啄空

苦难祭台上奔跑或扑倒的躯体同时怒放

久久迷失的希望乘坐尖锐的饥饿归来，撒下呼啸与赞颂

你们听从什么发现了弧形地平线上孑然一身的壮丽

于是让血流尽：赴死的光荣，比死更强大

朝我奉献吧！四十名处女将歌唱你们的幸运

晒黑的皮肤像清脆的铜铃，在斋戒和守望里游行
那高贵的卑怯的、无辜的罪恶的、纯净的肮脏的潮汐
辽阔记忆，我的奥秘伴随抽搐的狂欢源源诞生
宝塔巍峨耸立，为山巅的暮色指引一条向天之路
你们解脱了——从血泊中，亲近神圣

偈子

为期待而绝望
为绝望而期待

期待是最漫长的绝望
绝望是最完美的期待

期待不一定开始
绝望也未必结束

或许召唤只有一声——
最嘹亮的，恰恰是寂静

午夜的庆典

开歌路

领：午夜降临了，斑斓的黑暗展开它的虎皮，金灿灿地闪
　　耀着绿色。遥远。青草的芳香使我们感动，露水打

湿天空，我们是被谁集合起来的呢？

合：哦这么多人、这么多人！

领：星座倾斜了，不知不觉的睡眠被松涛充满，风吹过陌
　　生的手臂，我们紧紧挤在一起，梦见篝火，又大又亮，
　　孩子们也睡了。

合：哦这么多人、这么多人！

领：灵魂战栗着，灵魂渴望着，在漆黑的树叶间，寻找一块
　　空地，在晕眩的沉默后面，有一个声音，徐徐松弛成
　　月色，那就是我们一直追求的光明吗？

合：哦这么多人、这么多人！

穿花

诺日朗的宣喻：

唯一的道路是一条透明的路

唯一的道路是一条柔软的路

我说，跟随那股赞歌的泉水吧

夕阳沉淀了，血流消融了

瀑布和雪山的向导

笑容荡漾袒露诱惑的女性

从四面八方，跳舞而来，沐浴而来

超越虚幻，分享我的纯真

煞鼓

此刻，高原如猛虎，被透明的手指无垠地爱抚

此刻，狼藉的森林漫延被踩躏的美、灿烂而严峻的美

向山洪、向村庄碎石累累的毁灭公布宇宙的和谐

树根像粗大的脚踝倔强地走着，孩子在流离中笑着

尊严和性格从死亡里站起，铃蓝花吹奏我的神圣

我的光，即使陨落着你们时也照亮着你们

那个金黄的召唤，把苦涩交给海，海永不平静

在黑夜之上，在遗忘之上，在梦吃的呢喃和微微呼喊之上

此刻，在世界中央。我说：活下去——人们

天地开创了。鸟儿啼叫着。一切，仅仅是启示

选自《上海文学》1983 年第 5 期，1983 年 5 月 1 日

南方城市秋叶，你和我

王小龙

我们走在江边

"一幢大楼。"

"不，是城市的一个断裂体。"

总之，漂走了

波动的灯光、人影和汽笛

向月亮飘去……

像两个快乐的流浪儿走累了——

"就坐这儿?"

"讲个故事吧。"

妈妈就是这么讲的

"在一个下雪的夜晚，

飞舞的音符沿着风

沿着山坡的曲线

演奏着洁白的旋律。

有一个男孩

走出黑黝黝的松树林，

走上小山。

他走动着，这行脚印

谁也不知道从哪里开始。

这时，老爷爷出现了，

呵！他身后有座小木房，

有金黄的炉火，

有一只狼

是死的，在墙上直翻白眼。

孩子，进来吧

——老爷爷说——

让我给你一点温暖，

你背着什么？放下吧，

这里还有什么值得稀罕？

老爷爷，谢谢了

——男孩说——

我已经不记得寒冷和时间，

也不感到他的沉重，

这是我的弟弟。

……"

啊！星星

"为什么这样看着我?"

"我看见一个没有年龄的孩子，

看见古老的传说和年轻的童话

在他眼睛里

燃烧着蓝色的火焰。"

"……就这样，长大了。"

落叶又在脚下咔嚓，咔嚓……

第二个故事的结局

"……黄昏，那只狐狸终于躺下了，

岸边的白桦都静静的，

风也停止了呼吸。

它难受地把头扭来扭去，

眼角滑出两颗晶亮的冰粒。

白夜升起来了，

人们看见上游漂来的冰块上的它，

有人说是一张火红的毛皮，

有人说是一条松软的围巾，

总之非常欢喜……"

天亮了

两只麻雀尖叫着

钻出楼房的峡谷

城市变小了

道路像黑夜一样缩短

而早晨

早晨就在大楼拐角站着

选自《上海文学》1983 年第 5 期, 1983 年 5 月 1 日

抗旱歌

袁可嘉

抗旱, 抗旱, 抗旱,

七月旱, 如火煎,

庄稼枯, 垂地边,

　　　可怜! 可怜!

抗旱, 抗旱, 抗旱,

桶在手, 担上肩,

他挖井, 你开泉,

　　　苦干! 苦干!

抗旱，抗旱，抗旱，

星高照，人不眠，

水车转，飞雪片，

　　　　夜战！夜战！

抗旱，抗旱，抗旱，

汗成雨，水成泉，

千里旱，变水田，

　　　　好汉！好汉！

选自《新疆文学》1983 年第 6 期，1983 年 6 月 1 日

山雀子噪醒的江南

饶庆年

山雀子噪醒的江南，一抹雨烟

到处是布谷的清亮，黄鹂的婉转，竹鸡的缠绵

看夜的猎手回了，柳笛儿在晨风中轻颤

孩子踏着睡意出牧，露珠绊响了水牛的铃铛

扛犁的老哥子们，粗声地吆喝着问候

担水的村姑，小曲儿洒一路淡淡的喜欢

山雀子噪醒的江南，一抹雨烟

我的心宁静地依恋，依恋着烟雨江南

故乡从梦中醒来，竹叶抖动着晨风的新鲜

走尽古老的石阶，已不见破败的童话

石砌的院落，新房正翘起昂扬的飞檐

孩子们已无从知道当年蕨根的苦涩

也不再弯腰拾起落地的榆钱

乡亲们泡一杯新摘的山茶待我，我的心浸渍着爱的香甜

山雀子噪醒的江南，一抹雨烟

我爱崖头山脚野蔷薇初吐的芳蕊

这一簇簇野性的艳丽，惹动我一瓣甜蜜，半朵心酸

望着牛背上打滚儿如同草地上打滚儿的侄儿们

江南烟雨迷蒙了我凝思的双眼

这些懂事的孩子过早地担起了父辈的艰辛

稚气的眸子，闪射着求知的欲念

可是，草坡上他们却在比赛着骂人的粗野

油灯下，只剩"抓子儿"的消遣

山雀子噪醒的江南，一抹雨烟

那溪水半掩的青石，沉默着我的初恋

鸭舌草多情记忆里，悄悄开着羞涩的水仙

赤脚，我在溪流中浣洗着叹息

浣洗着童年的亲昵，今日的无言

小路幽深，兰草花默默地飘散着三月

小路又热烈，野石榴点燃了如火的夏天

小路驮着我长大，林荫覆盖我的几多朦胧

山雀子噪醒的江南，一抹雨烟

山雀子噪醒的江南，一抹雨烟

烟雨拂撩着我如画的江南

桂花酒新酿着一个现实的故事

荞花蜜将我久藏的童心点染

我的心交给了崖头的山雀

衔一片喜悦装点我迟到的春天

山雀子衔来的江南，一抹雨烟

选自《诗刊》1983 年第 6 期，1983 年 6 月 10 日

中年的船，没有港湾……

肖川

我不是神仙，也不是"高大全"，

坦率地说，我的心并未全都交给荒原。

我有家庭，有老人、妻子、儿女，

几代人的忧欢乐苦，压在我的双肩。

我知道，中年的船，没有港湾，

就像骆驼跋涉在大漠中间，

虽然拖着艰辛和沉重，

心头总有一片白云舒卷的蓝天。

与荒原交锋，我是单纯的响箭，

在家里，我的形象凌乱且纷繁，

解决婆媳纠纷，我是"内务部长"，
为孩子入托、上学，我是"外交官"。

我是父母心中的大树，
我是妻子脸上的笑颜，
我是大女儿的滑雪衫，
我是小儿子的魔方、飞盘……

这就是我的总体形象，
完整又琐碎，特殊又平凡，
这就是垦荒者的全部生涯，
载着家庭重负，拉着事业的长纤。

是的，中年的船，没有港湾，
不能抛锚系缆，只有搏浪向前。
我的船不会触礁，不会搁浅，
我有信念的舵，我有理想的帆。

选自《诗刊》1983 年第 6 期，1983 年 6 月 10 日

杜鹃

田间

她像一枝催春的杜鹃，
　血染泥淖；

有谁呵知道她的情操，
　红芽娇娆。

击剑高歌人称催春草，
　凌空高照；
醉入春怀却鄙视锦袍，
　胸有赤潮。

诗人常谓你催人泪飘，
　泪不轻抛；
一代起义者鉴湖女侠，
　仰天长笑。

快快飞呀火的檄文哟，
　燃烧燃烧；
迎向风暴诗的心灵哟，
　征途之号！

不爱异乡爱故土，
不羡金玉喜剑啸；
刀锋如雨扔前扑，
声声咆哮迎春晓。

曙光初照残花尽，
以歌当哭把国报；
不惜身骨埋荒野，

长伴山石与野草。

（过鉴湖女侠碑前）

选自《人民文学》1983 年第 6 期，1983 年 6 月 20 日

外滩印象

潞潞

走向外滩。在并不宁静的黄昏里

辉煌的江轮，闪烁的江水

更有长堤上一溜排开的情侣

我看到，在上海的前额

他们的眼神流盼着希冀

人口密度之最

"爱"也显得拥挤

像我们高原林带的小树

彼此间有最精确的距离

互不干扰，似乎也互不保密

誉满全国。背旅行包的几个东北人

赞叹着：外滩有最高的利用率

扔掉空的纸杯，烟头掐熄

决定了？还是再一次延长婚期

柔情蜜语偏交织着烦恼

拧紧的眉，计算着

需要多少阳光、空气和平方米

一九四二年。南泥湾凿满了窑洞

今天的上海

塔吊，要有十倍的膂力

选自《诗刊》1983 年第 7 期，1983 年 7 月 10 日

两个箱子
——纪念父亲母亲
管管

从家里带出来的一包衣裳

压在箱子底下

偶尔拿出来晒晒

又把它放回箱子底下

不想穿他

也不想丢他

（都发了霉了呢）

也许不舍得穿他

也许是不愿穿他

还是让他压在箱子底下好了

让他跟父亲都信在一块儿

　　　　　　（衣裳是妈妈亲手缝的呢。）

偶尔捡出来晒晒

丢也可惜

不丢也可惜

穿也可惜

不穿也可惜

　　　　　（父亲的信一碰都会碎了呢）

（关于家乡已经是很远很远的古董了）

就把爹和娘的信和衣裳

叠一叠压在箱子底下好了

爹和娘总该睡在一块儿吧

是不是会睡在一块儿呢

是不是会死在一块儿呢

　　　　谁也不知道谁？

（所谓家乡已经是很老很老的古董了呢）

是一个箱子

空空地

放在床铺底下

什么也没装

好像该装点什么呢

该装点什么呢

（就把爸爸妈妈折叠折叠压在箱子底下好了）

　　　　选自《联合报·联合副刊》，1983 年 8 月 7 日

蓝水兵（组诗节选）

李钢

蓝水兵

你的嗓音纯得发蓝，你的呐喊

带有好多小锯齿

你要把什么锯下来带走

你深深的呼吸

吸进那么多透明的空气

莫非要去冲淡蓝蓝的咸咸的海风

蓝水兵

从海滩上跃起身来

随便撕一张日历揣在裤兜里

举起太平斧砍断你的目光

你漂到海蓝和天蓝中去

挥动你的双鳍鼓一排巨浪

把岸推向远处去

蓝水兵

你这两栖的蓝水兵

蓝水兵

畅泳在你的蓝军服里

隐身在海面的蓝雾里

南海用粤语为你浅浅地唱着

羊城在远方咩咩地叫着

海啸的唿哨挺粗犷

太阳那家伙的毛胡子怪刺痒

在一派浩浩荡荡的蓝色中

反正你蓝得很独特

蓝水兵

你是蓝鲸

春季过了你就下潜

一直下潜到贝壳中去

谛听海的心音

伸出潜望镜来瞭望整个夏天

你可以仰泳，可以侧泳

可以轻盈地鱼跃过任何海区

如果你高兴

你尽可以展翅飞去

去银河系对你来说

是再容易不过的事了

那场壮观的流星雨

究竟算一次空战还是海战

反正你打得够潇洒的

当天上和海上的潮声平息

当月光流泻如月光曲

你便在月光中睡成一座月光岛

早晨你醒来

在那棵扶桑树上解开你的缆绳

总会将一只金鸟儿惊起

它扑楞楞地扇下几根羽毛

响叮叮落在你的甲板上

世界顿时一片灿烂

在这令人眼花缭乱的光芒中

天开始一个劲地高

海开始一个动地阔

蓝水兵

你便一个劲地蓝

选自《诗刊》1983 年第 8 期，1983 年 8 月 10 日

敦煌主题及其变奏

昌耀

河西走廊古意

秋驼的峰顶，

当旅伴的一声《太平令》
长长地，正在大荒云头，
与雁序一同拔高的时候，
我觉着自己醉得快将溶化了。
——呵，好醇厚的泥土香呀！

我但看见他那行歌中的青年武士
整盔束甲，提龙泉宝剑
翘首玉关，
而河西漠野已在夕照中迷离——
一滩碣石
如羊只。
……

我却说：
好醇厚的泥土香！

1982 年 9 月 3 日晨，于玉门市

太息 （拟古人）

杨柳叶儿青。甜蜜地
当那一路"杨柳叶儿青"
又从三月里来，我只知道
是春的女神在红与黑的时辰
做精巧之穿织。

去。马驹尚在阳关蹀躞。

没有功夫为敝屣喟叹了。

可费我猜想：当年初民们盔头的野鸡

翎子或也如我即今所见这途中之杨柳

叶儿似的娇娆，同出山的霞光一起比

美么？

——不必追慕那个早经解体的部族了。

无庸留恋那牧奴的地位。

自从孔子仲尼出游观阙之上而叹大道之行，

大酋长挽弓披箭离我们已更其遥远。

没有功夫喟叹了。

去。小杜鹃

在催人布谷。

1982 年 5 月 11 日——10 月 10 日

戈壁纪事

戈壁。九千里方圆内

仅有一个贩卖醉瓜的老头儿：

一辆篷车、

一柄弯刀、

一轮白日，

伫候在驼队窥望的

烽火墩旁。

绿的蜜罐一个个绽开，

渴饮者

弃这碎片如落花瓣瓣，

留给夜夕陈列，

在冷沙。

车轮的投影一忽儿长了些，

可又一忽儿短了。火底下

康熙帝的梦城已相去遥远。

1982 年 9 月 11 日于玉门市

选自《诗刊》1983 年第 9 期，1983 年 9 月 10 日

鹜巢

彭燕郊

——三耳新居了无陈设，一如数十年前流寓浙、桂、渝、港
时，诗以赠之。

多少疲乏，似乎早已厌倦

多少年无休止的奔逐，

需要悠闲，总是那么悠闲，

有谁知道，叫你忍受不了的正是悠闲。

这光秃秃的一片岩石，无遮无拦

暴露于层林里落叶也飘不到的高处。

只有从自身翼上啄下的几片羽毛

垫在底下。不习惯于匍匐，时而立起，

于是连几片羽毛也被天风刮得无影无踪，

所需要的，或许不是人们所说的那种温暖。

侧目而视时，悠闲中好像也有些许关情，

然而同时也似乎不胜厌倦。

何止在这光秃秃的巢里，

万里长空尽归它所有，

振翅高翔时，河海山川都来眼底，

也不曾有飞扬踔厉的狂态。

一边沉思，一边奋进，

在天光云影中上下盘旋时，

甚至有些摇摇欲坠，像久已不耐这无休止的搜寻。

难道天地于它也不过是个光秃秃的巢，

憋住的一腔烈火，永远是它自己的沉重负担？

造物者，最高明的画家，

赋予它柔和、高贵的深灰色羽毛，

以镇定它那暴烈的形象，

锐利的尖嘴，被象牙色冲淡了些许凶猛之气，

玩具似的，也仍然叫人战栗。

或许你希望有一声短促有力的喉叫，

让胸中的高热吐出来，以减轻它的负担，

振奋它自己，也振奋我们；

不用了，就这样也已经足够，

尽管睡眼惺忪，荒鹫仍是荒鹫。

你看，有意无意地，半睁的双眼，

又在向人寰瞥上一眼，

当心吧，宵小之徒！

哪怕你们潜伏于某个幽远的角落，

睡梦中，或许它正在啄食嗜血者通红的眼睛

或是食肉兽不堪下咽的心肠。

宁肯让你们在它的微睡之前苟安片刻，

你们得准备，会有一个爆炸，

连它自己也不知将在什么时候，

因为它，一个老兵，属于巡天者之群。

只等一声令下，它就会忘记控制自己，

霍地一闪，奔袭向它的猎物，

无遮无拦的光秃秃的巢于它最为合适。

选自《诗刊》1983 年第 9 期, 1983 年 9 月 10 日

一个寓言

鲁藜

有一天
造物者突然感慨地说：

万物各归其位
各有各的特点
我费尽心机
却得不到谅解
比如我在诗人的身上
赋予他一副牛胃
让他像牛咀嚼干草一样
去吞噬痛苦
又能将痛苦反刍
去酝酿芳乳般的诗歌

但是，千万别让他
去寄生在象牙的宫殿里
过着王子般优游的生活
整日价呼吸着色彩
填塞着美味，浸泡着香槟
那就会腐蚀他创作的灵感
败坏他的歌喉；他不是

变为腻味人的鹦鹉

就将变成为可爱而痴呆的木鸡

——他将永远失去时间的感觉

永远不再去呼唤黎明

选自《人民文学》1983 年第 9 期，1983 年 9 月 20 日

日子

北岛

用抽屉锁住自己的秘密

在喜爱的书上留下批语

信投进邮箱，默默地站一会儿

风中打量着行人，毫无顾忌

留意着霓虹灯闪烁的橱窗

电话间里投进一枚硬币

向桥下钓鱼的老头要支香烟

河上的轮船拉响了空旷的汽笛

在剧场门口幽暗的穿衣镜前

透过烟雾凝视着自己

当窗帘隔绝了星海的喧嚣

灯下翻开褪色的照片和字迹

选自《星星》1983 年第 9 期

我寻找一个人

王小妮

夜晚
沿着无名之河
弥漫。
用背去遮挡
落日的辉煌，
除了遥远的黔地
哪儿也不会有
这样的石板小路，
弯弯，
弯弯，
弯弯。

慷慨陈词了一天的人们
都散了，
散向一片罂粟。

语言，是这花丛里
热烈飞舞又消逝的
白蝴蝶，
有一颗罂粟，
只有到了晚上，

才默默地绽开

耀眼的思念。

河水潺潺，

有一只木船

划过来了，

有胡琴声

悠悠地登岸。

我感到累了，

该放下锚吧，

即使是五万吨的大船。

去寻找一个人！

寻找随时可以靠拢的

哪怕很小很小的港湾。

一个人

沿着夜晚走，

只要寻找，

他就会出现。

连同一盏

四十瓦的台灯，

连同那只沙发……

也许，我早该

自己来缝好那坐垫。

我真不愿

到处在别人的本子上
写下名字！

我寻找他，
然后，对他说，
我不愿，不愿，
真的，不愿……

我要寻找一个人，
寻找，
足以穿透
所有的石头和森林
组合的大山。
不要难过，
我背俯着你，
热心的大西南，
寻找只在这时，
只在黑洞洞的夜晚。

选自《丑小鸭》1983 年第 9 期

我的思念是圆的

艾青

我的思念是圆的

八月中秋的月亮

也是最亮最圆的

无论山多高、海多宽

天涯海角都能看见它

在这样的夜晚

会想起什么？

我的思念是圆的

西瓜、苹果都是圆的

团聚的人家是欢乐的

骨肉被分离是痛苦的

思念亲人的人

望着空中的明月

谁能把月饼咽下？

选自《长江文艺》1983 年第 11 期，1983 年 11 月 5 日

那么一天

冯青

那天华西街整天下着雨

后来雨停了

他把摩托车停在人家的走廊上

他把雨衣塞进草箱子里

他微微笑着

因为熟悉

夜市的小灯泡也在微微笑着

他漫随着人潮走进巷弄

忽然听到前次发店里的那个女郎唱熟了的歌

　　"我要邂逅你

　　　当秋雨落着……"

啊！他微微笑着

那女郎已因速赐康而死

想起那样酒窝的女人真是好看

却会死在肮脏的水沟里

但不值得多想的女人

就如同不会认识的女人一样

华西街

仍记得第一次来的那一天

羞怯的自己

她叫唤着你　先生　先生　来坐啦

刚满十五岁的小女人

还是教人心疼的年纪

记得不要向她们说亲密的话

记得每次只要见新的面孔

即使不认识

即使有着那样酒窝的女人抱着你

你是死了心　而依然浪荡逍遥的好男人

狗一般地交尾

到处嗅着鱼腥味

且无所谓腐烂不腐烂 开心不开心

他从巷子里出来

到一家蛇店去清补

他付了账出门

到西药房连吞几粒消炎片

他发动摩托车的时候

忽然想到姐姐送人的孩子

怕也有十五岁了吧!

选自吴晟主编《1983 台湾诗选》，前卫出版社 1984 年 4 月版

河流
于坚

在我故乡的高山中有许多河流

它们在很深的峡谷中流过

它们很少看见天空

在那些河面上没有高扬的巨帆

也没有船歌引来大群的江鸥

要翻过千山万岭

你才听得见那河的声音

要乘着大树扎成的木筏

你才敢在那波涛上航行

有些地带永远没有人会知道

那里的自由只属于苍鹰

河水在雨季是粗暴的

高原的大风把巨石推下山谷

泥巴把河流染红

真像是大山流出来的血液

只有在宁静中

人才看见高原鼓起的血管

住在河两岸的人

也许永远都不会见面

但你走到我故乡的任何一个地方

都会听见人们谈论这些河

就像谈到他们的上帝

1983 年

选自唐晓渡、王家新编《中国当代实验诗选》，春风文艺出版社 1987 年 6
月版

陶罐（节选）

杨炼

那么你，黄土，黑夜高原的严峻父亲，最广阔的梦的歌手

将不再率领我们继续那朝海洋流浪的辉煌旅程了么

远去的部族，以消逝的足音点燃东方之火

直到肩头的晨曦登上岁月的高峰，化为一片徐徐蓝色

你没有遗下赞美的艳丽流苏，生命巍峨的图腾

我们沉溺于寒风中，但庆典仍在正午的浪花间进行

一代又一代参加绿叶降临的人们苏醒了，献给太阳神圣的祝颂

哦，黄土的儿女，无垠之梦的儿女呵，胸前文绣着

解脱阴影的鸟，和一头徘徊在悬崖绝壁上的饥饿的野兽

越过狂暴的沙砾，黑麦田后面，期待

而流血的手只能深深挖掘自己始终被抛弃的命运

你将不再率领我们继续那朝海洋流浪的辉煌旅程了么

那舒展吞没我于天空敞开的苍鹰叫喊的心呵

大地之铜的号角，山岩磨亮的石英，裸露着——高原的父亲

你浩瀚的脚步驯服了所有江河，光的芦笛使痛苦垂落头巾

这强劲和智慧是否也一同赐赠给了我们

哦，黄土的儿女，无垠之梦的儿女呵，当正午的钟声

震颤空洞，让灵魂再次愈合祈求不朽的一瞬

那时人类的眼睛将从一枝怒放的白羽毛获得启示

而流血的手却紧紧攥住自己贫瘠又珍贵的命运

那么你，水，纯洁处女和我的情人

星星的针叶，散发咸味儿的黝黑大理石

从一个白色源头出发追逐天空的诱惑

世界因一声灼热的叹息忘记年龄

三角形草地上的羊群风平浪静

你的帆无尽地漂过我的港湾

于是，异乡的树也不再孤单

伸手探寻云的内衣，梦的裙子

音乐芬芳四溢，像柔顺的紫丁香喷泉

你的姑娘们，野性又开朗

在阳光爱抚下注入深邃晶莹的海的睡眠

水手归来了，一只享受成熟快乐的雄獐

禽鸟骄傲地炫耀着胜利的五彩光芒

一个微笑永远放牧在晕眩的希望里

为此你浸透一切揉合一切并流连歌唱

你说："万物源于水，仍要归于水"——

饱满的种子就被海风撒遍天空

怀着记忆的幽灵，隐隐现出面容

浑圆的美，深藏的罪恶，这就是我

捏成地球，旋转一轮雨后的虹

1983 年

选自杨炼著《大海停止之处 杨炼作品 1982－1987 诗歌卷》，上海文艺出版社 1998 年 12 月版

北方闲置的田野有一张犁让我疼痛

多多

北方闲置的田野有一张犁让我疼痛

当春天像一匹马倒下，从一辆

空荡荡的收尸的车上

一个石头做的头

聚集着死亡的风暴

被风暴的铁头发刷着

在一顶帽子底下

有一片空白——死后的时间

已经摘下他的脸：

一把棕红的胡子伸向前去

聚集着北方闲置已久的威严

春天，才像铃那样咬着他的心

类似孩子的头沉到井底的声音

类似滚开的火上煮着一个孩子

他的痛苦——类似一个巨人

在放倒的木材上锯着

好像锯着自己的腿

一丝比忧伤纺线还要细弱的声音

穿过停工的锯木场，穿过

锯木场寂寞的仓房

那是播种者走到田野尽头的寂寞

亚麻色的农妇

没有脸孔却挥着手

向着扶犁者向前弯去的背影

一个生锈的母亲没有记忆

却挥着手——好像石头

来自遥远的祖先……

1983 年

选自多多著《阿姆斯特丹的河流》，北岳文艺出版社 2000 年 5 月版

愿望

食指

我曾经有一个美好的愿望
把秋天的原野裁成纸张
用红的高粱，黄的稻谷
写下五彩斑斓的诗章

可是没等收完庄稼
我的手稿已满目荒凉
只在狂暴的风雪过后
白纸上才留下脚印数行

1983 年

选自食指著《食指的诗》，人民文学出版社 2000 年 12 月版

薄冰

严力

我们在不够冷的天气里
从嘎嘎作响的薄冰上跨越河床
手和嘴在操纵身体的天平
心半提着自己的分量

在不够冷的天气里

薄冰分散了集体

先生们

女士们

请各自小心

1983 年

选自严力著《体内的月亮 严力诗选》，作家出版社 2015 年 12 月版

1984年

草原女人的手

唐祈

一

那黑暗的夜晚

在羊脂灯下捧着空木碗

枯树皮一样的母亲的手

那些披散了发辫　月光里

泪水像露珠滴落在草叶上

被人用粗绳捆绑的少女的手

那在寺院阴森的殿堂前

长跪在木板上喃喃祈祷

捻着佛珠的苍白的手

那在马背上　迎着风雪

为了饥饿的孩子去猎一头黄羊

箭杆上凝结了自己血斑的手

那些在褐色的帐幕里

缝制着反抗的旗帜　在黑夜

召唤黎明的女人的手

二

那烧起牛粪灶　端上奶茶
给远方旅人温暖的回忆
天鹅绒般柔软的手

那抓紧缰绳　把牧马
箭一样穿过草原
牧鞭震醒了朝霞的手

那托起洁白的哈达
给人们带来吉祥如意的
比丝绸还要纯净的手

那提起笨重的木桶
指尖像蝴蝶般飞舞的
挤着马奶子的手

那双被新郎牵进帐幕
被幸福搂抱喝下合欢酒
感动得微微战栗的手

那钉下木桩　架起蒙古包
在白雪和暴风包围的深夜

为我们升起火焰的金色的手

那串起红绿珠子的项链
挂在孩子的颈脖上
为他们祝福未来的手

那剪下雪堆般的羊毛
把带血的牛皮晾晒在牧场边
让草原富裕起来的手

那双捂着眼睛和面颊
流出了晶亮的成串泪水
把委屈埋进心窝里的手

那在高高的马鞍上
抛下一只只捕获的野兽
男人一样粗犷的手

那最初把乳头塞进婴儿的
玫瑰般的嘴唇　在不眠之夜
颤动着羞涩和微笑的手

那在荒凉的沙丘　跟太阳一道
牵起林带的树木和绿色的草叶
用绿的波浪渲染沙漠的手

那双兴奋得发抖

虔诚地捏紧红灿灿的选票

用自己的名字递进投票箱的手

高高地举起吧 挥舞吧

向建筑每一块草原绿洲的开拓者

欢呼出巨大声音的女人的手

1984 年 2 月 21 日写于西北

选自唐祈著《唐祈诗选》，人民文学出版 1990 年 7 月版

猎人岩

吉狄马加

不知什么时候

山岩弯下了腰

在自己的脚下

撑起了一把伞

从此这里有了篝火

篝火是整个宇宙的

它噼噼啪啪地哼着

唱起了两个世界

都能听懂的歌

里面一串迷人的火星

外面一条神奇的银河

獐子肉淡淡的香味

拌和着烧熟了的传说

因为有一道永远敞开的门

因为有一扇无法关闭的窗

小鸟呀蝈蝈呀萤火虫呀蝙蝠呀

全都跑进屋里来了

雨丝是有声的门帘

牵动着梦中湿漉漉的思念

雪片是绣花的窗帘

挂满了洁白洁白的诗笺

石路上浅浅的脚印儿

像失落的记忆，斑斑又点点

一杆抽不尽的兰花烟

从黎明到黄昏

飘了好多好多年

假如有一天猎人再没有回来

它的篝火就要熄了

只要冒着青烟

那猎人的儿子

定会把篝火点燃

选自《星星》1984 年第 1 期

我是弹花匠的儿子

周伦佑

最后的目光
            绷断了
像破损的牛筋挂在墙上
父亲　留下一张弹花弓

我是弹花匠的儿子
生来不属于吉他
让鸽子在别人的琴箱里嘀咕吧
让多瑙河在别人的琴弦上流淌吧
为了母亲的晚年不再被忧虑颠簸
为了妹妹升学的愿望不被折断
我接过一条弓形的道路

几辈人就是从这上面走过去的
岁月把弓身磨得照人
我挺直的脊梁
再不是父亲伛偻的背影
不接受弓力的弯曲
我走进钟声的召唤

既然不能继续弹奏梦想了

那我就弹现实吧

这也是一种表现　让力

在牛筋弦上舞蹈

弹醒板结的时间　用希望

疏松梦　把夜弹白

压抑的感觉消失于轻松

爱因轻松而缠绵

在顶楼　破木箱钉成的书桌上

失恋的吉他一定想念我了

默对着简易谱架上的练习曲

那后面的一页谁去替它翻开呢

指尖一阵阵刺痛　我感应到了

梦幻曲在老鼠的齿键上痛苦地演奏……

让吉他和热爱它的手指结合

会唱歌的星星会在每一个角落诞生

阳光颤动　空气清新地歌唱

生活充满音乐

世界不再为失去一个列农而悲哀

我真希望手里的弹花弓附上神力

不仅只弹破旧的棉絮

我弹　用真诚的振动

疏松思想　疏松感情

甚至疏松石头一样固执的偏见

如果我再抱起吉他

肯定会获得丰富的音色

手指以新的力度表现人生

音阶一度度地展示丰满

未来以建筑般的清晰向我逼近

不　这决不是想象

有一天　我的吉他会走上舞台

在镁光灯的鼓励下

弹响掌声　弹咐倾慕

　　　弹响持久的赞扬

选自《人民文学》1984 年第 4 期，1984 年 4 月 20 日

火焰

孙桂贞

序曲：痛苦的手臂伸向天空，

　　　天空啊！你可知道我的所要？

我是无伴奏的天鹅之死！

我是为献身于所爱而跌落的太阳！

我是向着如梦的天宇奔跑的海面！

我是波涛横流、淹了堤岸的曲江！

　　啊啊！请来，来赏我这纷纭繁茂的

　　　　灵魂的曲线哟……

我是倏然崩断、满天横飞的一百根琴弦！

我是冬霜里挣扎着复活的一千根柳枝！

我是走向远方的坎坷交叉的一万条曲巷！

我是大风雪里飞扬而起的理还乱的长发！

　　啊啊！请来，来解我这感人涕零的

　　　生活的曲线图哟……

噢，我是红豆树，被苦痛的相思摇撼！

我是红岩，已被宣泄的渴望烧溶！

我是漫野里被风吹动的卑贱的红高粱！

　　荒坡上贫困却顽强的紫荆！

　　茎儿蔓生的渺小的赤豆！

　　　向着天空——

我举起无忌的粗豪大笔纵横涂抹，

激情就是我千变万化的颜色，

我塑造的形象都是这样跃动不安，

像有爆炸式的话语要即刻诉说。

锁链，不能束缚我，

　　——我是看得见却毁不了的落红之魂！

灾难，不能吞噬我，

　　——我是赤鸟①本身就是吉祥！

（迎风直上，

————————————

　　①赤鸟，古代传说中的瑞鸟。

迎风直上。）

尾声：我的执拗地伸向天空的万千手臂

呵，刀砍——不断！

选自《上海文学》1984 年 6 月，1984 年 6 月 1 日

铁轨和爱情

唐亚平

是一对情深意长的倔强的情人
是一对倩影悠悠的温柔的情人
是一对襟怀坦白的忠贞的情人
是一对同甘共苦的伟大的情人

我们选择并且拥抱坚实的土地
即使在沉重的压力下也不动摇
在三月的平原在十月的山野
我们永远在一起永远在一起
那些粗壮的枕木是我们
　　粗壮的手
我们永远紧握手死死地握着
即使天崩地裂也不放松
我们手挽着手
享受阳光、月亮、花香

　　　　汽笛和鸟儿的歌唱

我们手挽着手

承受冰雪、风暴、黑暗和塌方

我们赤裸着被历史的车轮打磨

闪亮的胸膛

袒露着爱情的执著，坚忍和纯真

我们握着手

　　　　永恒的对视永恒的理解

　　　　永恒的爱慕永恒的鼓舞

列车奔驰而来

带着时代的节奏

时代的喧响

伴着时代的旋律我们歌唱

歌唱劳动，坚贞和贡献

列车载着历史

载着我们的歌声走遍世界

传播时代的爱情和理想

　　　　选自《诗刊》1984 年第 6 期，1984 年 6 月 10 日

少女之死

欧阳江河

在静静的开放中，一切如花飞逝

花朵借助于风暴蒙受一个少女

在她的无视中距离未被看见

如果影子躲开太阳就会到地下去纠缠

　　就像树木在那里纠缠彼此的根子

　　而果实死于树上就像少女死于高度

在少女的死亡中一切是美的

水和阳光有流动的发式披散于她的双肩

夏季有千年不融的白雪让她呼吸时感到

　　如同感到冷冷洞箫或插图里的公主

　　而风景以窗子的形状开在她房屋两侧

一切是美的但一个少女死了

她缩回一双小手生怕像爱情那么静的水被搅动

她藏起她的耳朵唯恐众鸟的欢唱不能飞得更远

　　可是众鸟之歌一旦飞去将不再归来

　　而不曾搅动的水如今已被风吹皱

仅有的蝴蝶制成标本锁进一个幽闭

仅有的地址忘掉投寄以至不复存在

仅有的书页翻得很乱并写满歪歪扭扭的空白

　　仅有的红色全都给了鲜血，一点不给太阳

　　而全部鲜血流尽了太阳红得更惨更夸张

那些被握住的事物经由她的手松开

那些亲切的名字经由她的嘴唇无声无息

那些光，那些使精神到处分裂的光

　　　　经由她的双眼一无所视

　　　　而六翼天使以她死去的四肢飘然起舞

在静静的开放中，一切如花飞逝

　　　1984 年 6 月 17 日于成都

　　　选自邹进、霍用灵编《情绪与感觉 新生代诗选》，人民文学出版社 1989 年
6 月版

端午的信息

灰娃

我不是跑过了一片梅李林，

　　找寻到肥美苇叶替你采来了，妈妈？

难道林子里美丽迷离的艾草

　　浴着端阳的光波就分外清香？

当夜深梦沉，给艾叶镀上一层银的，

　　可是天上明月用她缕缕的清辉么？

是什么照亮了我们的艰难岁月，

　　叫沉重的日子展翅飞翔？

哦，幻想之花于心灵深处开放，

　　玫瑰点染的五月的光华，

穿透劳苦、麻木，去唤醒

　一日的丰采，一日的温馨。

端午的信息在秋千高高的支架上含笑，

　飞上女人的眉梢和她们兴奋了的唇角。

孩子都期待一天非同寻常的生活。宝贝啊

　节日的气息已渗进你莲藕似的肢体，

清澈的银笛在你小心上荡漾，

　你秀嫩的眉宇盈溢花的生气。

你听汨罗江水低吟《离骚》《九歌》，

　缅怀屈子虽死未悔的情怀。

渐渐地它越过林端到达庭院，

　在家家户户案头、灶台停留往返，

流转在村路上，顺车辙蜿蜒而去，

　伸向远方的城堡、村寨……

　　　选自《人民文学》1984 年第 6 期，1984 年 6 月 20 日

天山（外一首）

王家新

在荒原之上在林涛之上

在浅绿或褐红的岁月之上

眉宇低垂，

朝向生命与死亡

这就是你吗？天山
海洋退去，鸟儿们的梦冻僵
而你默默向天空生长
用顽强的崛起纪念痛苦
渐渐地
大地弓起了它的脊梁

（于是，那些一代代
被放逐被践踏的人
来到这里
像你一样站了起来）

就这样站起来
皱折里压进曲折的岁月
那山连山的渴望朝向苍茫
敢于迎接最冷酷的命运
——冰与火的烧炼，却使一千条河流竞相诞生
自你的脚下展开希望……

于是，遥望天山，牧人说
那是一群被海啸惊起的奔马
正举颈咆哮时
遂变成英雄们的塑像

燧人氏

你抬起头来
你看到一种红色的闪电
在天边眩目地一闪
又像梦幻一样，消失在
沉沉睡去的森林之间

于是，一切都被照亮
你向远山走去……

也许，地球在慢慢冷却
雪使岁月结冰。飞鸟
也渐渐在飞翔中冻僵
像石块一样掉下来……
然而，有一种名叫火的东西
却穿透一切，突然来到
从你颤抖的手中开始诞生

于是，炊烟开始升起
太阳和闪电的光耀，开始
从树和石头的年轮深处升起
啊，火！在你的光芒之中
人类生命的舞蹈灼热地展开
孩子们，再也不怕黑夜了。

那么你——火的父亲啊
是怎样穿过最寒冷的道路
而为我们找到了
那个生存之源、光明之源？

选自《星星》1984 年第 6 期

大盆地
廖亦武

啊，大盆地！你红颜色的泥土滋养了我们
你群山环抱的空间是我们共鸣音很强的胸膛

岁月诞生自你的腹部，奥秘和希望诞生自你的腹部
你是世界上血管最密集的地方，平原上遍布桔树、血橙、红甘
　　蔗等血液丰富的植物
你翻耕过的泥块像火苗蔓延开去，洋溢着一千种炽热而复杂的
　　感情

我们在你的原野上生息、创造，山峦像另一群固执的男人挽臂
　　挤在你的周围
一代又一代过去了，人们遥望着山峦，山峦俯视着人们，新鲜
　　的气息被隔绝

但是启示不断来源于脚下。大盆地啊，你是一个动荡不安的热
　　恋的女人
仰望着无始无终的天空，你的唇间吐露着一种无法破译的语言
引诱人们向四面八方走去：跨越茫茫的林莽，探寻那打开宝藏
　　之门的钥匙……

大盆地！大盆地！你红颜色的泥土滋养了我们
我们的肌腱日益隆起，你再也无法容纳我们膨胀的情愫

先烈们的坟墓耸立在江岸上，裂人心肺的船工号子从峭壁撞向
　　峭壁
一种难以用声音表达的召唤使我们战栗了！

苍凉的高原风从西北荡进来，喧嚷着、起落着，像自然之神不
　　可名状的琴声
向我们展开一种壮美、高远、疯狂的气势
我们的头发如飘卷的马鬃呜呜发响，大盆地！
我们要溯你所有的河流而上，我们狂想着没有边缘的天地

我们穿过峡谷，攀上被泥石流轰动过的巉崖，到贡嘎山下
去和太阳一起放牧（它是一个穿金色藏袍的牧民，挥舞着光
　　芒的鞭子催赶牦牛、马，催赶痛苦抽搐的金沙江。红军长征
　　经过的沼泽也被改造成河道）

我们体内交流着太阳的热力和大地的血

我们放着筏子，像咆哮的水兽在激流中滑行，任金矿和浪头在
　　脊梁上闪耀
我们回应着空谷之音，喊叫洞穿地层，让始祖鸟的化石和沦落
　　的远古内海悄悄开放

我们第一次在梦中变成大禹时代的熊，把山脉推向海洋……
然后叩打海上月亮，回荡起银光闪闪的声音……

这是一个产生神话的时代：大地向四周扩展着，永远扩展着
群山后退着，永远后退着……我们把儿子种在新出现的原野上
让他们长成大片淡黄色皮肤的树，胁下伸出枝叶
嘴唇绽开成世界上最奇异的花，猛烈吹奏绿荫和音乐的花
花的茎管连结着咽喉，小腿插进盆地的动脉……

　　　　大盆地啊，你红颜色的泥土滋养了我们
　　　　　　我们是你创造的奇迹

《诗刊》1984 年第 8 期，1984 年 8 月 10 日

一位中年水利工程师

张学梦

他是我们参观的向导，
风吹着他砼一样的灰白的鬓角，
他是一座活的纪念碑，

碑上刻着一句朴实的格言：

为事业生活的人，崇高。

拦河大坝，雄峙脑际，

几百亿立方米的水

日日夜夜在胸口喧嚣，

还有电站、城市水塔，

受益的万顷禾苗……

恢宏的利害、矛盾与和谐

排挤掉我们日常生活

庸俗猥琐的计较。

他说，他是工业的吉卜赛人，

从水电学院到施工工地，

他的绿色小越野车

像只野兔，不停地奔跑；

实地勘察，

水文资料，

隧道，渡槽……

就是他生命进行曲的符号。

荣誉是种虚幻的东西，

常常经不住风的吹刮，

然而真实的业绩，

并不需要。

就像他的贡献、无名、淡泊和豪迈

在我胸臆唤起的美感，

不需授予，也无法剥夺

这工程就是抚慰心灵的荣耀。

站在花岗岩纪念碑旁，

他昂首瞭望远山的岚气，

嘴角浮起苍凉的微笑，

我悄悄问：有没有愁恼？

他感慨：

施工期太长啦，

我已干过三个，

还只能干一个，

你看，白了鬓角……

选自《人民文学》1984 年第 9 期，1984 年 9 月 20 日

济南山川（节选）

孔孚

春日远眺佛慧山

佛头
青了。

一颅的智慧，
生出芽儿了吧？

大雷雨中登佛慧山

李鲜为之造型，
枫叶织半肩袈裟。

每日以烟云洗面，
雨中听天雷谈话。

议论中似带几分讥诮，
颤电的火花……

"云径禅关坊"前小立

佛也喜欢云，
铺条小路迎接客人。

遥见他离开莲座，
在向我走近。

黄石崖北魏裸体飞天石刻前小立

她们从过去飞来，
敧斜着向前。

拨开流云，

乳上亮一滴滴汗。

我极力搜索，
走进浩渺风烟……

飞雪中远眺华不注

它是孤独的，
在铅色的穹庐之下。

几十亿年，
仍是一个骨朵。

雪落着。
看它！在使劲儿开……

卧牛山下

看着黄河，
它出神。

想着那条江吧？

春来了！
拉两根纤绳，
快去犁海……

鹊山、黄河意象

1
白了鹊。
白了黄河。

它们都睡了。

2
春走在河道上，
把冰敲打。

黄河醒来，
一睁眼就和冰吵。

3
春也给鹊换了身衣服，
用手指梳它的羽毛。

唉！
鹊仍然睡着……

到老？

龙洞独秀峰意象

老是滴着泪，
望涧中的云。

自从脚下少了那湾绿水，
她瘦了。

春也心疼，
给她一枝山桃。

龙洞白云峰意象

它老是站在崖畔，
思念那条龙。

风吹它不走，
不知自己已化作岩石。

面色苍白，
忧郁都长成了树。

选自《泉城》，1984 年 9 月

玉泉洞引

张默

是什么使它如此浑然天成的

那些形形色色的冰柱

仿佛剑簇一般

从咱们的头盖骨罩下来

我真怕那些纤细如刀锋的钟乳石

永远悠悠忽忽逼入我底肃杀的双眸

连同那些淅淅的水声

连同那些萧萧的幽静

桐油的黄

雪花的白

翡翠的绿

不时在每个游子的心版上飞逝

我好想以全心灵

把它们一粒一粒地拥抱与分割

细数它们穿越亿万年

时刻不同的生命的迹线

多少代过去了

它们要安安静静躲在地层下

到底要伸向哪里

　　　皈依何处

到底要开怎样的花

　　　结怎样的果

如何时间轻轻向我啊

玉泉，你要攀升

　　　你想抢天

　　　你该繁殖

不使自己变成一堆顽固的化石

何不展翅再展翅

一头劈开那一道

重重叠叠的黑洞

　　　1984 年 4 月 26 日于内湖

　　　选自《蓝星诗刊 第一号，成立三十周年纪念》，1984 年 10 月 5 日

白西瓜的寓言

——赋得下弦月

周梦蝶

只有瓤；

无子，亦无皮

且永不变味

也不必经历抽芽开花的过程

也不晓得是谁下的种

刚一想到爱与被爱

那不能自已的美与渴切

白西瓜，唯一的这颗

白西瓜

便不能自已地

熟了

是圆满，招来了缺陷？抑或造物

嫌忌太亮与太白？

经过不可说不可说劫的磨洗与割切

多么可怜，而今只剩

只剩千万分之一的一瓣了

千万分之一的一瓣：

薄归薄，

倒从未听见说被谁

一叶知秋地封杀——

除了蟾蜍

这不自量力的

天狗的弟弟

然而然而然而

毕竟毕竟毕竟

还是吐出来了

窈窕依旧，清凉与皎洁依旧

最可口的这边，恰是早年

被齿及的这边

更可惊可怪的是：

得瓜者，复为瓜所得

而成为瓜。成为

可圆可半可千江的传说

附跋：1983 年秋某晚，石牌访友不遇，归途中，仰见浮云在天，片月微明，因念人世聚散，苦乐得失，或幸或不幸，殆莫不有其必至之势，与当然之理；身临境者，似应以苏氏水月之喻自宽，而初无所用其喜戚耳。

又：吾豫有天狗偷日、蟾蜍窃月之说，余腹俭，眇不识其所本，聊以寄意而已。

选自《蓝星诗刊 第一号，成立三十周年纪念》，1984 年 10 月 5 日

需要一场透雨

苏金伞

在太阳的睫毛上，

沾满了油菜花的花粉，

于是整个世界，

到处闪着金色的眼睛。

盛开的油菜花，
白天响着蜜蜂的翅膀；
晚上撕扯着成团的萤火，
以至扯下许多星星。

在油菜花的照耀下，
夜失眠了；
在油菜花的提醒下，
农民正忙于棉花和玉米的播种。

灯下还忙着查书查报，
和专家们写联系信，
而牛缰绳还没换，
马掌还没钉呢。

好在新栽的树已抛下绿荫。
真需要一场透雨哪，
好喘喘气坐下来
看一会儿电视新闻。

选自《当代》1984 年第 5 期，1984 年 10 月 20 日

人生难得是相逢

　　——有赠

辛笛

人生难得是相逢

万里相逢况客中

初次会晤在洛杉矶

短短不到半年

你就欣然归访了上海

你的凝重木讷的语言

意味着一方浑璞的美玉

但是，每当你谈起太平洋彼岸繁华的背后

你可远远不能保持平静

我们听见了"老人河"上印第安人嘶哑的歌声

我们看到了当年海外侨胞

洒在远方铁路和矿山上的斑斑血泪

你酡红的面庞在激动中漾起了光辉

你厚实的语音也包含着了颤意

重新拾起打断的话头

你淡淡地说出一点个人的过去：

　　　"所有错误的历史都自正确的事实开始

　　　一直等到被置放在错误的时空

　　　才成为历史的错误。"

由于在错误的时空错误地相爱

你曾经写过"错误十四行"

我却宁愿引用一位加拿大诗人的话来提醒：

即便是十四行诗体

也无非是诗人笔下一时的创造

只要怀有艺术的真诚

写成十三行也叫它"商籁体"

又何尝不能体现同样的完整？

在临别的前夜

是你即席咏成一首"红豆"

我们还未分手

却已"剪不断 理还乱"

惹起难解难分的相思缕缕

祝福你平安地

回到甜蜜的家

玫瑰色烦恼的梦

应早已成为过去

选自《长江文艺》1984 年第 11 期，1984 年 11 月 5 日

乌江的太阳二首

何小竹

一条河流，一只船，一个太阳，这就是生活。

——题记

绞滩工

绞滩工就住在岸上的窝棚里
头枕着东方
一脚伸向西
一脚伸向南
耳朵听着湍湍的一条江

轮船过滩
他爱蹲在缠着钢缆的绞盘
说几句老掉牙的粗鲁话
船长们笑一笑
年轻的水手则打着风趣的手势
关于那些手势
他自己也满有一套的

没船过的时候
他下河洗个冷水澡
发出"呵呵"的欢叫声
然后走上岸来
躺下
晒乌江的太阳

乌江的太阳
每天替他把一锅草烟点燃

五点半的乌江

半明半暗

这是他拖着钢缆

奔跑在滩上的时候

青年水手

我羡慕你

乌江的年轻水手

你站在船头

吹乌江的风

水手服更装扮了你的慓悍

你紧闭的嘴唇

像乌江的石头

然而我听得见这石头的呼喊

你呼喊群山

群山是倾倒在你身后的野牛

你呼喊太阳

太阳是你的心脏

你也呼喊乌江的姑娘

带着你的个性

热情得近乎粗野

你心上的船锚

已开始了关于一个夜晚的幻想

你调皮

因为你不满二十周岁

也许才三个月没有叫妈妈

但你浓黑的眉毛

拧在一起

在十二月的日子

拖着钢缆跳下水去

为轮船寻找一块系缆石

你不见了孩子气

而是成熟的河流

一个成熟的儿子

选自《滇池》1984 年第 11 期，1984 年 11 月 10 日

眼睛

公木

恒无欲　以观其妙

恒有欲　以观其徼

——老子《道德经》一章

婴儿的眼睛是清澈的

青年人的眼睛是热烈的

中年人的眼睛是严峻的

老年人的眼睛是睿智的

世界反映到婴儿的眼睛里

大不过妈妈的奶头

日影恍恍　月色溶溶　风丝细细

吹不皱一池春水

青年人的眼睛搜寻世界

猎人追逐猎物　情人追逐爱情

蜂蝶追逐花朵　风追逐火

劈啪作响的光与热

中年人的眼睛把世界探索

实验台上决定成败的数据

田野里判分丰歉的收获季节

"?"与"!"起伏交织的乐章

世界浮现在老人的眼睛中

一本摸索断线了的百科书

一张偿付过了的账单

苦辣酸甜都已中和为平淡

眼睛是心灵的窗口

不会隐瞒更不会说谎

愤怒飞溅火花哀伤倾泻泪雨

它给笑声镀一层明亮的闪光

思维着的精神之中枢

并不只是悠悠然用来旁观

它提供信息以作判断

没有判断便什么也看不见

婴儿以哭号召唤乳汁

凡有生命就有意愿

完全的客观和完全的真实

自然存在着 却不能把意愿窒息

人类生活于第二自然

有名乃源于无名

无欲只是说不妄想不臆造

有欲意味着追求理解通过钻研

清澈不是从无欲中来

热烈严峻睿智都基于实践

人的过程尽管只是一瞬间

但它必然和世界的过程同步

岂只同步 人的过程

原是世界过程的有机构成

不管古今哲人说了些什么

都是世界的一种自我思维活动

假如世界只在婴儿的眼睛中

做着纯客观自在的运动

可能人类还与古猿蜥蜴同居

攀援跳跃在原始森林里

惶惑和呆滞并非有欲的苦果

而是清澈热烈睿智的侣伴

正如夜是昼的间歇 阴是阳的一面

若是没有眼睛   世界会有什么意志呢

选自《诗刊》1984 年第 11 期，1984 年 11 月 10 日

醉汉

非马

把短短的直巷

走成一条

曲折

回荡的

万里愁肠

左一脚

十年

右一脚

十年

母亲啊

我正在努力

向您

走

来

选自《台港文学选刊》1984 年第 2 期，1984 年 11 月

我的心爱着世界

顾城

我的心爱着世界

爱着，在一个冬天的夜晚

轻轻吻她，像一个纯净的

野火，吻着全部草地

草地是温暖的，在尽头

有一片冰湖，湖底睡着鲈鱼

我的心爱着世界

她溶化了，像一朵霜花

溶进了我的血液，她

亲切地流着，从海洋流向

高山，流，使眼睛变得蔚蓝

使早晨变得红润

我的心爱着世界

我爱着，用我的血液为她

画像，可爱的侧面像

金玉米和群星的珠串不再闪耀

有些人疲倦了，转过头去

转过头去，去欣赏一张广告

选自《长安》1984 年第 12 期，1984 年 12 月 1 日

岸，你沉沉地睡着

苏绍连

1

在海边，一个深夜，

我悄悄地下水，

向最透明最清醒的海外游去。

我游泳的技术熟练，姿势优美，

星星睁开了惊羡的眼睛，

月亮也露出了圆脸观赏，

我，是夜空中泅泳的灵魂。

不会有人类发现我，

我不必有身世，

也不必有姓名。

我不必有衣物，

更不必有包袱。

只因此刻，我离了岸，

母亲，我离了岸。

2

你一定要沉沉地睡着，

因为你拥抱着城市和田园，

然而，这些我都离远了，

包括你，中国的岸。

我漂得多远啊，

在地球的旋转中，

天空永远沉默，

我也不能说什么。

作为一根浮木，

或一个空瓶，

这并不是悲哀，

我要远去，

向一片处女地登陆。

海水愈来愈冷，

然后停在我的鼻尖结冻，

我含笑地沉下去，

中国的岸，你又失去了一个人。

你不必惊醒，只要沉沉地睡着，

因为你的上面，

还有我的亲人。

像我这样的青年，是多么的多啊！

我的四周

浮游了一具具的尸体，

有我的同学，

也有我的朋友，

我与他们在一起，

泪一直流成水，

水一直流成无限的思念。

岸，我离你已远了，

你要沉沉地睡着，

我恳求潮水不要拍击你，

贝壳不要传递我的讯息，

灯火不要摇醒你。

1984 年

选自《明道文艺》第 94 期

北方的海

多多

北方的海，巨型玻璃混在冰中汹涌

一种寂寞，海兽发现大陆之前的寂寞
土地呵，可曾知道取走天空意味着什么

在运送猛虎过海的夜晚
一只老虎的影子从我脸上经过
——嗔，我吐露我的生活

而我的生命没有任何激动。没有
我的生命没有人与人交换血液的激动
如我不能占有一种记忆——比风还要强大

我会说：这大海也越来越旧了
如我不能依靠听力——那消灭声音的
如我不能研究笑声

——那期待着从大海归来的
我会说：靠同我身体同样渺小的比例
我无法激动

但是天以外的什么引得我的注意：
石头下蛋，现实的影子移动
在竖起来的海底，大海日夜奔流

——初次呵，我有了喜悦：
这些都是我不曾见过的
绸子般的河面，河流是一座座桥梁

绸子抖动河面，河流在天上游滚

一切物象让我感动

并且奇怪喜悦，在我心中有了陌生的作用

在这并不比平时更多地拥有时间的时刻

我听到蚌，在相爱时刻

张开双壳的声响

多情人流泪的时刻——我注意到

风暴掀起大地的四角

大地有着被狼吃掉最后一个孩子后的寂静

但从一只高高升起的大篮子中

我看到所有爱过我的人们

是这样紧紧地紧紧地紧紧地——搂在一起……

选自《中国杂志》1986 第 2 期

蟋蟀之歌

洛夫

有人说："在海外，夜晚听到蟋蟀叫，还以为就是四川乡下听到的那一只。"

从院子里

一路唱到墙脚

唧唧

从石阶的缝里

突然又跳到

白发散落的枕边　唧唧

由昨日的天涯

被追到今日的海角

仍只闻其声，不见头，脚，翅翼

探首四方八面搜索

碧落无踪

黄泉无影

裂开胸腔也找不到那具发音器

夜雨骤歇

窗外有月

月光传下伐木的丁当

此时群星如沸

唧唧如泡沫，如一条小河

童年遥遥从上流漂来

今夜不在成都

鼾声难成乡愁

而耳边唧唧不绝

不绝如一首千丝万缕的歌

记不清哪年哪月哪晚

在哪个城市，哪个乡间

哪个小站听过

唧唧复唧唧

今晚唱得格外惊心

那鸣叫

如嘉陵江蜿蜒于我的枕边

深夜无处雇舟

只好溯流而泅

三峡的浪在天上

猿啸在两岸

鱼

豆瓣鱼在青瓷盘中

唧唧

究竟是哪一只在叫?

广东的那只其声苍凉

四川的那只其声悲伤

北平的那只其声聒噪

湖南的那只叫起来带有一股辣味

而最后——

我被吵醒的

仍是三张犁巷子里

那声最轻最亲的

唧唧

选自《创世纪》诗刊第 65 期

逃狱的月亮

罗青

各式各样的烟囱

重重叠叠的

在空中竞相书写

各种新发明的化学方程式

把天空写得昏头涨脑

几乎无法呼吸

于是天空开始忽冷忽热扭曲变形

有如一块巨大无比的压克利玻璃

在要落未落将碎未碎之际

却隐约反映出

一轮误入工业园区的月亮

正急急忙忙

翻出高高的铁丝网

落荒而逃

选自罗青著《不明飞行物来了》，台湾纯文学出版社 1984 年版

八月的梦游者

北岛

海底的石钟敲响
敲响，掀起了波浪

敲响的是八月
八月的正午没有太阳

涨满乳汁的三角帆
高耸在漂浮的尸体上

高耸的是八月
八月的苹果滚下山冈

熄灭已久的灯塔
被水手们的目光照亮

照亮的是八月
八月的集市又临霜降

海底的石钟敲响
敲响，掀起了波浪

八月的梦游者

看见过夜里的太阳

1984 年

选自北岛著《北岛诗选》，新世纪出版社 1986 年 5 月版

诗与诗人

舒婷

那远了又远了的，是他

那近了又近了的，是他

那重重的：

　　由积雨云引爆雷电

　　让普通的灵魂熠熠生华

　　令诸神匍匐脚下的，是他

那轻轻的：

　　以风柳、以游香、以若有若无的手触

　　在人生的暗川上签注隐语的，是他

那痛苦的：

　　沸水煮过三回，冷水浸过三回

　　为所挚爱的人们无限期地放逐

　　在失眠的绞架上像吊钟被敲打

　　以热情自焚，以忧伤的明亮透彻沉默

沉默在杀机四伏的阴影里的，是他

那迷醉的：

　　以温柔的双唇熨帖新伤旧创

　　梦从狭缝扩展蓝天销魂

　　胸口长出花株手臂栖满云鸟

　　在已不期待的时刻，从日夜

　　牵挂的地方回声鹊起的，是他

那脆弱的、卑微的、暗淡的：

　　被蹂躏的岁月被蹂躏的感情，那

　　被岁月和感情蹂躏的，是他

那英勇的、崇高的、光辉的：

　　不屈服的理想不屈服的青春，那

　　被理想和青春呐喊在旗帜上的，是他

借我的唇发出他的声音又阻止

　　我泄露他的真名

把人们召集在周围又不让人走近

是他，是他

诗是他

诗人，也是他

1984 年

选自舒婷著《会唱歌的鸢尾花》，四川文艺出版社 1986 年 10 月版

红砂石建筑群

梁小斌

红砂石建筑群
是我身体裸露的部分

这里还没有来得及铺上草坪
那位黑裙子似的钢琴家神情迟疑

我帮你抬钢琴,女主人
你住在 10 楼,但不用担心这段距离

把这沉重的钢琴抬到楼上去
黑色高贵的皇后,此刻我是你的奴隶

因为我不去想象,钢琴在楼梯转弯处
将发出合理碰撞的声音

我只是极力想象,在键盘上一掠而过的手
被放到一个丰厚叶子似的嘴唇那里

在我流动的人生里
我从没有给钢琴做过奴隶

把这沉重的钢琴抬到楼上去

抬到一个可以自由弹奏的空间去

红砂石建筑群，是我扭曲自己的地方

梦幻般，红砂石建筑群

1984 年

选自梁小斌著《少女军鼓队》，中国文联出版公司 1988 年 2 月版

梦

严 力

让梦和梦相爱

我们睡觉

睡到被梦的婚礼吵醒

我们不吵

因为语言早就在公元前

列入了凶器的行列所以

去看唇膏的广告

梦也会是私奔的男女

留下衣架上的衣服像我们

在冬天鼓舞中

布也学会了生长

那就让布和布相爱

我们裸露着睡觉

梦也会是蚊子
把我们叮醒之后就撒手不管了
连房子也浑身痒痒
消防队在喷射止痒水
但这是理想
我们每一次被梦叮醒
都发现没地方可挠

1984 年

选自严力著《黄昏制造者》，南京大学出版社 1993 年 5 月版

林芙之愿
蓉子

阿尔伐
让我们走吧！
我是倦怠了，倦怠了
倦于这喧嚷的荒原

鸟鸣啁啾
我的友人们在呼唤
原属于林，原属于湖
原属于紫色苜蓿田的生命在呼唤！

尘世之声是不能关闭的

一些猖披的颜色

总是无理地取闹　在市廛

如果在林中　在孤独的小山旁

一切都会遥远

沁冷的湖水会吸尽燥热和音尘

照出我昔年清新的短发

阿尔伐

让我们急起直追吧!

乡愁浓了

风籁水生的琴艺久久地荒芜了!

1984 年

选自蓉子著《水流花放》,春风文艺出版社 1998 年 5 月版

一枚鲜黄色的亮丽菌

西西

且在这里陈述陈述

一枚鲜黄色亮丽菌的近事

竟有这样子的一个春天

雨啊雨啊

恰恰是下在港岛

恰恰是一九八四年

雨啊雨啊……

一枚鲜黄色的亮丽菌

自肥土镇史册的封面

破书脊而出

这正是马孔多的传说扬散的季节

魔幻或是写实

任凭你诠释

不过马孔多

肥土镇的市民说

马孔多什么都不是

只是雨

这样子的春天

是怎样的春天啊

前辈们的骨节痛

他们那些没见过胡同

与运动的儿子们

继续咕哝，难道

仍披一件风衣出外缓步跑吗

疫症

隐潜在云层的峡谷

密云密云

骤雨骤雨

恰恰是下在广岛

恰恰是一九四八年

雨啊雨啊

点点滴滴地溶蚀

黑雨的后事如何

二十年后分晓

那样子一枚

鲜黄色的亮丽菌

前辈们刚说着

鲜丽的菌都是毒菌呢

雨就落下来了

绵延的雨

落在前辈们

还没有干透的怀乡网上

落在他们那些没见过

刺枪与炸弹的儿子们

二十磅重的背囊上

整个冬天

只有前辈们

才记得古诗人的句子

什么的季节来了

什么的季节还会远吗

以及不知道雪将怎样

知更鸟和狗子们

以后将怎样，以后

不知道前辈们那些

没见过皇帝

与革命的儿子们

二十年后，将怎样

春风轻轻吹

吹到草丛里

草儿欣欣都长起

甲子年挥春上的行草

是祸还是福呢

奇诡的春天

那么鲜黄色的亮丽菌

雨啊雨啊

我可不是在这里讲故事

1984 年

选自西西著《西西诗集 1959 – 1999》，洪范书店有限公司 2000 年版

1985^年

想起一部捷克电影想不起片名

王寅

鹅卵石街道湿漉漉的

布拉格湿漉漉的

公园拐角上姑娘吻了你

你的眼睛一眨不眨

后来面对枪口也是这样

党卫军雨衣反穿

像光亮的皮大衣

三轮摩托驶过

你和朋友们倒下的时候

雨还在下

我看见一滴雨水和另一滴雨水

在电线上追逐

最后掉到鹅卵石上

我想起你

嘴唇动了动

没有人看见

选自《飞天》1985 年 1 月号，1985 年 1 月 5 日

随想

北岛

黄昏从烽火台上升起

在这界河的岛屿上

一个种族栖息

又蔓延，土地改变了颜色

神话在破旧的棉絮下

梦的妊娠也带着箭毒扩散时

痛苦的悸动，号角沉寂

尸骨在夜间行走

在妻子不断涌出的泪水中

展开了白色的屏风

遮住那通向远方的门

东方，这块琥珀里

是一片苍茫的岸

芦苇丛驶向战栗的黎明

渔夫舍弃了船，炊烟般飘去

历史从岸边出发

砍伐了大片的竹林

在不朽的简册上写下

有限的文字

墓穴里，一盏盏长明灯

目睹了青铜或黄金的死亡

还有一种死亡

小麦的死亡

在那刀剑交叉的空隙中

它们曾挑战似的生长

点燃阳光，灰烬覆盖着冬天

车轮倒下了

沿着辐条散射的方向

被风沙攻陷的城池

是另一种死亡，石碑

包裹在丝绸般柔软的苔藓里

如同熄灭了的灯笼

只有道路还活着

那勾勒出大地最初轮廓的道路

穿过漫长的死亡地带

来到我的脚下，扬起了灰尘

古老的炮台上空一朵朵硝烟未散

我早已被铸造，冰冷的铸铁内

保持着冲动，呼唤

雷声，呼唤从暴风雨中归来的祖先

而千万个幽灵从地下

长出一棵孤独的大树

为我们蔽荫，让我们尝到苦果

就在这出发之时

选自《丑小鸭》1985 年 1 月号，1985 年 1 月 7 日

旧梦（节选）
芒克

一

你撩开黑暗，赤裸着身体
犹如一束光亮被投射在地
你目光燃烧，四下寻觅
你随手把星星拾得干干净净
你体态轻盈，一步步踏上
我心灵的台阶，你把我从
噩梦出没的昏睡中惊醒
你悄然无声，打开我
眼睛的窗户那嗡嗡响的翅膀
已飞得无影无踪
好似温柔的妻子，你拥抱我
你嘴唇鲜红的花瓣
落满了我的全身
如同久别重逢，如同我们
置身于一片萧瑟的果园之中
你伸着手，而我的心

在枝头颤抖，又像是重温旧梦
欢乐仅仅是一阵风
你去了，不知你哪里去了
可我们并非无情

　　十五

在我的记忆里，有一片茂密的树林
那里时常有鸟群出没，鸟儿衔着光线
穿梭似的飞翔，它们是用阳光在给自己筑窝
在我的记忆里，那树林，每到日落时分
还具有另一番景色：鸟儿纷纷回巢了
林间渐渐地冷落，一个缓缓移动的阴影
像是一张没有光泽的面孔，在临睡前
用嘴去把灯吹灭。往往是在这个时候
我见你常常到林子里去，往往是在
失去了光明的时候，你给她带去了温暖
并对她说：我爱你，真的，我爱你
在我的记忆里，有一片茂密的树林
那树林里时常出现你的身影
那树林里至今还回荡着你的声音

　　二十六

满载着沉甸甸的心
你生命的车轮已驶过一段艰苦的路程

如今，你不再想回过头去

看着那些紧锁着眉头的日子

你不再想对他们讲述

讲述那些因痛苦而写成的故事

如今，你只想往前走

你只走往前去听一听

那由于想象而引起的欢乐

你只想去得到欢乐

如今，还有什么可值得留恋的

你听，那生命的车轮所转动的声音

不就是在告诉你

往前走，你只有往前走

你是在抛弃痛苦而寻找欢乐

选自《丑小鸭》1985 年 1 月号，1985 年 1 月 7 日

石灯幢

——关于一个形象的四种随想

杨炼

黑龙江省宁安县有唐时渤海国上京龙泉府遗址，今芳草萋萋，废墟犹存。其间，一座旧岩雕成的石灯幢（古时一种大型灯台，高丈余），雄浑超拔，遍饰莲花，俯瞰着一千多年的匆匆风雨，使人深思，使人浮想：如树；如泉；如太阳；或者就是一堆燃不尽的篝火？

然而我，一棵树高踞于千年的黄昏之上
燃风之火，绿叶之火——岩石宁静的暴力
矗成一首昼夜不息的洪亮的颂歌
根深些再深些，直到死者的黑暗脉搏
整个天空坐在我手上，祖先和新月的蔚蓝
鸟儿跃入黎明之海时一刹那的庄严
像一个梦，大地顺着我身躯被提升
严峻如石，粗糙如暴风雨，沸腾如八月
落叶是我被撕碎一万次的脸
而春天缝合一万次，绿色狂欢着丛心底出发
每道年轮是一颗高喊希望的太阳
所有枝头，张开翅膀，迎接一个光的神话
千古黄昏降临为土，千重黑暗洁净如夜
废墟凋零了，我是岁月：生长
梦无边了，我像飞得最高的鹰：歌唱

　　　一

然而我，一束喷泉，一条向上流动的河
在四月泛滥的季节，在比正午更灿烂的时辰
分享祭奠，一个赤裸纹身的守望者
最天空的白，最海洋的排浪，最帆的浮沉
巨大的蓝色背景都老了，我不会老
从时间尽头开始爬行的石龟都僵硬了
我的透明之雨淋湿千年的群鸟

黄昏，最干涸的沙漠流失不去这种清新

永远向上流动，一条彩陶青铜汉赋唐诗之河

解脱战争与爱情，泻入一片星群

我茫茫，茫茫如海上孑然远眺的水手

把地平线当作故乡，归梦中织满荆棘

守望夜，用一盏灯燃不尽的目光

守望许多船舶，在脚下一次次触礁

而我同时复活——在天上，少女般微笑

二

然而我，一片太阳的金黄色旷野

敞开怀抱，继承这座涂满阴影之血的日晷

每一道光是一条深深的垄沟，播种

黎明和傍晚，每个瞬间，怒放成莲

我从身上无尽地扩张，驯服火红浆果的夏天

一只金色的乌鸦飘然远逝，囚在我胸口

传说一动不动，被光明熔化，白热而宁静

嘴唇去吻，手去摸：一棵银杏树

在跳跃，一轮落日的深渊俯瞰过一切

而奉献的大地又一次清澈如水

我的杯子浑圆，我的收获季节丰盛

累累世纪和我是同一片旷野，在日晷上汇合

最黑的泥土繁殖成最茂密的生命

风很轻盈，荆棘很震颤，向日葵发着光

他们不得不承认：我，是最大最明亮的星

三

然而我，一堆篝火，一头吞噬黑暗的猛兽

醒自岩石深处，在寻找灯的万物中漫游

岁月睁大一只没有瞳孔的眼窝

读我，像读一部无声咆哮的史诗

石头的火神，登上高峰，旷古足迹隐隐焚烧

大明宫、华清池和一双婴儿的小手

从我头顶垂下瀑布，聆听这真实的宁静

废墟铸成活字，填满时间的空格

我整个的生命被白云若无其事地穿过

伫立，像一条火舌，一个誓言

而燕子，像撕碎的夜，烧焦后又喳喳飞走

永恒倒映成它们眼底的精致图案

篝火倒映成一轮太阳，鲜血倒映一条河

我最后一次征服：巨大焕发为虹

一棵光明树脚下，黑夜已痉挛着死去

选自《丑小鸭》1985 年 1 月号，1985 年 1 月 7 日

六月，我们看海去

潘洗尘

看海去看海去没有驼铃我们也要去远方

小雨噼噼啪啪打在我们的身上和脸上

像小时候外婆絮絮叨叨的叮咛我们早已遗忘

大海啊大海，离我们遥远遥远该有多么遥远

可我们今天已不再属于儿童属于单纯属于幻想

我们一群群五颜六色风风火火我们年轻

精力旺盛总喜欢一天到晚欢欢乐乐匆匆忙忙

像一台机械迂回于教室图书馆我们和知识苦恋

有时对着脏衣服我们也嘻嘻哈哈发泄淡淡的忧伤

常常我们登上阳台眺望远方也把六月眺望

风撩起我们的长发像一曲《蓝色的多瑞河》飘飘荡荡

我们我们我们相信自己的脚步就像相信天空啊

尽管生在北方的田野影集里也要有大海的喧响

六月，看海去看海去我们看海去

我们要枕着沙滩也让沙滩多情地抚摸我们赤裸的情感

让那海天无边的苍茫回映我们心灵的空旷

拣拾一颗颗不知是丢失还是扔掉的贝壳我们高高兴兴

再把它们一颗颗串起也串起我们闪光的向往

我们是一群东奔西闯狂妄自信的探险家啊

我们总以为生下来就经受过考验经受过风霜

长大了不信神不信鬼甚至不相信我们有太多的幼稚

我们我们我们就是不愿意停留在生活的坐标轴上

六月是我们的季节很久我们就期待我们期待了很久

看海去看海去没有驼铃我们也要去远方

选自《绿风》1985年第1期，1985年1月10日

太阳和他的反光

江河

把我的诗撒进黄河，令我安慰。黄河孕育过中国的文化。

任何民族都有自己的神话，自己心理建构的原型，作为生命隐秘的启示，以点石生辉。神话并不提供蓝图。他把精灵传递到一代又一代人的手指上，实现远古的梦想。

诗为国魂。早有夙愿，将中国神话蕴含之气贯通至今，使青铜的威武静慑、砖瓦的古朴、墓雕的浑重、瓷的清雅等等荡穿其中，催动诗歌开放。

面对于艺术，我总有敬畏之感。诗的最高境界是和谐，生机静然萌动。我若能在这样的心境里站上一会儿，该有多好。

开天

蜷曲着
一张古老的弓
被悠悠的漫长的时间拉紧
混沌的日子，幽闭
而无边

巨大的黑色的蚌喘息着张开

黏稠喑哑的弦缓缓拉直开始颤动

他的胸脯渐渐展宽郁闷地变蓝

他的心将离他而去

辽远的目光在早上醒来

晴朗的快感碧波万里

喷吐着泡沫，筑起岛屿的蜂巢

柔情蜜意地歌唱太阳

而大地如此粗糙

他伏在海洋空阔的案头

面对无字的帆，狂风不定的语言

珊瑚、礁石、互相吞噬的鱼

寂静凶狠地在他腹中鼓噪

海草卷上岸边，纷乱的心绪

缠进泥里，揉搓于沙子里

像卵石零星孵化的瑟缩的鸟雏

他渴望海鸥漫天袭来

把他啄食干净

带着他成千上万地遨游太空

这时浪头撕碎了他所有的梦境

太阳枕着的手臂抖起他的思想

火云蜂拥飞向大地

灰烬如墨，泼向江河、瀑布和松涛

他拂袖以雪原覆盖，点上孤独的足迹

安然睡去，等候月色映出神圣的春天

补天

她从遥远的地方走来

阳光间的谷穗一闪一闪

天空蓝色的拱顶归向太阳

水银的花蕊一群金蜂

宁静的空气欢悦得令人晕眩

她走过大地的殿堂

叶子围着她的腰

围着棕红的陶罐环舞

藤蔓悠悠一对光洁的果子

她的步态有如秋天

那酣畅的雾气始于神往

乌鸦蚀日，闪电咬噬着树木

夏天的洪水，赤裸的风暴

丛林燃烧，天空垂落

她如虹的手指轻扬滑过山腰

抚摸金黄的兽皮使白云点点

她炼石柔韧生辉，波纹返照

太阳像温驯的牝鹿卧在莽原

之后她舒展如歌，鸟雀

群栖巉岩安详地梳理羽毛

五彩缤纷地绣满了黄昏

她在近处隐没

谦逊地洗去遍身花朵

任叶子松软地平息身边

她仿佛住进永恒的房子

罐中的水声昼夜汩汩轻鸣

那里面像是浸着她的双脚

闲暇地搅动，水波圈圈散开

听鱼群神游正在贴向湖面

选自《黄河》1985 年第 1 期，1985 年 1 月 25 日

触电

北岛

我曾和一个无形的人

握手，一声惨叫

我的手被烫伤

留下了烙印

当我和那些有形的人

握手，一声惨叫

他们的手被烫伤

留下了烙印

我不敢再和别人握手

总是把手藏在背后

可当我祈祷

上苍，双手合十

一声惨叫

在我的内心深处

留下了烙印

　　　　选自《大学生诗报》1985 年第 2 期

牦牛

阿来

在痛苦与希望之间，在忍耐与焦灼之间

强悍且坚韧

装饰西部高原沉重的风景

脊梁上就这样日起月落

雪散又风起

就这样穿过无边的草原

残雪间有碛石

碛石下有地藓

而岁月如冰雪在高原上层层累积

而你们就这样一群群沉默如祖先

也在雪一般的雾与雾一般的雷中打过转

而你们的弟兄

——负书囊的驴与拉战车的马

已走了多么远

你们竟因此而悲哀吗

眼中有泪坠于牛角琴声注满的夜

亮而且冷：如星如月

或把悲哀掩于大风起前的沉默吗

但你们毕竟用蹄声摇动驿铃

用铃声催动蹄声

沉默且强悍

    且坚韧

如高原的风景如高原的命运

前行

一路上有先辈枯骨的磷火闪烁

狼嗥亦如磷火闪烁

但你们仍在赤膊的驮脚汉

嘶哑的吆喝声里

前行

四蹄下迸散一路火星

驮着青稞

驮着生命

驮着歌声，驮着爱情

你们

隆起脊梁如山岭

浑厚且冷峻

　　且坚韧；

谁说驿铃声快冻僵了

不！不！

只要有真正的热血流动

有那群真正的康巴汉

　　　　选自《诗刊》1985 年第 3 期，1985 年 3 月 10 日

这也许就是爱情

林雪

我感到你在注视我

从榛树丛的新鲜叶片

我惶惑地躲避你那两束

　　灼人的热带目光

而日日夜夜　无论我想到还是不想

　　总有两个橄榄枝般温柔的字

催我选择那个一模一样的夜晚

去对你静静说出

一切都来不及发生

这当然得怪我的羞涩

许许多多的期待后你失望了

直到有一天你背起挎包去向远方

生活似乎又重新平静

然而在夏季　在有露水的清晨

我习惯了踩湿道路

去看望你的榛树林

我会长久地眺望大路

并清晰地听见自己心里

有什么情感　　使沉寂的　　二十岁青春

悄然觉醒

选自《诗刊》1985年第4期，1985年4月10日

中国画（节选）

王家新

山水人物

不是隐士，不是神

你浑然坐忘于山林之间

如一突出的石头

来路早已消失，而木杖

被你随手一丢

遂成身之外的一片疏林

一千个秋天就这样过去
而谁能以手敲响时间，把你
从静静的画框里唤醒？

鱼

鱼在纸上
一条鱼，从画师的笔下
给我带来了河流

就是这条鱼
从深深的静默中升起
它穿过宋元、龙门
和墨绿的荷叶
向我摇曳而来

淙淙地，鱼儿来了
而在它突然的凝望下
干枯的我
被渐渐带进了河流……

雪意

雪后。雪在对山上
突然呈现出松林的葱茏
且使我

看清崖石之黑色

哦，需要凝聚起
整个世界的宁静，才能
在这一刻
深深地画出光的呼吸
是谁从雪地上嚓嚓走过？
遂惊醒
灵魂又返回自身……

暝泊

从夕阳那里顺流漂来
一转弯，泊在山镇之下
泊于渐浓的黄昏
而雾，在这时升起……

系缆在徐徐的晚风上
让小船轻点、再轻一点
而且，为了这内心的喜悦
画师呵，泼下如梦的墨吧

于是，夜降临
而隐现于暝色中的舟子
在这时举起杯来，开始
向岸上的第一盏灯火

遥遥地祝福

　　选自《星星》诗刊 1985 年第 4 期

亚洲铜

海子

亚洲铜，亚洲铜

祖父死在这里，父亲死在这里，我也将死在这里

你是唯一的一块埋人的地方

亚洲铜，亚洲铜

爱怀疑和爱飞翔的是鸟，淹没一切的是海水

你的主人却是青草，住在自己细小的腰上，守住野花的手掌和秘密

亚洲铜，亚洲铜

看见了吗？那两只白鸽子，它是屈原遗落在沙滩上的白鞋子

让我们——我们和河流一起，穿上它吧

亚洲铜，亚洲铜

击鼓之后，我们把在黑暗中跳舞的心脏叫做月亮

这月亮主要由你构成

　　选自《草原》1985 年第 4 期

早晨的花

顾城

（一）

所有花都在睡去
风一点点走近篱笆

所有花都在睡去
风一点点走近篱笆
所有花都逐渐在草坡上
睡去，风一点点走近篱笆
所有花都含着蜜水
所有细碎的叶子
都含着蜜水

（二）

她们用花萼鸣叫
她们用花萼鸣叫
细细的舌尖上闪着蜜水
蜂鸟在我耳边轻轻啄着
她用花心鸣叫
风在篱笆附近响着

远处是孩子，是泡沫的喧嚷

她用花心鸣叫

午后的影子又大又轻

她用花心鸣叫

我同时看见

她和近旁的梦幻

（三）

午后的影子又大又轻

早晨的花很薄

早晨的花在坡地上睡去

早晨的花很薄

被海水涂过的窗贝

也是这样. 很薄

早晨的花很薄

陆地像木盆一样摇着

早晨的花很薄

木盆在海上. 木盆是海上的

早晨的花也是海上的

（四）

我不是海上的

空气中有明亮的波纹

花朵很薄

我不是海上的
早晨的花呵
我不是海上的

她们用花心唱歌
在海上，我被轻轻地揉着
像叶子一样碎了
海有点甜了
我不是海上的

花在睡去．早晨在哪
风正一点点侧过身
穿越篱笆

选自《丑小鸭》1985 年第 5 期，1985 年 5 月 7 日

飞天
——《敦煌》组诗之三
杨炼

我不是鸟，当天空急速地向后崩溃
一片黑色的海，我不是鱼
身影陷入某一瞬间、某一点

我飞翔，还是静止

超越，还是临终挣扎

升，或者降（同样轻盈的姿势）

朝千年之下，千年之上？

全部经历不过这堵又冷又湿的墙

诞辰和末日，整夜哭泣

沙漠那麻醉剂的咸味，被风

充满一个默默无言的女人

一小块贞操似的茫然的净土

褪色的星辰，东方的神秘

花朵摇摇欲坠

表演着应有的温柔

醒来，还是即将睡去？我微合的双眼

在几乎无限的时光尽头扩张，望穿噩梦

一种习惯，为时待弹琴

一层擦不掉的笑容．早已生锈

苔藓像另一幅壁画悄悄腐烂

我憎恨黑暗，却不得不跟随黑暗

夜来临。夜，整个世界

现实之手，扼住想象的鲜艳的裂痕

歌唱，在这儿

是年轻力壮的苍蝇的特长

人群流过，我被那些我看着

在自己脚下、自己头上，变换一千重面孔

千度沧桑无奈石窟一动不动的寂寞

庞大的实体，还是精致的虚无

生，还是死——我像一只摆停在天地之间

舞蹈的灵魂，锤成薄片

在这一点，这一片刻，在到处，在永恒

一根飘带因太久的垂落失去深度

太久了，面前和背后那一派茫茫黄土

我萌芽，还是与少女们的尸骨对话

用一种墓穴间发黑的语言

一个战栗的孤独，彼此触摸

没有方向．也似乎有一切方向

渴望朝四周激越，又退回这无情的宁静

苦苦漂泊，自足只是我的轮廓

千年以下，千年以上

我飞如鸟，到视线之外聆听之外

我坠如鱼，张着嘴，无声无息

选自《人民文学》1985 年第 5 期，1985 年 5 月 20 日

满月

王小妮

满月升起
在我枕边的七尺之外
那心事盈盈的月亮

失眠的吉他手
沿月光统领的街
踏出蓬乱的节奏
心随意颠簸
于是便无限宁静

有许多银链回旋
虽然
没有人情愿触及脚印
可过去了的
才是清晰的
很透明很透明
我走向白夜
靠拢自己

有良心
就不怕坦白

有才华

不可能遮掩

有生命

从不躲避劫难

呵　因为

长久的黯淡和欠缺

而美妙的满月

我们辉煌地升起

更辉煌地陨落

一切　无限宁静

选自《人民文学》1985 年第 5 期，1985 年 5 月 20 日

白天鹅塑像

舒婷

矗立在三明市区，有三只白天鹅……

刚覆上羽衣

冲天而起的欢乐，顷刻

颤抖为云端长唳

丰润舒展的秀腿劲翼

原是三位芳心战栗的少女

黑夜的链条

已化为抑扬顿挫的珍珠

活泉浮托着三朵轻云

冉冉于

曦照如缨如络的芳草地

起飞

起飞，

将一阵迫不及待的冲动

晕红在

山城晨妆的明镜里

选自《诗书画》1985 年第 5 期

星期天

丁当

早餐

咖啡喂掉面包

领带系住西服

系住油腻腻的流行歌曲

猪蹄跑完了青春岁月

悲惨地倒在旧报纸酣睡

旧报纸披露了

一个凶杀案和一个劳模的事迹

被子还在温情地与枕头接吻

枕头不动声色在读青春期卫生

录音机张嘴一声不吭

邓丽君小姐一夜没睡此刻像个处女

一只钢笔一只袜子正和半块馒头聊天

一本打开的数学书上两只苍蝇为一个定理争论不休

阳光赤身裸体地跑进来和蒙娜丽莎调情

蒙娜丽莎微微一笑做了欧洲人的母亲

一位德高望重的空酒瓶连任了三届总统

四十个丈夫走进一个妻子家里又陆续走出

半截香肠和一只老鼠正私下进行会晤

七只雪茄与七个哲学教授吵得不可开交

一把餐刀又窈窕又贤惠至今尚未改嫁

一条新闻在大街上瞎逛又跑到墙角窃窃私语

一瓶酒一把鼻涕一把泪又想起一桩往事

一生未娶一个康德一个安徒生一辈子怎么过令人难过

一双皮鞋一个小巷一个老婆一蹬脚就是一辈子

一个星期天一堆大便一泡尿一个荒诞的念头烟消云散

选自《新穗诗刊》第 5 期

两相惜

余光中

哦，赠我仙人的金发梳

黄金的梳柄像牙齿

梳去今朝的灰发鬓

梳来往日的黑发丝

百年梳三万六千回

梳是拱桥啊发是水

流水冲断了几座桥？

桥下逝去了多少水？

梳去今朝的灰黯黯

梳回往日的亮乌乌

哦，赠我仙人的金发梳

我就会赠你银耳坠

荡在玲珑的小耳垂

守住珍贵的红靥涡

像对辟邪的小守卫

守住唇边的浅浅笑

和你眉下的好风景

不许时间的间谍队

布下细细的鱼尾纹

或是额上的隐隐沟

将你的妩媚暗暗偷

哦，我就会赠你银耳坠

选自《海峡》1985 年第 6 期

文明记事

林耀德

日出

劫烧与大洪水之后

巨河文明的掺掺玉手

揭开野蛮和巫魇的封条

洪荒转成

璀璨

旧石器时代的噩梦才　醒

新石器时代之悟识已　开

呼吸吧　文明

吞吐生命与智慧的光耀

民族的起源　一代代一世世地流传

散落于碑帖上的笔劲

凋零在那渔樵史思

如同天女打翻的手篮

仙女纷纷　流泛人间

海灵敲打岩壁千古不绝不断

光阴鞭笞肉身

人之逆袭　乃用文字嘲弄时序

历史层层旋为螺塔

指向未来

指向光

竹书片片排成编贝

监禁永恒

象形与指事如唇齿哂笑

伏羲执矩　女娲执规

方与圆　是器物造形的基因

补天的素手既抟黄土为人

谢天的民族遂

用立四极的神话来记忆黄土的缅邈

用女娲来怀想母权

用诗来咏叹宇宙

用爱来撒播文明

卿云旗帜　张看之

图腾

结合无数企求和平的脸孔

伟大的国群

开始蕴酿　让共主登高礼乐划一

诸侯　部落　地域性的方言与服色

汇合成　耕于野的苍龙

人与书

民族与太初

盘古和他失落的斧　都不可解地系着

礼乐　历劫而成

诗歌　历劫而兴

器物　历劫而有情

民族　历劫而强韧

我们继续耕作而不知帝力

仰观星象

俯察人事

让龟甲穿凿不思议的自然

任卦爻啄啐着时空奥妙

徘徊天地之间

转徙于河洛滨湄

噫　我们从此成为

天之子胤

承继大地繁枀的恩泽

岁月跌宕任芜

江河在哭

筮者

那向空蒙打出一掌的男子

着白衣　以致衣袖滚满阳光的去势

掌纹遂自焚为　幻化流火

五月丙午　阳燧

一记心雷

击裂自然的石磬

毁败时空无止序列之编钟

两手紧拈

蓍草便扎根于指窝下深埋的静脉

交绥着　筮者与宇宙

天地夹合又分离

柔弱的蓍草长成

交通天地的

列

柱

简易

变易

不易

仅仅五十根蓍草　已足够

追索万有与绝对空寂的流程生灭

被夹杀的闰月　遂死于食指与中指间隙

卦和爻

断续之际

吸摄风雷雾电水火

煮熟未来

煮熟未来

我柔和地解下　宿命的斗篷

古玉

在千支的流沙中悬浮

古墓中的古玉

千年　已被尸血渗透

　　那褐色　凿入结晶的无缝

　　以缓慢与无限之耐心

另一种无明的造形

蕴蔚旋纹　以回阶渡向幽冥核心

犹海之皱纹于无月之夜

似我舞祭的身姿在时时转换浓淡的巨幕前

化为象形安静的文字

　　笔划极低温度而不具棱角

世纪开创以后

先民的残梦

透过古玉上的刻狮

发出无声的

　　　　狂

　　　　吼

狂吼　那狮

出土不久

突然黯淡　消沉

　　突然长满一身的苔

完全覆盖旋纹　以及泛潮的梦

晋世宁舞

翻转　反覆
险中险　盘与掌依旧紧合
节拍愈快　飞旋的身影愈淡
渐不辨面目

一只黑象冲出
踩扁如脱线陀螺的舞者
盘也碎成粉末

于是在更长以及更长的世代后
这种结果终因一再重演而成为
晋世宁舞必然的收场

太庙与孔庙

一度　太庙以鼠的频率繁殖着
预计某日将占满大地

一度　孔庙采取阿米巴式的分裂复制
预计某日将占满大地
他们事先互相吞噬着　以富远见的利齿
他们事先都毁败在历史的灰烬里

汉阳诸姬

听

那仅仅是古典和温婉吗

她们的跫音　声　声　如荷尖滴露

在纹身的壁中款款

脱出　千载淡眠

醒　便敲亮满空繁星

真诚而饱实的乳房　晕尖隐约

映射着光影郁缘

羽翼　蝉衫　水带

升入天际环成不织的锦绣

舞出花之幻　云之动　龙之变

无极的漩涡

缩入我扩张的瞳仁

审视壁上的真空

多寂寞和恨

我喝破死寂　凄而厉

击掌

快歌

悲不能自已

选自《中外文学》1985 年第 6 期

阳光中的向日葵

芒克

你看到了吗

你看到阳光中的那棵向日葵了吗

你看它，它没有低下头

而是在把头转向身后

它把头转了过去

就好像是为了一口咬断

那套在它脖子上的

那牵在太阳手中的绳索

你看到了吗

你看到那棵昂着头

怒视着太阳的向日葵了吗

它的头几乎已把太阳遮住

它的头即使是在没有太阳的时候

也依然在闪耀着光芒

你看到那棵向日葵了吗

你应该走近它去看看

你走近它你便会发现

它的生命是和土地连在一起的

它脚下的那片泥土

每抓起一把

都一定会攥出血来

选自《诗歌报》1985 年第 7 期，1985 年 7 月 6 日

自写历史自画像

尚仲敏

脸上有两块刀痕

曾经是一条好汉

不外乎某个晚上

遇到一群歹徒追逐某位少女

挥拳打了过去之后

倒在记者的镁光灯下

和一张报纸的夹缝里

为此，听到有个姑娘说她喜欢

总感到钱不是很多

要坐船属于五等舱那一类

偶尔逛逛商店也不怎么理直气壮

幸亏在穷困潦倒里呆过

对生活要求不高

随便抓起什么食物均可下肚

至于衣服

通常有一颗或两颖纽扣

在农村生长过一段时期

十三岁那年学会耕田扶犁

总忘不了祖母的澎湖湾

至今只崇拜祖母一人

她去年七月去世

当时我用空酒瓶砸了宿舍玻璃门

从拘留所出来

太阳正好落到山那边

我开始沉默

开始有选择地对人微笑

有时觉得和杜丘没有什么区别

终日奔波在很多目光的追捕里

朋友们都说你家伙是怎么搞的

干吗半夜起来吃几杯黑咖啡

再扯起嗓门吼几声

干吗要躲在蚊帐里拼命地抽烟

写一些狂人日记

堂·吉诃德般对风车作战

母亲吓坏了

和一批心理学家嘀咕了五个小时

便一日三次地摊开几张女性照片

说是这小子该谈谈恋爱了

其实我心里明白

爱情那玩意儿

是糊里糊涂搞到手的么

选自《飞天》1985 年 9 月号，1985 年 9 月 5 日

为了面包

蓝马

为了面包

果树用树枝嘲笑天空

花朵没有失望

阴影拜倒在地下

圣母院的楼顶落满一群钟声……

为了面包

小女孩扔掉了自己的玩具

旅行袋沉甸甸的

她绕过冬天的地裂子

站在自己应该站的位置上

组织微笑

为了面包

马车唱起漏风的歌谣

山上喊声撕碎黄昏了

妈妈在洗衣裳呢

因为明天已经是夏季

爸爸还穿着棉袄

为了面包

蒲公英在空中寻找道路

蜘蛛网压住人们的被角

日子被锁在抽屉里

苍蝇与青蛙相互问好

是乘着汽车，向天边

人们在淌涎水，笑着、哭……

选自《丑小鸭》1985 年 9 月号，1985 年 9 月 7 日

毕业分配

李亚伟

所有的东西都在夏天

被毕业分配了

哥儿们都把女朋友留在低年级

留在宽大的教室里读死书读她们自个儿的死信

但是我会主动和你联系，会在信中

向你谈及我的新生活、新环境及有趣的邻居

准时向你报告肝肿大已有所好转的喜讯

逢年过节

我还会给你寄上一颗母狗牙齿做的假钻石

寄出山羊皮、涪陵榨菜或别的什么土特产

如果你想我想得厉害

就在上古汉语课的时候写封痛苦的情书

但鉴于我不爱回信的习惯

你就干脆抽空把你自己寄来

我会把你当一个凯旋的将军来迎接

我要请摄影记者来车站追拍我们历史性的会晤

我绝对不会躲着不见你

不会借故值班溜之大吉

不会向上级要求去很远的下属单位蹲点什么的

我要在光天化日之下把你紧紧搂在怀里

粗声大气地哭一通，掉下大滴的眼泪在你脸上

直到你发生呼吸困难

然后，我要清醒过来

拖着你朝山上飞跑

并且逢人就大声宣布：

"瞧，我的未婚妻！这是我的老婆咧！"

你不要看到我的衣着打扮就大为吃惊

不要过久地打量我粗黑的面容和身着的狐皮背心

要尊重我帽子上的野鸡毛

不要看到我去联想生物实验楼上的那些标本

不要闻不惯我身上的怪味

至少不要表露出来使我大为伤感

走进我的毡房

不要撇嘴，

不要扯下壁上的貂皮换上世界名画什么的

如果你质问我为什么不回信

我会骄傲地回答：写字那玩意

此地一点也不时兴！

你不必为我的处境搞些喟然长叹、潸然泪下

之类的玩意

见了骑毛驴的酋长、族长或什么蛮夷

更不能怒气冲冲上前质问

不要认为是他们在迫害我

把我变成了猩猩、野猪或灵长类

他们是最正直的人

是我的好兄弟

如果你感兴趣

我会教你骑马、摔跤、在绝壁上攀岩

教你如何把有夹的猎枪刺在树上射击

教你喝生水吃生肉

再教你跳摆手舞或唱哈达什么的

你和我结婚，为此

我会高兴得死去活来

我们会迅速生下一大打巴特、库尔班

这些威武的小家伙、小蛮夷

一下地就能穿上马靴和豹皮裤衩

成天骑着马狂奔打唿哨

他们的足迹会遍布塞外

遍布玉门关、长城、山海关

遍布东欧平原

待最后一个小混蛋长大成人

我就亲自挂帅远征

并封你为压寨夫人

我们将骑着膘肥体壮的唐朝马

穿过北魏、西夏，火烧鲜卑人的粮草

去更遥远的地方戍边

到我生命毕业或你生命毕业的时候

你仍然是我的好妻子

永远是我的好老婆

选自《丑小鸭》1985 年 9 月号，1985 年 9 月 7 日

斯人

昌耀

静极——谁的叹嘘？

密西西比河此刻风雨，在那边攀缘而走。

地球这壁，一人无语独坐。

选自《星星诗刊》1985 年 9 月号

鸽子（节选）

西川

1

在那黑暗的水面上，
鸽影是白色的鱼。

2

用一次生命，
穿越撒哈拉大沙漠的，
只有鸽子。

3

是什么人，
将种子播散在
天空，使它们
驮着海的颜色飞动。

4

一条街道，
连着一条街道，
一条街道，
截断一打街道，
而鸽子一群又一群……

5

鸽群落满陈旧的屋顶，
晾衣裳的女人
并没有抬起头来。

6

鸽哨在烟囱上哑然了，
于是有人想起那鸽子。

7

如果你已遗忘了，
对于世界的爱恋
你请注视它们

8

在鸽笼里，
二十六只眼睛
从每一个人的脸上掠过！

9

一个光环覆盖一个光环：
鸽影——
仿佛一个梦，
与另一个梦重叠。

10

你在空中飞，
街上的人望见你的胸腹，
楼上的我望见你的背；
也许有人在更高的地方
正望着你和我。

选自《诗选刊》1985 年 11 月号，1985 年 11 月 10 日

紫禁城随想

莫非

长满小麦的田垄

被截断

烧制了大殿的金黄的砖瓦

对照着千百年的饥饿

模仿着翅膀的飞檐

却无力挑起沉沉的落日

粗壮的楠木凌架在我的愿望之上

数不清的黄昏

像我不幸的姐妹一样孤独

在光滑的石栏上衰老

没有属于自己的青春

无端的池水

却在四周循环着厄运

巨龙在浮雕上无力游动

月光沉淀着

仿佛每一场风雪

都化为灰白的石头阶梯

通向了死亡的征途

高墙在外围牢牢地耸立着

仿佛只有从一道门缝里

才看出一个帝国的破绽

一层层枯叶积压着冬天

毫不影响皇冠的脱落

圣旨被传阅着

我的兄弟却世袭着苦难道路的折磨

即使禁严的枷锁

仍旧可以找到争取自由的裂痕

用智慧铸成的宝剑

不会再轻易地交给帝王的卫兵

不会再让我的长矛和锄头

仅仅成为一个民族苦难的把柄

我的视野

不能再次倒伏在空旷的平原上

使我的米仓仅仅盛满雪白的北风

我的身躯弯向田垄

被拉起的地平线

射出了在我心中磨砺已久的响箭

选自《丑小鸭》1985 年 12 月号，1985 年 12 月 7 日

巨灵

昌耀

西部的城。西关桥上。一年年

我看着南川河夏日里体态丰盈肥硕，

而秋后复归清瘦萧素。

在我倾心的塞上有一撮不化的白雪，

那却是祁连山高洁的冰峰。

被迫西征的大月氏人曾在那里支起游荡的穹庐。

我已几次食言推迟我的访问。

日久，阿力克雪原的大风，

可还记得我年幼的飘发？

其实我何曾离开过那条山脉，

在收获铜石、稞麦与雄麝之宝的梦里

我永远是新垦地的一个磨镰人。

古战场从我身后加速退去，

故人多半望我笑而不语。

请问：这土地谁爱得最深？

多情者额头的万仞沟壑正逐年加宽。

孩子笑我下颏已生出几枝棘手的白刺。

我将是古史的回声。

是逸漏于土壤的铁质。是这钙。这磷……

但巨灵时时召唤人们不要凝固僵滞麻木：

美的"黄金分割"从常变中悟得，

生命自"对称性破缺"中走来。

照耀吧，红缎子覆盖的接天旷原，

在你黄河神的圣殿，是巨灵的手

创造了这些被膜拜的饕餮兽、凤鸟、夔龙……

惟化育了故国神明的卵壳配享如许的尊崇。

我攀登愈高，发觉中途岛离我愈近。

视平线远了，而近海已毕现于陆棚。

宇宙之辉煌恒有与我共振的频率。

能不感受到那一大摇撼？

总要坐卧不宁。

我们从殷墟的龟甲察看一次古老的日食。

我们从圣贤的典籍搜寻湮塞的古河。

我们不断在历史中校准历史。

我们不断在历史中变作历史。

我们得以领略其全部悲壮的使命感

是巨灵的召唤。

没有后悔。

直到最后一分钟。

选自《诗潮》创刊

奇遇

孟浪

谁都说他自己一生都在追求真理

等候快车的丁点工夫他就盯上一个女人

他跟在这个女人后面下了车

走进一条很深的巷子

在巷子的尽头女人突然转过身来

他突然发现这个女人很面熟

至少有一次他不得不停住脚步的时候

女人的丈夫打开了门

女人的身影发出最后一闪

屋子里的灯亮起来了

巷子很暗

他迎面向这个女人走去

他要向这个女人表白一生都在追求真理

现在必须一起走出这条巷子

随便找一个车站，随便上哪一辆车

谁都忍不住叫好

漫长的旅途中真理是一张座位

选自《海上》出刊第 1 号

有关大雁塔

韩东

有关大雁塔

我们又能知道些什么

有很多人从远方赶来

为了爬上去

做一次英雄

也有的还来做第二次

或者更多

那些不得意的人们

那些发福的人们

统统爬上去

做一做英雄

然后下来

走进这条大街

转眼不见了

也有有种的往下跳

在台阶上开一朵红花

那就真的成了英雄

当代英雄

有关大雁塔

我们又能知道什么

我们爬上去

看看四周的风景

然后再下来

选自《他们》创刊第 1 期

美国妇女杂志

陆忆敏

从此窗望出去
你知道，应有尽有
无花的树下，你看看
那群生动的人

把发辫绕上右鬓的
把头发披覆脸颊的
目光板直的，或讥诮的女士
你认认那群人，一个一个

谁曾经是我
谁是我的一天，一个秋天的日子
谁是我的一个春天和几个春天
谁？曾经是我？

我们不时地倒向尘埃或奔来奔去
看词典，翻到死亡这一页
我们剪贴这个词，刺绣这个字眼
拆开它的九个笔画又装上

人们看着这场忙碌

看了几个世纪了

他们夸我们干得好，勇敢，镇定

他们就这样描述

你认认那群人

谁曾经是我

我站在你跟前

已洗手不干

选自《他们》创刊第 1 期

父亲和我

吕德安

父亲和我

我们并肩走着

秋雨稍歇

和前一阵雨

像隔了多年时光

我们走在雨和雨的间歇里

肩头清晰地靠在一起

却没有一句要说的话

我们刚从屋子里出来

所以没有一句要说的话

这是长久生活在一起

造成的

滴水的声音像折下的一条细枝条

像过冬的梅花

父亲的头发已经全白

但这近似于一种灵魂

会使人不禁肃然起敬

依然是熟悉的街道

熟悉的人要举手致意

父亲和我都怀着难言的恩情

安详地走着

选自《他们》创刊第 1 期

镜中

张枣

只要想起一生中后悔的事

梅花便落了下来

比如看她游泳到河的另一边

比如登上一株松木梯子

危险的事固然美丽

不如看她骑马归来

面颊温暖

羞涩。低下头，回答着皇帝

一面镜子永远等候她

让她坐到镜中常坐的地方

望着窗外，只要想起一生中后悔的事

梅花便落满了南山

选自《日日新》创刊

巨匠

廖亦武

你苏醒的时候白昼开始圆寂

阵阵浊风灌耳，像热烘烘的拐马在苍茫里神驰

你的耳轮，神秘之境的门户，被金属的马肋摩擦得铮亮

你赖以生存的世纪被轻易击毁———一道幽光把深刻的谜指给未来

　　　　花园倾废了，人体退入化石，岩壳

　　　　发出玻璃的碎响

　　　　似在大唱事物的不朽之歌

铺展目光，恍若梦在延续，栋梁折断

只有一棵树孤立在泥淖上，作为大变迁留下的唯一物证。

你抚抱树干含泪重温那座名城，那座辉煌的塔

塔尖把丰硕的妇女插入云端，象征人类向天空繁殖的愿望
萧索的人哪，这就是痛苦——被大地的磁力制约
在无根无垠的渊薮里你将无枝可栖！

飞鸟因坠落而腐烂，流沙灌进凹谷，充填着我们漫长的日子
　　　　你望着历史之腹无意义地膨胀，捏紧空拳
瘦石从荒蒿里伸出僵直的颈项，向你揭示鹿群最后挣扎的惨状
"这是同胞"，你拥抱了所有的鹿头，并划上一个个陌生的名字

为一种文明的沉沦而默哀吧！金砂点点
是不夜城的缩影，空心草敲奏着酒香四溢的瓶乐
你出入酒馆而梦游八极，出入女人而日渐温柔
初冬的瑞雪姗姗来迟，季节的旗帜宛如鹅毛
　　　　和阴沉沉的钢板建造物相映成趣
童话！人类的希望！喜庆的蛛网是吉兆
能治愈王者的创伤，饱经忧患的娼妓的创伤

这就是所谓艺术的时代，传统使蛇变成圣物，寻根之说盛行
天人合一笼罩着这幅员辽阔的疆域，一个超现实的声音召谕着漫
　　游者：
回来吧回来吧，没有坟墓的自由，是莫大的虚无！

在人生的穹门下你不寒而栗，一条白鲸的幻象随你的颤抖浮升
双重的生命线啊，使你在昏睡里逃脱劫难。你刚开口说话——

　　一记沉雷碾过冥昏　酷似大鹏鸟的一声长唳　天幕粗野地扇动
着　羽翅喧沸的罅缝里漏下一红一白两道大潮　仿佛是日月被液化
的状态　哦　星宿们　星宿们在无形之手里被改造过的星宿们　超脱
引力　是什么在规定你们的寿限?
犹如地球上一粒微小的生物　你们真是赞叹不尽的奇迹呀!

昼夜的国界穿透手心　你刚开口　元素搅和的泥浆喷灌　与日月之
潮融为一体　妇女们沉浸于隆隆变幻的时空　受孕　每个孩子都是
精华之精华　屁股上抹着宇宙深处的指痕

眼睛狂泻疾雨　泪啊!　你刚开口　声带里就发出亿万个声音
从低到高直至永远　几千年的思想化作一个递增的节奏向上放射
你　灵魂们所依附的皮肉之城啊!

人类感情始于你而终于你　你这被对抗撕裂的一代巨匠呀!
手脚僵硬如凿　沿岩壁隽刻文字　万千年轮任你的笔锋删削
你的心搏泵出糖浆
新世界的植物将是甜的　甲板剖开胸膛
写吧写吧　你这个性迷失的活机械　受
切控制从来不属于自己

　　　　写吧写吧

　　　选自《中国当代实验诗歌》创刊号

雪的消息

许悔之

七月。着火

如不安的流言自远方

燎烧而来

膜拜。顶礼

微萤以虔诚之心向一口枯井

膜拜

直到 群山众壑躺下

蝉噪与火舌

停止争吵

旷野让出所有的苍茫来聆听

雪的消息

选自《联合文学》第 2 卷第 1 期

黑衣

陈东东

黑衣穿到了杜牧身上。他倒下

像一头被豹咬伤的非洲羚羊

听秃鹫讲述最坏的消息

当他梦见李贺以前，在土坡一侧
他首先遇到了孤寂的
我，坐在假日的餐桌前，端着一杯倾斜的水

远远看去，树像一只细腿的鹤鸟
迎风起舞
也迎着驴背上瘦瘦的亡灵

一件黑衣
一双扇动的翅膀
一对鹰眼

选自《海上》第2号

迷人的海

郁郁

在梦里自杀一次或者一千次
第二天照样爬出被窝像爬出坟墓
自杀一千零一次
《天方夜谭》最后一页有巴掌大的空白
用阿拉伯数字书写遗言
觊觎的眼睛在黑袍里迅速生长

尸骨也是遗产

小心翼翼为之守灵

如同守着自己一生的最后

以后由墓碑守你

它不需要换岗

夜间巡逻

灵魂忠于职守

直到黎明叩开梦的胸怀

她蹑手蹑脚抱起枕头

好多年以前

主人完美地走完了她

双双自杀于温暖的回忆

生和死都一样

迷人的海

谁不想去领略一番，谁不想

选自《海上》第 2 号

坏脾气

陈斐雯

离开旋转盘后

所有的木马

都断了腿

我提供翅膀

煽动它们

向随便一个方向

飞去

也不为什么

只是不喜欢

它们若无其事地

在原地打转

选自《蓝星诗刊》第 3 号

广告

古苍梧

荧幕上的香烟广告

清丽的女子、白衣

手执芭蕉叶、白兰花

微笑地涉水而来

壮健的男子、白裤

把鱼网撒向碧海与蓝天

你打我窗前走过

向我招手

回头一看

广告完了

再回头时

人已不见

把荧幕熄掉

　　　灯关了

月光从窗外注入

墙上：

　　　你的影子！

啊不：

　　　我的影子！

忧伤地垂下窗帘

无声地躺下

你

却在黑暗中出现

　　　　选自《香港文学》第 2 期

香港

力匡

没有什么好担心的

如果英国人要走

如果中国人要来

英国人自然要回去英国

香港本来是中国的领土

香港的故事

是海盗的故事

有张保仔

有阿香

和阿裙

半山有条裙带路

我常常在裙带路散步

十九世纪的鸦片之战

使大清帝国蒙羞

使渔村变成商港

香港有些地名

是渔船集散之所

如鸭脷洲、筲箕湾、铜锣湾

以象形得名

香港有般含道罗便臣道

这全是港督的名字

九龙有窝打老道

来自光荣的滑铁卢

只是鸦片战争并不光荣

江宁条约只说明两点

英国商人贩卖鸦片

道光皇帝非常糊涂

一段耻辱的历史
继续了一百四十三年
知道撒切尔夫人东来
中国和英国同意
把香港主权还给中国
新的中国

中国人答应了
共产主义和资本主义
将同时生存
这叫一个城市两个制度

香港人可以自由旅行
可以买卖股票赚钱
香港人可以拥有私有财产
就像我的弟弟
他在香港出生、成长
他住在自己的楼下不必交租

我曾在香港居住
曾投票选出非官守议员
我在香港时生活并不愉快
我觉得现在的香港比较进步
现在的香港比以前更好

明天的香港将比今天更好

选自《香港文学》第 6 期

尚义街六号

于坚

尚义街六号

法国式的黄房子

老吴的裤子晾在二楼

喊一声　胯下就钻出戴眼镜的脑袋

隔壁的大厕所

天天清早排着长队

我们往往在黄昏光临

打开烟盒　　打开嘴巴

打开灯

墙上钉着于坚的画

许多人不以为然

他们只认识梵高

老卡的衬衣　揉成一团抹布

我们用它拭手上的果汁

他在翻一本黄书

后来他恋爱了

常常双双来临

在这里吵架　在这里调情

有一天他们宣告分手

朋友们一阵轻松　很高兴

次日他又送来结婚的请柬

大家也衣冠楚楚　前去赴宴

桌上总是摊开朱小羊的手稿

那些字乱七八糟

这个杂种警察一样盯牢我们

面对那双红丝丝的眼睛

我们只好说得朦胧

像一首时髦的诗

李勃的拖鞋压着费嘉的皮鞋

他已经成名了　有一本蓝皮会员证

他常常躺在上边

告诉我们应该怎样穿鞋子

怎样小便　怎样洗短裤

怎样炒白菜　怎样睡觉　等等

八二年他从北京回来

外表比过去深沉

他讲文坛内幕

口气像作协主席

茶水是老吴的　电表是老吴的

地板是老吴的　邻居是老吴的

媳妇是老吴的　胃舒平是老吴的

口痰烟头空气朋友　是老吴的

老吴的笔躲在抽屉里

很少露面

没有妓女的城市

童男子们老练地谈着女人

偶尔有裙子们进来

大家就扣好纽扣

那年纪我们都渴望钻进一条裙子

又不肯弯下腰去

于坚还没有成名

每回都被教训

在一张旧报纸上

他写下许多意味深长的笔名

有一人大家都很怕他

他在某某处工作

"他来是有用心的,

我们什么也不要讲!"

有些日子天气不好

生活中经常倒霉

我们就攻击费嘉的近作

称朱小羊为大师

后来这只羊摸摸钱包

支支吾吾　闪烁其词
八张嘴马上笑嘻嘻地站起

那是智慧的年代
许多谈话如果录音
可以出一本名著

那是热闹的年代
许多脸都在这里出现
今天你去城里问问
他们都大名鼎鼎

外面下着小雨
我们来到街上
空荡荡的大厕所
他第一回独自使用

一些人结婚了
一些人成名了
一些人要到西部
老吴也要去西部
大家骂他硬充汉子
心中惶惶不安

吴文光　你走了
今晚我去哪里混饭

恩恩怨怨 吵吵嚷嚷

大家终于走散

剩下一片空地板

像一张旧唱片 再也不响

在别的地方

我们常常提到尚义街六号

说是很多年后的一天

孩子们要来参观

1984 年 6 月

选自《他们》文学社交流资料之二

黑大春小夜曲

黑大春

你回来的时候 没有多久

你留着一个 男孩子的头

虽然 你的乳房还是 又甜又小

但我绿叶般的手掌 已永远失掉了

那一对曾熟睡在 我往昔梦幻中的 娇柔欲滴的 樱桃

呵 我最后一次触摸你 鹅卵的 夜晚

那凋谢一边的衣裳 犹如情人都已离去的花园

你回来的时候 一下揪断了 密密麻麻的 雨的项链

滴水的声音 似乎就像 重新滴到天上的 星星 幽蓝成串

于是 你哭了 但在你泛着泡沫的 眼睛 里面

我————一个男子汉的肖像

已消失 不见

呵 我最后一次逃离你 隧洞的 夜晚

那标记着箭头与劫数的站牌 犹如旗帜 犹如断壁一般

选自黑大春著《圆明园酒鬼》，漓江出版社 1988 年 3 月版

手枪

欧阳江河

手枪可以拆开

拆作两件不相关的东西

一件是手，一件是枪

枪变长可以成为一个党

手涂黑可以成为另一个党

而东西本身可以再拆

直到成为相反的向度

世界在无穷的拆字法中分离

人用一只眼睛寻找爱情

另一只眼睛压进枪膛

子弹眉来眼去

鼻子对准敌人的客厅

政治向左倾斜

一个人朝东方开枪

另一个人在西方倒下

黑手党戴上白手套

长枪党改用短枪

永远的维纳斯站在石头里

她的手拒绝了人类

从她的胸脯拉出两只抽屉

里面有两粒子弹，一支枪

要扣响时成为玩具

谋杀，一次哑火

1985 年 11 月于成都

选自《诗刊》1988 年第 8 期，1988 年 8 月 10 日

莲叶

梁秉钧

偶然来到这莲田

沿一块旧木板走入叶丛

静默摩擦静默发出声音

这是奇妙的，绿色

回答绿色，相遇在这世界的早晨

风吹开那边闭合的脸

牵动我这儿卷曲的叶缘

我们将会接触

开始笨拙地解释

叶上言语所能照明的脉络

是我们仅有的世界

早晨逐渐浑圆的新露

令我静止，我的沉默

又感染另一块叶，同样承担

一只昆虫栖停的重量

偶然相遇在这世界并排可却

没有刻意安排拘谨的韵脚

我们发出同样的声音又失去彼此

在风中互相试探还不如

自然探首，意义会逐渐浮现的

从丛叶上的霜雪仍然令我沉重

长自同样浅窄的水中

努力直立以一枝中空的绿梗

伸向一个更真实的空间

我知我们不能离开这世界的

言语，但也不是要附和它

当我们沉默，那里仍充满着声音

各自忍耐季节的灰尘

一面倾听，舒开的时候

可以感知远方水的颜色

　　选自集思编《梁秉钧卷 香港文丛》，三联书店（香港）有限公司 1989 年 11 月版

无法驱散

林莽

这股病房的气息，使人
无法驱散
虚弱的敏感午夜里变得更加清晰
以至听到了时间的脚步

来自隔壁
弥留之际发出的不断呓语
略带乡音的语调在呼唤什么
声音空旷、飘远，还有秋风的吹拂
寂静
近将死亡的人不需要搀扶
回顾的阳光下他已挽住了那只手
颤抖的声音诉说着幸福
这洁白的四壁上似乎印着两个字
转动门锁的声音后面
一定会转出那件黑衣服

这股病房的气息

空荡荡的

飘过洁白的四壁，变得

空泛又虚无

这不是病痛的声音

这生命飘逝的气流使人眩晕

不要离去

不要离去

如果能抓住什么

如果能抓住什么——那又有多好

伤口，压在那儿

沉重的，沉重得无法搬开的石头

还有

还有这股病房的气息

也许，永远无法驱散

选自林莽著《林莽的诗》，中国妇女出版社 1990 年 5 月版

倾听时间

顾城

钟嘀嘀嗒嗒地响着

扶着眼镜

让我去感谢不幸的日子

感谢那个早晨的审判

我有红房子了

我有黑油毡的板棚

我有圆咚咚的罐子

有慵懒的花朵

有诗，有潮得发红的火焰

我感谢着、听着

一直想去摸摸

木桶的底板

我知道它是空的、新的

箍得很紧

可是还想

我想它如果注满海水

纯蓝纯蓝的汁液

会不会微微摇荡

海水是自由的

它走过许多神庙

才获得了天的颜色

我听见过

它们在远处唱歌

在黄昏，为流浪者歌唱

小木桨漂着，它想家了

想在晚上

卷起松疏的草毯

好像又过了许多时候

钟还在响

还没说完

我喜欢靠着树静听

听时间在木纹中行走

听水纹渐渐扩展

铁皮绝望地扭着

锈一层层迸落

世界在海上飘散

我看不见

那布满泡沫的水了

甚至看不见，明天

我被雨水涂在树上

听着时间，这些时间

像吐出的树胶

充满了晶莹的痛苦

时间，那支会嘘气的枪

就在身后

听着时间，用羽毛听着

一点一点

心被碾压得很薄

我还是忽略了那个声响

只看见烟，白的

只看见鸟群升起，白的

猎狗丢开木板

死贴住风

越跑越远

选自顾城著《灵台独语》，敦煌文艺出版社 1994 年 3 月版

里程

多多

一条大路吸引令你头晕的最初的方向

那是你的起点。云朵包住你的头

准备给你一个工作

那是你的起点

那是你的起点

当监狱把它的性格塞进一座城市

砖石在街心把你搂紧

每年的大雪是你的旧上衣

天空，却总是一所蓝色的大学

天空，那样惨白的天空

刚刚被拧过脸的天空

同意你笑，你的胡子

在匆忙地吃饭

当你追赶穿越时间的大树

金色的过水的耗子，把你梦见：

你是强大的风暴中一粒卷曲的蚕豆

你是一把椅子，属于大海

要你在人类的海边，从头读书

寻找自己，在认识自己的旅程中

北方的大雪，就是你的道路

肩膀上的肉，就是你的粮食

头也不回的旅行者啊

你所蔑视的一切，都是不会消逝的

选自多多著《里程：多多诗选 1973－1988》，花城出版社 2005 年 1 月版

黎明的海洋

食指

西面黑夜的背影是那么寒酸

东方黎明的心胸却那样坦荡

一群群海鸟在向大海呼喊

已是黎明时分，醒来吧海洋

醒来吧，醒来吧，黑色的海洋

你承受着黑夜的压抑

你深感到黑暗的窒息

你肌肉的每一次抽搐

都是一道寒心的波浪

海风鼓起你剧烈起伏的胸膛
你强劲的呼吸掀起滔天巨浪
一次又一次地冲淡着黑夜的劣迹
天空才有了一线朦朦的亮光……

海鸟在用尖厉的呼叫
报告着黑夜最后的抵抗
　　　正匆匆把明星的银币
　　　草草收入自己的私囊
黑夜正在准备逃亡

终于醒来了，黑色的海洋
赤裸着肌肉闪光的臂膀
在那天边的海平线上
奋力托起了火红的太阳……
大概海洋也受了伤——
　　　不然怎么会有
　　　一摊摊殷红的鲜血
　　　浮荡在黎明的海面上?!

选自林莽、刘福春编《诗探索金库·食指卷》，作家出版社 1998 年 6 月版

本卷作者简介

柯岩（1929—2011），本名冯恺，河南郑州人，原籍广东南海。曾担任中国儿童艺术剧院等编剧、中国作家协会驻京作家，1949 年开始诗歌创作，出版诗集《小兵的故事》《大红花》《柯岩儿童诗选》等，代表抒情诗《周总理，你在哪里》，在儿童文学方面做出了杰出贡献，大量诗歌选入中学教材。

张志民（1926—1998），直隶宛平人，1955 年毕业于中央文学讲习所。曾任《北京文艺》主编，北京作家协会副主席，《诗刊》主编，中国作家协会驻会专业作家。著有诗集《死不着》《将军和他的战马》《家乡的春天》《村风》等。

张默（1931—），本名张德中，安徽无为人。1949 年赴台，1951 年开始发表诗作。1954 年与友人创办"创世纪"诗社。后任职华欣文化事业中心，主编《中华文艺》月刊。出版诗集《紫的边陲》《上升的风景》《无调之歌》《张默自选集》《陋室赋》等，另出版诗论集等多种。

辛郁（1933—2015），本名宓世森，浙江慈溪人。1948 年参加国民党青年军，1950 年随军赴台，1969 年退役。1950 年代开始发表作品，先入"蓝星"诗社，后成为"创世纪"诗社重要成员，曾任社长、总编辑等。出版诗集《军曹手记》《豹》《因海之死》《在那张冷脸背后》《辛郁世纪诗选》等，另出版小说、散文集等数种。

杨牧（1940—），本名王靖献，台湾花莲人。台湾东海大学外文系学士、艾奥瓦大学艺术硕士、伯克利加州大学比较文学博士。长期任教于华盛顿大学，曾任香港科技大学教授、台湾东华大学文学院院长、"中央研究院"文哲所所长、台湾政治大学讲座教授等。出版诗集《水之湄》《花季》《瓶中稿》《北斗行》《禁忌的游戏》《杨牧诗集》《介壳虫》等。

雷抒雁（1942—2013），陕西泾阳人。1967 年毕业于西北大学中文系。1970 年入伍任宣传干事，1972 年调《解放军文艺》任诗歌编辑，1982 年转业，后历任工人日报社文艺部副主任、主任，诗刊社副主编，鲁迅文学院常务副院长等。2012 年任中国诗歌学会会长。出版诗集《沙海写歌》《漫长的边境线》《绿色的交响乐》《跨世纪的桥》《时间在惊醒》《小草在歌唱》等，并著有散文集数种。

罗门（1928—2017），本名韩仁存，生于海南文昌。1949 年赴台，1954 年发表第一首诗作。1955 年加入"蓝星"诗社，1995 年同蓉子参加艾奥瓦大学"国际写作计划"。曾获蓝星诗奖、台湾《中国时报》推荐诗奖等。出版诗集《曙光》《第九日的底流》《死亡之塔》《隐形的椅子》《罗门自选集》《旷野》《时空的回声》《日月的行踪》《罗门编年诗选》，并著有文论集等多种。

向阳（1955—），本名林淇瀁，台湾南投人。台湾文化大学日文系毕业。长期在媒体工作，1980 年后在《中国时报》《自立晚报》《自立早报》担任副刊主编及总主笔等职务。台湾文化大学新闻研究所硕士、台湾政治大学新闻研究所博士。任教于台中静宜大学、淡水真理大学、台北教育大学等。出版诗集《银杏的仰望》《种籽》《十行集》《四季》《土地的歌》《岁月》《心事》《乱》

等，并有学术论著、散文集、时评集、译著等多种。

李瑛（1926—2019），河北丰润人。1949 年毕业于北京大学中文系。先后任记者、编辑、解放军文艺出版社社长、总政文化部部长、中国文联副主席等职。1942 年开始发表作品，出版诗集《天安门上的红灯》《枣林村集》《红花满山》《春的笑容》等数十部。

梁小斌（1954—），安徽合肥人，朦胧诗派代表诗人之一，1972 年在合肥制药厂当操作工期间开始写诗，诗歌创作初期受艾青影响较大，著有诗集《少女军鼓队》。诗歌《雪白的墙》获 1982 年全国中青年诗人优秀新诗奖，2005 年被评为年度推荐诗人。

夐虹（1940—），女，原名胡梅子，曾用笔名胡筠，台湾台京人。台湾师范大学艺术学系毕业、台湾文化大学印度文化研究所硕士、台湾东海大学哲学研究所博士，曾任中小学教师及大学助教、讲师、副教授等，曾在美国加州西来大学任教授及校长助理。"蓝星诗社"成员。出版诗集《金蛹》《复虹诗集》《红珊瑚》《爱结》等，另有童诗集《稻草人》等。

余光中（1928—2017），生于南京，祖籍福建永春。1949 年迁台，1958 年赴美进修，次年获艾奥瓦大学艺术硕士学位。先后任教台湾东吴大学、台湾师范大学、台湾大学、台湾政治大学及香港中文大学，曾任台湾中山大学文学院院长。1954 年与友人共同创办"蓝星"诗社。其作品多次获奖。出版诗集《舟子的悲歌》《蓝色的羽毛》《莲的联想》《五陵少年》《天国的夜市》《在冷战的年代》《白玉苦瓜》《与永恒拔河》《余光中诗选》等多种，并出版散文集、评论集及翻译作品多种。

周梦蝶（1921—2014），本名周起述，曾用笔名周拯，台湾诗人，生于河南。在台期间没有专职工作，以卖书为生，1948 年赴台，1952 年开始发表诗作，1954 年加入"蓝星"诗社，曾获首届台湾"国家文艺奖"、笠诗社首届诗奖。诗集著作有《孤独国》《还魂草》《周梦蝶世纪诗选》《十三朵白菊花》等。

叶文福（1944—），生于湖北蒲圻，曾用笔名叶蛮、蛮牛、莽石等。师范毕业后当过小学教师，1964 年入伍，1968 年开始诗歌创作。1972 年在《解放军报》和《解放军文艺》上发表诗歌，1978 年出版第一本诗集《山恋》。作品多次获奖，出版诗集《天鹅之死》《苦恋与墓碑》《雄性的太阳》《牛号》等。

陈黎（1954—），原名陈膺文，台湾诗人。毕业于台湾师范大学英语系。曾任中学教师，并在东华大学等校授课，是一年一度在花莲举行的"太平洋诗歌节"策划人。著有诗集、散文集等，译有《拉丁美洲现代诗选》《聂鲁达诗精选集》《辛波丝卡诗选》等十余种。曾获"国家文艺奖"，吴三连文艺奖，时报文学奖推荐奖、叙事诗首奖、新诗首奖，联合报文学奖新诗首奖等。

吴晟（1944 —），生于台湾彰化，本名吴胜雄。1962 年开始发表诗作，1970 年毕业于台湾屏东农专，后回乡担任中学生物教师。出版诗集《吾乡印象》《泥土》《飘摇集》《向孩子说》等，另出版散文集《农妇》等多部。

纪弦（1913—2013），本名路逾，生于河北清苑，祖籍陕西秦县。1929 年以"路易士"笔名开始写持，1933 年毕业于苏州美专。1945 年改用"纪弦"笔名，1948 年赴台任教于中学至退休，1956 年成立"现代派"，1976 年赴美定居。出版诗集《摘星的少年》《饮者诗抄》《纪弦自透集》《晚景》《半岛之歌》《宇宙诗抄》《纪弦诗拔萃》等。

吴望尧（1932—2008），生于上海，笔名巴雷，1946 年赴台，1952 年开始发表诗歌，早年为"蓝星"诗社成员，1973 年创办"中国现代诗奖"，1980 年迁居中美洲并退隐诗坛，著有诗集《灵魂之歌》《玫瑰城》《地平线》等，曾获蓝星诗奖、"国家文艺奖"等。

苏绍连（1949—），笔名米罗·卡索、管黠，台湾诗人。毕业于台中师范专科学校，一直在沙鹿国小任教。1969 年与友人创办"后浪"诗社，后创办《诗人季刊》，90 年代又创办《诗学季刊》。1969 年开始发表诗歌，著有诗集《茫茫集》《惊心散文诗》《无意象之城》等。

碧果（1932 —），本名姜海洲，河北永清人。曾在台湾任军职。创世纪诗社社务委员，曾任"创世纪"社长等。出版诗集《秋·看这个人》《碧果人生》《一个心跳的午后》《爱的语码》《碧果的诗》等，并出版个人合集《碧果自选集》及小说、散文集等数种。

叶维廉（1937 —），广东中山人。1949 年去香港，1955 年入台湾大学外文系，1959 年入台湾师范大学英语研究所，后获硕士学位。1963 年赴美留学，先后获艾奥瓦大学美学硕士和普林斯顿大学比较文学博士，后任职于美国加州大学。1970 年任台湾大学外文系客座教授，1980 年任香港中文大学英文系教授等。出版诗集《赋格》《醒之边缘》《叶维廉自选集》及学术著作《中国诗学》《道家美学与西方文化》等多种。

多多（1951—），生于北京，本名栗世征。1969 年到河北白洋淀插队，1976 年回京，后到《农民日报》工作。1972 年开始写诗，被认为是"朦胧诗"代表性诗人。1989 年出国，旅居荷兰，2004 年回国后被聘为海南大学人文传播学院教授。其作品多次获国内奖项，2010 年获纽斯塔特国际文学奖。出版诗集《行礼：诗38 首》《里程：多多诗选 1973—1988》《阿姆斯特丹的河流》《多多诗选》《多多四十年诗选》等。

顾城（1956—1993），生于北京，1969 年随父下放山东农村，1974 年回京。"文革"期间开始写诗，1979 年在《今天》《诗刊》等刊物发表诗作，被视为"朦胧诗"代表性诗人。1987 年旅居欧洲，1988 年起定居新西兰，1993 年于新西兰激流岛杀妻后自缢身亡。出版诗集《黑眼睛》《顾城诗集》《顾城童话寓言诗选》《顾城诗全编》《顾城的诗》《顾城诗全集》等，另有散文集、长篇小说等数种。

哑默（1942—），本名伍立宪，贵州贵阳人。1963 年高中毕业于贵阳五中，1964 年起开始在贵阳市郊野鸭塘小学任代课教师。1970 年代末创办民间刊物《崛起的一代》《现代诗》等。1979 年自印诗集《哑默诗选》，出版诗集、文集《乡野的礼物》《墙里化石》《见证》等。

杨炼（1955—），原籍山东，出生于瑞士，目前居于德国，朦胧诗代表人物之一，1961 年回京，1974 年开始写诗，高中毕业后成为知青，知青期间与芒克、多多结识并参加了一系列文学活动，是《今天》、"幸存者诗歌俱乐部"的主要成员之一。出版诗集《礼魂》《荒魂》《黄》《艳诗》，2012 年获得意大利诺尼诺国际文学奖。

彭邦桢（1919—2003），湖北黄陂人。1938 年入成都中央军校（黄埔十六期），毕业后在云南为"飞虎队"服务，后随青年军赴印度远征军抗日。1949 年随军去台，1951 年开始发表诗作，1969 年退役。后赴美定居，曾任美国"诗歌资料中心"主席。2003 年于纽约去世。出版四卷本《彭邦桢文集》等。

萧萧（1947—），本名萧水顺，台湾诗人。1954 年发起并参与"蓝星"诗社，1963 年开始发表作品，1971 年与友人创办"龙族"诗社。曾执教于商职、中学，《台湾诗学》季刊主编，后担任明道大学中文系教授，著有诗集《举目》《悲凉》《毫末天地》《缘无缘》《云边书》等。

周涛（1946—），生于北京，当代著名诗人，散文家。曾任兰州军区创作室主任，新疆文联副主席、作协副主席。作品风格雄壮冷峻，代表作品有诗集《神山》《野马群》等。

公木（1910－1998），原名张永年，又名张松甫、张松如，笔名龚棘木、木农等，河北辛集人，著名诗人，《英雄赞歌》《中国人民解放军进行曲》词作者，曾任东北大学教育学院院长、中国作家协会文学讲习所所长。"文革"结束后曾任吉林大学副校长、中国毛泽东文艺思想研究会会长等职。著有诗集《公木诗选》《老子说解》《老庄论集》等。

艾青（1910—1996），原名蒋正涵，曾用笔名莪加、克阿、林壁等，浙江金华人。早年曾出国留学，1932年回国后开始写诗，曾担任"文抗"作家、《天下日报》副刊主编、《诗刊》主编、《收获》编委，"文革"结束后担任中国作家协会副主席，出版《向太阳》《火把》《献给乡村的诗》等诗集近五十部。

李小雨（1952—2015），生于河北丰润，毕业于北京大学，曾在《诗刊》杂志任编辑、编辑部主任、副主编。先后在《诗刊》《人民文学》《上海文学》发作诗作。代表作品有《雁翎歌》《红纱巾》《最后一分钟》等。

孙静轩（1930—2003），原名孙业河，山东肥城人。20世纪40年代开始发表作品，曾任学校教师、报刊编辑、记者、专职作家，后成为中国作协四川分会副主席。有"诗怪"之称，著有诗集《我等待你》《唱给浑河》《海洋抒情诗》《孙静轩抒情诗集》等。

白桦（1930—2019），原名陈佑华，河南信阳人。中国作家协会会员。1946年开始从事文学创作，同年秋季加入中国人民解放军。曾在昆明军区总政治部任创作员。出版诗集《金沙江的怀念》《热芭人的歌》《白桦的诗》《我在爱和被爱时的歌》《白桦十四行抒情诗》，长诗《鹰群》《孔雀》等。

北岛（1949—），本名赵振开，另用笔名石默、艾珊等，生于北京，祖籍浙江湖州。1968 年高中毕业，进入建筑公司当工人。1970 年代初开始写诗，1978 年与友人创办民间刊物《今天》。1989 年移居海外，2007 年任香港中文大学教授。曾获瑞典笔会文学奖、美国西部笔会中心自由写作奖、古根海姆奖等。出版诗集《陌生的海滩》《在天涯》《午夜歌手》《北岛诗选》《北岛诗歌集》等，并有散文集、小说集等数种。

舒婷（1952—），本名龚佩瑜，生于福建石码镇。1969 年下乡插队，1972 年返城当工人。1971 年开始写作，1979 年在《今天》及《诗刊》等发表诗作，1980 年至福建省文联工作从事专业写作。曾获全国中青年优秀诗歌作品奖、全国首届新诗优秀诗集奖、庄重文文学奖等。出版诗集《双桅船》《舒婷、顾城抒情诗选》《会唱歌的鸢尾花》《始祖鸟》《舒婷的诗》《致橡树》等，并出版散文集、个人文集等多种。

蔡其矫（1918—2007），福建晋江人。幼年随家人侨居印尼，11 岁回国，中学时开始写诗。20 世纪 50 年代初任教于中央文学讲习所，1959 年回福建任专业作家。出版诗集《回声集》《涛声集》《回声续集》《祈求》《双虹集》《生活的歌》《蔡其矫诗选》《蔡其矫诗歌回廊》（8 卷）等。

洛夫（1928—2018），本名莫洛夫，生于湖南衡阳。1949 年迁台，服役于海军。1954 年与友人成立"创世纪"诗社，任总编辑多年。1973 年从淡江文理学院外文系毕业。1996 年移民加拿大。出版诗集《时间之伤》《灵河》《石室之死亡》《魔歌》《众荷喧

哗》《因为风的缘故》《月光房子》《雪落无声》《漂木》《烟之外》
《洛夫诗歌全集》等多部，另出版散文集、评论集及译著多部。

蓉子（1928—），本名王蓉芷，江苏涟水人。1948 年赴台，
1951 年开始写诗，1955 年与诗人罗门结婚，参加"蓝星"诗社。
1995 年参加艾奥瓦大学"国际写作计划"。出版诗集《青鸟集》
《七月的南方》《这一站不到神话》《蓉子诗抄》《横笛与笠琴的晌
午》《夏，在雨中》《蓉子自选集》《雪是我的童年》等。

芒克（1950—），本名姜世伟，生于沈阳。1956 年全家迁居北
京，1969 年到河北白洋淀插队，1976 年回京，进北京造纸一厂，
1980 年被除名，后做多种临时性工作。1978 年底与友人共同创办
文学刊物《今天》，并油印出版第一本诗集《心事》。21 世纪后亦
从事油画创作。出版诗集《阳光中的向日葵》《芒克诗选》《没有
时间的时间》《今天是哪一天》《芒克的诗》等，另有长篇小说、
随笔集等数种。

江河（1949—），原名于友泽，1949 年生，北京人，1968 年高
中毕业。1980 年 5 月在《上海文学》发表处女作《星星变奏曲》，
著有诗集《从这里开始》《太阳和它的反光》等，是新时期朦胧诗
派的代表诗人之一。

齐云（1918—1979），又名齐韫，生于北京，曾参与华北抗日
救亡运动。代表作有《巴黎公社》等。

黄永玉（1924—），曾用笔名黄杏槟、黄牛、牛夫子，湖南常
德人。曾任中央美术学院教授、中国美术协会副主席。其诗歌代
表作有《老婆呀，不要哭》《一路唱回故乡》《献给妻子们》等。

吕剑（1919—2015），原名王延觉，山东莱芜人。其早期创作
受艾青、田间等人的创作影响，形式自由。曾任《中国文学》编
委。其代表作品《我又怎能够忘却》《英雄碑》《为了爱情，也为

了仇恨》等。

方含（1951—），本名孙康，生于北京。北京三十五中 1967 届初中毕业生，1968 年赴河北白洋淀插队，1947 年回京。曾在《今天》杂志发表诗作。返城后在北京电焊机厂工作。

严辰（1914—2003），江苏武进人。曾任《诗刊》主编、顾问，《人民文学》副主编，《新观察》主编。自 1934 年开始发表作品，其代表作有《唱给延河》《生命的春天》《风雪情怀》《英雄与孩子》《同一片云彩下》等，另有散文集、报告文学集等。

公刘（1927—2003），本名刘仁勇，又名刘耿直，江西南昌人。1946 半工半读于中正大学法学院，并投身学生运动，1948 年初流亡上海，旋赴香港参加中国共产党领导的全国学生联合会宣传部工作。广州解放后，参加中国人民解放军，随部队进军大西南。1956 年到解放军总政治部任职，1957 年被打成"右派"。2003 年去世。著有长诗《阿诗玛》（与人共同完成）、《望夫石》等，出版《神圣的岗位》《黎明的城》《在北方》《公刘诗选》等多种。

陈敬容（1917—1989），四川乐山人，曾在《文艺复兴》《大公报》《水准》《文汇报》等报刊发表诗歌、散文、书评以及译诗等。其代表作品有诗歌《窗》以及诗集《星雨集》《盈盈集》《老去的是时间》等。

席慕蓉（1943—），生于重庆，曾以穆伦为笔名，著名的台湾当代画家、诗人、散文家。其诗歌多写爱情、人生与乡愁。代表诗集《七里香》《无怨的青春》《时光九篇》等。

傅天琳（1946—），四川资中人，中国当代女诗人，一级作家，曾任中国诗歌学会副会长。曾于 2010 年获第五届鲁迅文学奖全国优秀诗歌奖。代表作品有《绿色的音符》《在孩子和世界之间》《红草莓》《另外的预言》《柠檬叶子》等。

罗英（1940—），笔名有田青、小立、罗英，原籍湖北，台湾女诗人。高中时代开始写诗，之后曾停笔十余年，1980 年代又重新开始诗及散文的创作。代表作有《下雪的日子》及诗集《云的捕手》《二分之一的喜悦》等。

梁秉钧（1949—2013），笔名也斯，广东新会人。在香港长大，1967 年入香港浸会学院外文系学习，1978 年赴美国加州大学读比较文学，先后获硕士、博士学位。1984 年后先后任教于香港大学、香港岭南大学。出版诗集《灰鸽早晨的话》《雷声与蝉鸣》《游离的诗》《半途：梁秉钧诗选》《东西》《浮藻：诗》等，另出版散文集、小说集数种。

孔孚（1925—1997），本名孔令桓，字笑白，山东曲阜人。1950 年开始发表作品，1985 年出版第一本诗集《山水清音》，擅长写山水，曾任山东师范大学中文系教授，著有诗集《山水灵音》《孔孚山水》《孔孚山水诗选》等，曾获首届泰山文艺奖。

杜运燮（1918—2002），笔名吴进、吴达翰，福建古田人。毕业于西南联合大学，"九叶派"诗人之一，被称为"诗坛的智者与顽童"。出版诗集《诗四十首》《南音集》《晚稻集》《杜运燮六十年诗选》等。

熊召政（1953—），湖北英山人，诗人、作家。1973 年开始发表作品，早期从事诗歌创作，现在多以小说、散文创作为主。早期诗歌曾获 1979—1980 年中国首届中青年优秀新诗奖，代表作《献给祖国的歌》《请举起森林一般的手，制止!》等。2005 年获得第六届茅盾文学奖。

王小妮（1955—），生于吉林长春，满族人，中国作家协会会员。1982 年毕业于吉林大学中文系。现为海南大学人文传播学院教授。2000 年秋参加在东京举行的"世界诗人节"。2001 年受德国幽堡基金会邀请赴德讲学。2003 年获得由中国诗歌界最具有影响力的核心期刊《星星诗刊》《诗选刊》《诗歌月刊》联合颁发的"中国 2002 年度诗歌奖"。曾获美国安高诗歌奖。代表作品有《我感到了阳光》《风在响》等。

郑愁予（1933—），台湾诗人，生于山东济南，1949 年自费出版第一部诗集《草鞋与筏子》，同年赴台湾。1951 年开始在台湾地区发表诗作，1956 年与友人创立现代诗社，1968 年前往美国深造，2005 年返台担任驻校诗人、终身教授，著有诗集《燕人行》《莳花刹那》等近二十部。

金克木（1912—2000），字止默，笔名辛竹，祖籍安徽，诗人、散文家、翻译家。精通梵语、巴利语、印地语、乌尔都语、世界语、法语、德语等多种语言文字。曾在香港、印度等地做报刊编辑，出版诗集《蝙蝠集》《雨雪集》《挂剑空垄》等。

刘湛秋（1935—），安徽芜湖人，当代著名诗人，翻译家，评论家。曾任《诗刊》副主编、中国散文诗学会副会长。主要作品有诗集《生命的欢乐》《无题抒情诗》《人·爱情·风景》；散文诗集《遥远的吉他》等。

唐祈（1920—1990），原名唐克蕃，曾用笔名唐那、唐祈，江苏苏州人，"九叶派"诗人之一。1938 年开始发表诗歌作品，曾担任了《人民文学》《诗刊》编辑组长兼作家，"文革"结束后又作为归来者诗人重出诗坛，出版的诗集有《诗第一册》《唐祈诗选》，诗合集《九叶集》《八叶集》等。

徐敬亚（1949—），吉林长春人，"第三代诗歌"代表诗人之一，第一届青春诗会的成员。1976 年开始写诗，1980 年发起了"中国现代诗群体大展"。著有诗歌评论《崛起的诗群》《圭臬之死》等，其中《崛起的诗群》引起了广泛的影响，现已作为朦胧诗运动的里程碑。

石天河（1924—），本名周天哲，湖南长沙人。1946 年开始发表作品，1957 年担任《星星》诗刊执行编辑，后因此蒙冤入狱，1979 年平反。代表作《广场诗学》《文学的新潮》《少年石匠》等。

王家新（1957—），生于湖北丹江口。1978 年考入武汉大学中文系，大学期间开始发表诗作。1983 年参加诗刊组织的青春诗会。1984 年因写出组诗《中国画》《长江组诗》而广受关注。1985 年出版诗集《告别》《纪念》。1986 年始诗风有所转变，是中国 20 世纪 90 年代以来知识分子写作的代表性诗人。代表作有《触摸》《风景》《预感》等。

黄翔（1941—），湖南武冈人。1958 年在《山花》发表民歌体诗歌，1978 年办油印民间刊物《启蒙》，1997 年起旅居美国。主要诗文集有《狂饮不醉的兽形》《黄翔禁毁诗选》《总是寂寞——太阳屋手记之一》《非纪念碑——一个弱者的自画像》《我在黑暗中摇滚喧哗》《独自寂寞中的悄声细语》《裸隐体与大动脉》等。

昌耀（1936—2000），本名王昌耀，生于湖南常德。1954 年开始发表诗作，因 1957 年发表的《林中试笛》被划为"右派"。1979 年后调任中国作协青海分会专业作家。出版《昌耀抒情诗集》《昌耀的诗》《昌耀诗文总集》等。

韩东（1961—），原籍湖南，生于南京，著名诗人、作家。1980 年开始发表作品。1982 年毕业于山东大学哲学系，曾任教于陕西财经学院、南京审计学院。与于坚、丁当等人组织"他们"文学社，曾主编《他们》，是"第三代诗歌"最主要的代表人物之一。1990 年加入中国作家协会。1992 年辞职，受聘于广东省作家协会，成为合同制作家。著有诗集《白色的石头》《吉祥的老虎》

《爸爸在天上看我》，诗文集《交叉跑动》。主要作品有《有关大雁塔》《山民》《你见过大海》等。

非马（1936 —），本名马为义，祖籍广东潮阳。1948 年赴台，1961 年赴美留学，获机械硕士与核物理博士学位，后长期在美工作。出版诗集《非马诗选》《白马集》《非马集》《笃笃有声的马蹄》《非马短诗精选》《非马自选集》等。

商禽（1930—2010），本名罗显烆，曾用笔名罗马、罗燕、罗砚等，四川珙县人。1946 年从军，1950 年随军去台，1968 年退役，后从事过多种职业。1956 年加盟"现代派"，1959 年加入"创世纪"诗社。1969 年获福特基金会奖助，赴美参加艾奥瓦大学"国际写作计划"。出版诗集《梦或者黎明》《用脚思想》等。

柏桦（1956—），重庆人，中国"第三代诗歌"诗人的杰出代表，与欧阳江河、张枣、孙文波和翟永明并称为"巴蜀五君子"。1982 年毕业于广州外国语学院英语系，后任职于西南农业大学、四川外语学院、南京农业大学等院校，现为西南交通大学艺术与传播学院中文系教授，博士生导师。著有诗集《表达》《望气的人》《往事》，诗论集《地下的光脉》，回忆录《左边——毛泽东时代的抒情诗人》等。

叶延滨（1948—），黑龙江哈尔滨人，曾任《诗刊》主编，中国作家协会全国委员会委员。其作品曾获中国作家协会优秀中青年诗人诗歌奖，第三届中国新诗集奖，四川文学奖等 40 余种奖项。其诗集《年轮诗章》再现了改革开放以来中国人的精神世界，勾勒出其创作的脉络。代表作品有诗集《不悔》《现代九歌》《秋天的伤感》。

苏金伞（1906—1997），原名苏鹤田，河南睢县人。毕业于河南省体育专科学校。1932 年开始发表作品。1949 年加入中国作家协会，曾任河南省文联第一届主席。著有诗集《地层厂》《窗外》《鹁鸪鸟》《苏金伞诗选》《苏金伞诗文集》等。1997 年 1 月 24 日病逝于郑州。代表作《控诉太阳》《无弦琴》等。

辛笛（1912—2004），即王辛笛，原名馨迪。祖籍江苏淮安，生于天津。"九叶派"诗人。1935 年毕业于清华大学外文系。1936 年至 1939 年，在英国爱丁堡大学英国语文系进修。回国后，任暨南大学、光华大学教授，有诗集《珠贝集》《手掌集》《辛笛诗稿》。

田间（1916—1985），原名童天鉴，安徽无为人。1934 年加入中国左翼作家联盟，担任《文学丛书》《新诗歌》的编辑工作。其诗作尤其注重诗歌的战斗性，表现农民生活的苦难，其诗作《假使我们不去打仗》影响全国，被闻一多称为"擂鼓诗人""时代的鼓手"。其代表作有《给战斗者》《中国牧歌》《中国农村的故事》。

林希（1935—），原名侯红鹅，法国归侨，天津人。其中篇小说《小的儿》曾获第一届鲁迅文学奖，诗集《无名河》获全国新诗奖。代表作有长篇小说《买办之家》《高寅》等。

郑敏（1920—），福建闽侯人，毕业于西南联大哲学系，1960 年在北京师范大学外语系讲授英美文学至今。"九叶派"著名女诗人。其代表作品有《金黄的稻束》及诗集《心象》《寻觅集》。

高平（1932—），山东济南人，参军后曾参加解放四川、西藏，担任甘肃省作家协会主席，被称为"甘肃诗人"。代表作品有《珠穆朗玛》《拉萨的黎明》《冬雷》等。

周伦佑（1952—），重庆人，著名先锋诗人，"非非诗派"发起人之一。1986 年与蓝马等人合办《非非》诗刊，并任主编。主编《悬空的圣殿：非非主义 20 年图志史》，选编《打开肉体之门

——非非主义：从理论到作品》。代表诗作有《自由方块》《第二道假门》等。

唐湜（1920—2005），原名唐扬和，浙江温州人，"九叶派"诗人，尤其擅长十四行诗歌写作。著名的诗歌评论家、诗人。曾任《诗创造》杂志编辑，中国作家协会会员。其代表作品有《飞扬的歌》《春江花月夜》《蓝色的十四行》。

梅绍静（1948—），笔名少敬、小婷，四川广安人，于1985年加入中国作家协会。曾任《延安文学》副主编，《诗刊》编辑、副编审，鲁迅文学院学员。代表作品有《兰岭子》《唢呐声声》《女娲的天空》等。

饶阶巴桑（1935—），藏族，云南德钦人。1951年参军，历任战士、翻译、侦察兵、文化教员、干事，昆明军区政治部文化部创作员，兰州军区政治部文化部专业作家。中国作协云南分会副主席。1955年开始发表作品。著有诗集《草原集》《石烛》《爱的花瓣》《对生叶之恋》等。组诗《棘叶集》获全国首届少数民族文学创作奖。

欧阳江河（1956—），曾用笔名江河、江帆等，原名江河，四川泸州人。1979年开始发表诗歌作品，后任职于四川省社会科学院文学研究所，现为北京师范大学文学院教授。著有诗集《透过词语的玻璃》《谁去谁留》《事物的眼泪》等，评论集《站在虚构这边》，代表诗作有《玻璃工厂》《计划经济时代的爱情》《椅中人的倾听与交谈》《咖啡馆》等。其写作理念对20世纪90年代以来的中国诗坛有较大的影响，被国际诗歌界誉为"最好的中国诗人"。

程光炜（1956—），江西婺源人，毕业于武汉大学，现任中国人民大学文学院教授、中国当代文学研究会副会长。1983至1998

年期间，从事先锋诗歌批评，发表过大量跟踪式的诗歌批评文章，1992 年转向诗歌史研究。代表作《艾青传》《朦胧诗新编》等。

绿原（1922—2009），湖北黄陂人。1941 年发表诗歌处女作，1942 年考入重庆复旦大学，出版第一本诗集《童话》。新中国成立后主要从事报刊编辑、国际宣传、外国文学出版编译等工作，曾任职长江日报社、中共中央宣传部等。1955 年受"胡风事件"牵连。1962 年起，在人民文学出版社工作。出版诗集《又是一个起点》《集合》《人之诗》《另一只歌》等，并有诗话集、散文集及翻译作品多种。

罗青（1948—），生于湖南湘潭，本名罗青哲。1969 年开始文学创作，1973 年毕业于台湾辅仁大学英文系，后赴美留学，获华盛顿州立大学比较文学硕士学位。1976 年创办《草根》诗刊。引入后现代主义，倡导前卫诗学，创作"武侠诗""科幻诗""录影诗"等。出版诗集《吃西瓜的方法》《飞跃与超越》《神州豪侠传》《捉贼记》《水稻之歌》等，另有文论集等数种。

刘克襄（1957—），本名刘自愧，台湾诗人、自然观察解说员。曾获吴三连文学奖、台湾诗奖。著有诗集《在测天岛》《小鼯鼠的看法》，诗歌《希望》等。

羊令野（1923—1994），本名黄仲琮，安徽泾县人。早年参军，1950 年到台湾，曾主持《前进报》，1968 年任"全军文艺工作队"诗歌队队长，1975 年退役。1956 年与友人创办《南北笛》诗刊，1970 年与诗友筹组"诗宗社"，后发行《雪之脸》等丛书型诗刊数期。出版诗集《血的告示》《贝叶》等，并有散文集、评论集等数种。

张小波（1964—），江苏南通人。毕业于华东师范大学，"第三代诗歌"的代表诗人之一，上海"城市诗派"的旗手。大学期间与其他三人推出《城市诗人》合集，代表作品有《中国可以说不》。

张学梦（1940—），河北丰润人，曾任河北省作家协会第五届副主席。其代表作品有诗集《现代化和我们自己》、《爱的格言》（合作）、《爱情箴言》（合作）、《人生妙言》（合作）等。

宋琳（1958—），祖籍宁德，生于福建厦门，中国作家协会上海分会会员。毕业于上海华东师范大学中文系，后留校任教。1982年开始发表诗歌及文学评论。1991年移居法国，曾就读于巴黎第七大学，先后在新加坡、阿根廷居留。1992年以来一直是《今天》文学杂志的编辑，2003年以来受聘在国内一些大学执教。著有诗集《城市人》《门厅》《断片与骊歌》《城墙与落日》。

钟鸣（1953—），生于四川，中国当代诗人、随笔作家。20世纪80年代以诗歌写作为主，80年代末开始随笔写作。1992年获台湾第十四届新诗奖。著有《城堡的寓言》《畜界，人界》《徒步者随录》《旁观者》《太少的人生经历和太多的幻想》《秋天的戏剧》及诗歌集《中国杂技：硬椅子》。

车前子（1963—），原名顾盼，江苏苏州人，现居北京，诗人、散文家、水墨工作者。新时期文学横跨三代诗歌的代表诗人之一，曾与周亚平、黄梵、一村等人组建了"南京大学形式主义诗歌小组"，代表作《三原色》《一颗葡萄》。创作《好吃》《苏园六记》等有特点的闲适文章，被誉为"当代丰子恺"。出版有诗集《纸梯》、《独角兽与香料》、《怀抱公鸡的素食者》（英文版）等。

流沙河（1931—2019），本名余勋坦，四川金堂人。1950年参加工作，任《川西农民报》编辑、《四川群众》编辑、《星星》编辑等，1957年因《草木篇》被划为"右派"，接受"劳动改造"计二十年，1979年复出并调回四川省文联任《星星》编辑。出版诗集《农村夜曲》《告别火星》《流沙河诗集》《游踪》《故园别》《独唱》等，并有诗论集、散文、随笔集等多种。

向明（1929—），湖南长沙人，原名董平。毕业于台湾空军电子学校和美国空军通信电子学校，后为电子学工程师。1953 年开始创作新诗，并多次获奖。1955 年后成为"蓝星"诗社成员，先后任《蓝星季刊》《蓝星诗页》主编。出版诗集《雨天书》《狼烟》《五弦琴》《青春的脸》等，另有童话集《香味口袋》《糖果树》等。

骆一禾（1961—1989），北京人，1979 年 9 月入北京大学中国语言文学系。1984 年 9 月任北京《十月》杂志编辑，主持西南小说、诗歌专栏。1983 年开始发表诗作和诗论，作品散见于《青年诗坛》《滇池》《山西文学》——这是对他深有鼓励的三家刊物，及《花城》《诗刊》《青年文学》《上海文学》《绿风》等。1989年因病去世。主要作品有《世界的血》《海子、骆一禾作品集》。

王小龙（1954—），生于海南琼海，现居上海。20 世纪 70 年代末在上海青年宫组建青年宫诗歌小组。1981 年与蓝色灯创办实验诗社，自印 35 期实验诗刊。高级编辑，纪录片工作者，诗人。出版有诗集《男人也要生一次孩子》《每个年代都有他的表情》《我的老吉普》《每一首都是情歌》，随笔集《从悲情故事到生活喜剧》，影视剧本集《一剧之本》。个人纪录片作品有《一个叫家的地方》《莎士比亚长什么样》等。

袁可嘉（1921—2008），浙江余姚人。毕业于西南联合大学外国语文系英语语言专业，曾任北京大学西语系助教，中共中央宣传部《毛泽东选集》英译室翻译，外文出版社翻译等。"九叶派"诗人。其代表作品有诗集《九叶集》（与穆旦、辛笛等人合集），诗歌《沉钟》《难民》等。

饶庆年（1947—1995），湖北蒲圻人，毕业于湖北大学中文系。1981 年开始诗歌创作，并于同年在《诗刊》发表处女座《教师笔记》，他的诗歌带有浓郁的乡土气息，被称为当代中国乡土诗歌最具代表性的诗人之一。代表作品有诗歌《山雀子衔来的江南》，诗集《T·D 的情人》《饶庆年抒情诗精选》等。

肖川（1944—），原名赵福顺，曾用笔名项河、若水、常程等，祖籍河北。第一代西部诗人，1959 年支援西部地区，曾任《宁夏文艺》副主编、宁夏文联副主席等职务。诗歌代表作《易水行》《凤鸣》等。

潞潞（1956—），祖籍山西。1985 年毕业于山西大学中文系。20 世纪 70 年代末受朦胧诗影响开始写诗，80 年代活跃于中国诗坛。曾任山西省作家协会副主席，山西文学院院长。创办《北国》诗刊，主编民间诗刊《少数》，参与"北京——纽约"中美艺术交流等。曾获《人民文学》优秀诗歌奖、赵树理文学奖。著有诗集《肩的雕塑》《携带的花园》《潞潞无题诗》《一行墨水》等。

管管（1929—），本名管运龙，山东青岛人。随军队去台湾，任军职多年。退役后工作于广播界与演艺界，长期参与电影电视和舞台剧的演出。艾奥瓦大学访问作家，曾获香港现代文学美术协会现代诗首奖、台湾第二届中国现代诗首奖。出版诗集《荒芜之脸》《管管诗选》《管管世纪诗选》等。

李钢（1951—），山东济南人，中国作家协会会员，重庆作家协会第二届副主席。曾在《诗刊》《星星诗刊》上发表组诗《蓝水兵》，1984 年和 1986 年分别当选"中国十大青年诗人"和"十大中青年诗人"。代表作品有诗集《白玫瑰》《无标题之夜》《李钢诗选》等。

彭燕郊（1920—2008），福建莆田人，原名陈德矩，"七月派"

代表诗人。曾任《广西日报》编辑,《光明日报》副刊编辑等,执教湘潭大学期间创办"旋梯诗社"并出版诗集。代表作品有《东山魁夷》《小泽征尔》《钢琴演奏》等。

鲁藜(1914—1999),原名许图地,福建同安人。"七月诗"派代表人物,新中国成立后历任天津市文学工作者协会主席,中国作家协会第四届理事等。代表作品有《醒来的时候》《时间的歌》《山》等。

冯青(1950—),本名冯靖鲁,台湾诗人,原籍江苏武进,自由写作者。毕业于台湾文化大学,曾是"创世纪"诗社、"阳光小集"诗社成员。著有诗集《天河的水声》,代表作《雨后就这么想》《水江花》《铃兰之歌》。

于坚(1954—),云南昆明人,"他们诗派"代表人物之一。1983年与同学发起银杏文学社,并出版《银杏》。1985年与韩东、丁当等人合办文学刊物《他们》,1986年发表成名作《尚义街六号》。著有诗集《诗六十首》《宝地》《对一只乌鸦的命名》《棕皮手记》《云南这边》《于坚的诗》等,其中1994年的长诗《0档案》被誉为"当代汉语诗歌的一座里程碑"。出版有散文集《棕皮手记》《人间笔记》《棕皮手记·活页夹》《丽江后面》《老昆明》等。

食指(1948—),本名郭路生,生于山东朝城。1953年随父迁居北京,1968年到山西插队,1971年入伍。1973年复员,后长期为疾患困扰,1990年入北京第三福利院。其"文革"期间的作品在"知青"群体中有广泛影响。1978年起用笔名"食指"。出版诗集《相信未来》《诗探索金库·食指卷》《食指的诗》等。

严力(1954—),祖籍浙江宁海,生于北京。旅美画家、纽约一行诗社社长、"今天派"主要成员、朦胧诗的中坚力量。1973年开始诗歌创作。1979 年成为民间艺术团体"星星画会"的成员，参加两届"星星画展"的展出。1985 年夏留学美国纽约。1987 年在纽约创办一行诗歌艺术团体，并出版诗刊《一行》。代表作品有《与纽约共枕》《黄昏制造者》《历史的扑克牌》等。出版诗集《酒故事》《严力诗选》《黄昏制造者》等。

吉狄马加（1961—），彝族，四川凉山人。毕业于西南民族学院中文系汉语言文学专业。曾任中国诗歌学会常务副会长、中国少数民族作家学会会长。第十届全国政协委员、民族和宗教委员会委员、中华全国青年联合会副主席。现任十三届全国人大常委会委员，中国作家协会党组成员、书记处书记、副主席。著有诗集《初恋的歌》《一个彝人的梦想》《罗马的太阳》《遗忘的词》等。

孙桂贞（1951—），曾用笔名伊蕾，天津人。于 1974 年开始发表作品，1985 年加入中国作家协会。曾赴河北海兴乡村插队务农，后任铁道兵钢铁厂宣传干事。代表作品有诗集《黄皮肤的旗帜》，另有诗歌《钢花集》《孔雀石》《贫贱者的旗帜》等。

唐亚平（1962—），生于四川通江。1983 年毕业于四川大学哲学系。历任贵阳铁五局党校教师，贵州电视台国际部、专题部及社教部记者、编导。1983 年开始发表作品。1995 年加入中国作家协会。发表诗歌、小说、散文、随笔千余篇（首）。曾获获贵州省文联优秀作品奖、庄重文文学奖。著有诗集《荒蛮月亮》《月亮的表情》《唐亚平诗集》。

灰娃（1927—），原名理召，陕西临潼人。1955 年入学北京大学俄文系，并旁听中文系及西文系部分课程，并于 1961 年分配至"北京编辑社"做文字翻译。代表作品有诗集《诗鬼故家》。

廖亦武（1958—），笔名老威，四川人，20 世纪 80 年代"新诗潮"代表诗人之一，底层社会学者，"新传统主义"运动发起人之一。曾主编《沉沦的圣殿——中国 20 世纪 70 年代地下诗歌遗照》。主要作品有《死城》《黄城》《幻城》《中国底层访谈录》《活下去》等，收入《后朦胧诗全集》。另有音乐光碟《汉奴》《叫魂》。

何小竹（1963—），重庆彭水人，1979 年考入重庆涪陵地区歌舞团，从事乐队演奏和编剧，现为自由写作职业者。曾在《星星诗刊》《人民文学》等刊物发表诗歌作品，于 1993 年加入中国作家协会。代表作品有诗集《6 个动词，或苹果》《梦见苹果和鱼的安》等。

西西（1938 年—），本名张爱伦，广东中山人，香港女作家。其小说《像我这样的一个女子》曾 1983 年《联合报》第八届小说奖之联副短篇小说推荐奖。代表作品有诗集《石馨》等。

王寅（1962—），生于上海，诗人、作家。1984 年毕业于上海师范大学中文系，曾任教师、编辑、记者、电视编导，现为《南方周末》文化记者。1983 年开始发表作品，是“第三代诗歌”代表诗人之一，“海上诗派”成员之一，诗作收入《后朦胧诗全集》。主要诗作有《英国人》《想起一部捷克电影想不起片名》《与诗人勃莱一夕谈》《靠近》等。著有《王寅诗选》。

潘洗尘（1964—），黑龙江肇源人。毕业于哈尔滨师范大学中文系。20 世纪 80 年代开始诗歌创作。创办《诗歌 EMS》周刊、《读诗》季刊等诗歌媒体。现为天问文化传播机构董事长，并担任国内多家诗歌刊物的主编。著有诗集《盐碱地》《这是我一直爱着的黑夜》《如何再向北》等。

阿来（1959—），生于四川省阿坝藏族羌族自治州。1982 年开始诗歌创作，80 年代中后期转向小说创作。其小说《尘埃落定》获第五届茅盾文学奖，小说《蘑菇圈》曾获第七届鲁迅文学奖中篇小说奖。其代表作品有诗集《棱磨河》等。

林雪（1962—），辽宁抚顺人，辽宁省作协副主席，第四届鲁迅文学奖获得者。1988 年参加第八届青春诗会。2006 年被评为"新时期十佳青年女诗人"。著有诗集《淡蓝色的星》《蓝色钟情》《在诗歌那边》《大地葵花》《林雪的诗》和随笔集《深水下的火焰》。诗作被选入《朦胧诗选》《20 世纪中国女性文学精粹》等。

海子（1964 – 1989），原名查海生，安徽人。1979 年进入北京大学法律系，毕业后任教于中国政法大学。1984 年创作成名作《亚洲铜》和《阿尔的太阳》，和西川、骆一禾被誉为"北大三诗人"。1989 年 3 月 26 日在河北省山海关卧轨自杀。一生创作近 200 万字的诗歌、诗剧、小说、论文和札记，出版作品《土地》《海子、骆一禾作品集》《海子的诗》和《海子诗全编》等。代表作有《春天，十个海子》《以梦为马》《但是水，水》《土地》《亚洲铜》《麦地》《黑夜的献诗——献给黑夜的女儿》等。

丁当（1962—），原名丁新民，陕西西安人，"他们诗派"三大代表诗人之一。与韩东、于坚共同创办文学刊物《他们》，20 世纪 80 年代最重要的诗人之一。著有《落魄的时候》《收到一位朋友的信怀旧又感伤》《星期天》及诗集《房子》等。作品收录于《后朦胧诗全集》《他们十年诗选》等选本。

林耀德（1962—1996），台湾作家。毕业于私立天主教辅仁大学法律系财经法学组。高中时代加入以温瑞安、方娥真等马来西亚学生为主要成员的神州诗社，并且开始创作，在《三三集刊》发表诗及散文，也因此牵扯进"神州事件"。代表作有《恶地形》《大东区》等。著有诗集《都市终端机》《银碗盛雪》。

尚仲敏（1964—），河南三门峡人，"非非诗派"的创始人之一，20 世纪 80 年代大学生诗派的运动领袖和代表诗人之一。毕业于重庆大学，在校期间成立重庆大学第一个文学社：荒原文学社。1986 年与他人组织成立了四川省大学生诗人联合协会，同年 3 月主编出版《中国当代诗歌报》。代表诗作有《钢铁就是这样炼成的》等。

蓝马（1956—），四川西昌人，"非非诗派"创建人和的主要理论发言人。1986 年与杨黎、周伦佑等创建了著名的《非非》杂志，主要理论作品有《前文化导言》《非非主义宣言》《新文化诞生前兆》《什么是非非主义》等，主要诗歌作品有《环形树》《秋天的真理》《世的界》等。作品被选入《中国当代实验诗选》。

李亚伟（1963—），生于重庆市酉阳县，"第三代诗歌"的发起者和代表人物之一。1983 年创作代表性作品《中文系》，在诗界较有影响。1984 年与他人共同创立莽汉诗歌流派。著有《中文系》《少年与光头》《异乡的女子》《风中的美人》《酒中的窗户》《秋天的红颜》等。

西川（1963—），原名刘军，江苏徐州人。1985 年毕业于北京大学英文系，和海子、骆一禾被誉为"北大三诗人"。曾与友人创办民间诗歌刊物《倾向》（1988—1991）。曾执教于北京中央美术学院人文学院，现为北京师范大学文学院教授。出版有诗集《虚构的家谱》《大意如此》《西川的诗》等，诗文集《深浅》，散文集《水渍》《游荡与闲谈：一个中国人的印度之行》，随笔集《让蒙面人说话》等。部分作品已被译为英、法、荷、西、意、日等国语言。

莫非（1960—），原名赵敬福，北京人，诗人、摄影家、博物学者。1986 年毕业于北京师范大学中文系。后任职于北京市园林局。著有诗集《词与物》《莫非短诗选》《莫非诗选》等。作品被译为英、法、德、意等多种语言，入选多种海内外诗歌选本。

孟浪（1961—），生于上海吴淞，本命孟俊良。20 世纪 80 年代"海上诗派"代表人物。1978 年就读于上海机械学院。1992 年获首届现代汉诗奖。1995 年赴美，任布朗大学驻校作家，并任《倾向》文学人文杂志执行主编。曾出版多本诗集，代表诗集有《本世纪的一个生者》《连朝霞也是陈腐的》《一个孩子在天上》《南京路上，两匹奔马》。与曹长青、徐敬亚等编著《中国现代主义诗群大观 1986—1988》。

陆忆敏（1962—），生于上海，"第三代诗歌"代表诗人之一。毕业于上海师范大学中文系。代表作品有《沙堡》《风雨欲来》《美国妇女杂志》《年终》《避暑山庄的红色建筑》等，作品收入《后朦胧诗全集》《灯芯绒幸福的舞蹈——后朦胧诗选本》《中国当代实验诗选》等诗选。出版诗集《出梅入夏》，获得 2016 花地文学榜年度诗歌奖提名奖。

吕德安（1960—），生于福建，画家、"他们诗派"代表诗人之一、"星期五画派"成员。主要作品有《父亲和我》《天鹅》《狐狸中的狐狸》等。出版有诗集《南方以北》《顽石》和长诗《曼凯托》《适得其所》等。

张枣（1962—2010），湖南长沙人，诗人，学者，诗歌翻译家，毕业于四川外国语学院。凭《镜中》《何人斯》等作品一举成名，与欧阳江河、柏桦、孙文波和翟永明并称为"巴蜀五君子"。1986 年移居德国，2005 年回国，先后任教于河南大学文学院、中央民族大学文学与新闻传播学院。其代表性作品有《春秋来信》《灯芯绒幸福的舞蹈》，出版诗集《春秋来信》《张枣的诗》，主编《德汉双语词典》《黄珂》等。

许悔之（1966—），本名许有吉，台湾诗人，曾任《自由时报》副刊主编、《联合文学》杂志及出版社总编辑。曾获多项文学奖及杂志编辑金鼎奖。其代表作品有诗集《阳光蜂房》《家族》《肉身》《亮的天》等。

陈东东（1961—），祖籍江苏吴江，生于上海，"第三代诗歌"代表诗人之一。1981 年开始写诗。创办民间诗刊《作品》《倾向》和《南方诗志》。曾任海外文学人文杂志《倾向》诗歌编辑。出版诗集有《海神的一夜》《明净的部分》《夏之书·解禁书》《导游图》等。主要作品有诗歌《夏日之光》《第一场雪》《在黑暗中》《我在上海的失眠症深处》《月亮》《柠檬——写给阿慧》等，随笔集《黑镜子》《只言片语来自写作》等。

郁郁（1961—），本名郁修业，上海宝山人，"海上诗派"重要成员。20 世纪 80 年代起参与以现代派诗歌为主的文学活动。创办文学同仁刊物 MOURNER（送葬者），主编大型诗刊《大陆》。著有诗作近千首，文论《诗人：愤怒的啄木鸟》《作为中国"后朦胧诗"中的上海诗歌的观望与批判》等，辑有自选诗集《节日·1983 年》《亲爱的虚无 亲爱的意义·2000 年》等。

陈斐雯（1963—），台湾女诗人，毕业于"中国文化大学"中文系，曾担任《人间杂志》编辑，现任《中国时报》编辑。曾获文化大学文艺行列奖散文、新诗双料冠军、第四届华冈诗奖魁首。代表作品有《养鸟须知》《地球花园》等。

古苍梧（1945—），本名古兆申，号苍梧，笔名傅一石、顾耳、蓝山居，香港诗人，生于广东茂名。1949 年移居香港。毕业于香港中文大学中文系，1970 年开始发表诗歌，1976 年担任多部期刊的编辑。著有诗集《铜莲》《古苍梧诗选》等。

力匡（1927—1992），原名郑健柏，1927 年生于广州，于 1950 年去往香港。曾主编杂志《人人文学》《海澜》，其在《星岛晚报》《中国学生周报》《人人文学》等发表的诗作被称为"力匡十四行诗"。代表作品有诗集《燕语》《高原的牧铃》等。

　　黑大春（1960—），原名庞春清，祖籍山东，生于北京。笃信黄老及泛神论，提倡"把诗歌带回到声音里去"。1983 年—1984 年创建"圆明园诗社"。1986 年完成处女诗集《圆明园酒鬼》，1988 年出版；2006 年出版诗集《夜黑黑》（包括同名的中国首张诗乐合成 CD）；2007 年出版《黑大春歌诗集》。2009 年与资深音乐人秦水源、杰出吉他手关伟等乐手组建"黑大春歌诗小组"。

　　林莽（1949—），本名张建中，生于河北徐水。1968 年高中毕业于北京四十一中，1969 年赴河北白洋淀插队，"白洋淀诗歌群落"代表诗人之一，1975 年回京。曾在北京八十七中学和北京经济学院任教，1992 年到中国作协中华文学基金会工作，1998 年到诗刊社工作，2005 年起任《诗探索·作品卷》主编。出版诗集《我流过这片土地》《林莽的诗》《永恒的瞬间》《林莽诗选》等，另有诗文合集、随笔集等数种。